魅丽文化 花火工作室

初恋暖色系

苏一姗 / 著

江苏凤凰文艺出版社
JIANGSU PHOENIX LITERATURE AND
ART PUBLISHING

图书在版编目（CIP）数据

初恋暖色系 / 苏一珊著 . -- 南京：江苏凤凰文艺出版社，2020.10
ISBN 978-7-5594-5183-5

Ⅰ . ①初… Ⅱ . ①苏… Ⅲ . ①长篇小说 - 中国 - 当代
Ⅳ . ① I247.5

中国版本图书馆 CIP 数据核字 (2020) 第 178176 号

初恋暖色系

苏一姗 著

责任编辑　张　倩
特约编辑　丐小亥　艾璐璐
装帧设计　ABOOK 壹书工作室 尾巴 Design 980921251
出版发行　江苏凤凰文艺出版社
　　　　　南京市中央路 165 号，邮编：210009
网　　址　http://www.jswenyi.com
印　　刷　湖南凌宇纸品有限公司
开　　本　880mm × 1230mm　1/32
印　　张　9.5
字　　数　260 千字
版　　次　2020 年 10 月第 1 版
印　　次　2020 年 10 月第 1 次印刷
书　　号　ISBN 978-7-5594-5183-5
定　　价　39.80 元

目录

CONTENTS

第一章
奇怪的母子

申市最大的娱乐文化公司夺耀传媒的二十三楼正在进行一次特殊的面试。

“咔嗒，咔嗒，咔嗒——”

这是一间小型会议室，装潢简洁，白墙上悬挂着一台挂钟，指针徐徐地在白色的表盘上移动着。三位穿着黑色正装的面试官端坐在白色的长桌对面，气氛肃穆而正式。

“请问宋小姐，为什么离开之前的工作单位呢？”

坐在中央的女人是主面试官，四十岁左右，戴着一副金丝边眼镜，保持着礼貌又优雅的笑容。

今天的最后一位面试者，正是面前的女孩。她看起来很年轻，不过二十出头，绑着个马尾辫，露出光洁的额头，黑眸清凉，肌肤白皙通透，笑的时候还带着天真的少女感。

她的名字叫宋知吱。

宋知吱嘴角僵了僵，显然这个问题对她来说很难为情。

“经常加班？”旁边的面试官给了一个提示。

“那倒不是……”宋知吱清了清嗓子，“因为身体的关系吧……”

“宋小姐的身体……”主面试官的苹果肌抽了抽，小心试探着问道。

“其实也没什么，就是工作性质的原因，我老流鼻血……”

坐在中央的主面试官低头仔细看了看简历，又问：“你的简历上写之前是做数据标注，主要是做哪一块呢？”

宋知吱踌躇片刻，才道：“AI 鉴……鉴黄……”

AI 鉴黄师是这些年新兴的职业，主要的工作职能是运用人工智能识别网络上的违规信息。

三位面试官面面相觑，显然很震惊，主面试官又问：“一个女生做这种工作应该挺不容易的吧？”

宋知吱解释道：“说不容易吧也容易，其实我的工作就是给各种图片进行分类，比如标注上‘正常’‘污’或者‘太污’……机器就会根据我的标注去学习，但这个前期工作纯属力气活……”

“可是我们招聘的这个娱乐数据标注师的岗位，刚开始也只是做数据的标注，也是个力气活。”其中一位面试官解释道。

宋知吱半眯着眼睛笑了笑，如若不是这里开出的薪水比之前的地方高上三分之一，还能天天看到她的偶像，她才不来呢！

但她肯定不能这么回答，她笑了笑，义正词严道：“我觉得有本质上的区别。每天都能看到吻戏的片段，还能对吻戏中的场景做一些标记分类，这简直每天都让人想又甜又苏地谈一次恋爱呢……”

“那鉴黄呢？”

“鉴黄是徘徊在污与不污的交界处，实在是太伤身了——”

宋知吱对今天的面试信心十足。说实话，她刚从计算机视觉系毕业后，磕磕绊绊地做了几份不尽如人意的工作，现在好不容易在夺耀传媒找到了适合自己的一席之地，一定不能错过这个机会！

她是八组资深会员。

她是吃鸡王者段位。

她是经验丰富的站姐。

她拥有超强的认脸技术，可以认出超过五百位国内外撞脸明星。

凭借天赋和经验，她可以在一众相似的光头明星照片中找到葛优如探囊取物。

眼前这个娱乐数据标注师岗位仿佛就是为她量身打造的。

连续通过几轮面试，宋知吱轻松过关，正午时间，工作人员安排面试者去公司的餐厅用餐。当一同参加面试的应聘者们得知宋知吱之前竟然做过鉴黄师，不禁肃然起敬。

“竟然碰到了老司机……”

众人围过来，对这样一个白白净净的女孩干过那样的岗位感到十分惊奇。

“看到特别喜欢的图片，你会偷偷存下来吗？”发问的是个戴眼镜的男孩，穿着格子衬衫，俨然是传闻中程序员打扮。

“这是职业道德的问题，”宋知吱笑嘻嘻道，“其实，记下番号就可以了。登录后台可以光明正大地看啊！”

“可是知吱，你的经验丰富吗？”

这个问题问得宋知吱面红耳赤，只好回道：“其实我在业内只是个新司机，老司机大有人在啦！”

“谁问你工作经验啦？人家是问你私生活……”眼镜男孩意味深长地笑道。

“咯咯——”宋知吱大口扒了几口面，尴尬地笑了笑。

这是夺耀传媒专门为他们腾出的私厨餐厅，自助台上放着琳琅满目的食材，海鲜、铁板烧、烤肉、火锅，各式各样，应有尽有。在场的都是来面试各个部门岗位的应聘者，围坐在几张桌子边谈笑风生。

宋知吱在自助台附近流连忘返，心想：夺耀传媒简直太棒了，连面试者都有这等待遇，要是被正式录取，那得如何？

“听说下午最后一场面试，是决定去留的关键！”

边上有两个女孩在窃窃私语。

宋知吱一口一个烤鲍鱼，慢慢地凑过去问道：“什么特别的面试？”

“好像是说少东家会来。”

“少东家还关心底层员工的面试？”宋知吱好不容易把鲍鱼吞了下去，说道。

“你懂什么呢？我们这娱乐数据标注师是专门为少东家服务的。”

“为什么呀？”宋知吱眨眨大眼睛，真心不懂。

“其实我们也不懂啦……该不会是少东家也要拍戏了，让我们专门标注他的吻戏？”

几个年龄相仿的女生凑在一起，俨然成了“吃瓜群众”研讨会，话题层出不穷。

宋知吱托腮想了一会儿，又好奇地问了一句："那少东家到底帅不帅啦？鼻子高不高啊？嘴巴好看吗？"

"知吱，你问这么多干吗？"

"你不懂啦！我对吻戏的要求可是很高的，我不光是标注吻戏的技术一流，还对吻戏的美感有很高的要求……"

宋知吱侃侃而谈，对面的两个女孩却兴致索然。就在这时，原本秩序井然的餐厅，忽然起了骚动。

"那不是少东家吗？"

"对，真是他。乔遇来这里干吗？"

"走，去看看！"

这个私厨餐厅平时只用来接待客人，面积本就不大，几十号人忽然都往门口移动，显得吵吵闹闹。宋知吱原本对少东家的到来不怎么感兴趣，只想好好吃个饭，谁想在自助台选择食物的她，不受控制地就被他们挤着挤着，离自助台越来越远了。

她心里委屈，嘴里含着汤勺，可怜兮兮地看着那盘色泽鲜亮的酱汁鱿鱼离她越来越远，心中无比惆怅。

挤着挤着，宋知吱忽然觉得视线变得模糊起来，她放下汤勺，揉了揉眼睛，发现左边眼睛里的隐形眼镜不见了踪影。

她跪在地上，只能靠着右眼的视力搜寻了一遍，万幸的是，终于摸到了一小片类似隐形眼镜的东西。

失去了左边的隐形眼镜，宋知吱等于是半个瞎子，不管三七二十一，她随便逮住了身边的一个人，将手搭在他厚实的肩膀上，问道："那个……兄弟，带镜子了吗？"

"没有镜子。"短短四个字，却似好听又悦耳的低音炮。

"哎呀，真是倒霉！鱿鱼没吃到，少东家也没见着。也不知道他鼻子高不高，嘴巴好不好看。”

“这很关键吗？”男人哼笑了一声。

“很关键啊，这直接决定了吻戏好不好看啊！”

宋知吱找出手机，打开前置摄像头，准备戴左边的隐形眼镜，可怎么也不顺利。她泪眼模糊地问道：“那个……少东家不会走了吧？”

“不用担心，”男人不急不慢地安慰道，“正在你身边。”

宋知吱脑子“嗡”了一声，手一使劲，左边的隐形眼镜倒是戴了回去，眼泪却糊满了整个眼眶。

她好不容易恢复了视力，想着好好端详一下少东家本尊的样貌，没想到人已经走远了。

穿着黑色西装的男人，身材高挑，身姿挺拔，一双长腿赏心悦目，特别是走路的姿态说不出的好看，仿佛自带配乐。

希望不只是背影杀手！宋知吱心里暗暗想道。

下午的面试如约进行，这场终极面试只有五个人，白板上给出的题目也只有一道：请从下面这些背影中，找出乔遇的背影，并写出理由。

众人这才恍然大悟，今天在餐厅吃的那餐饭不是白吃的，少东家的出现也是另有目的，这考题的真实目的是考验他们的眼力。

可眼前这十张图片上的男人背影相差无几，要从中找出乔遇的背影，如同在一众孪生兄弟之间分清长幼。

但宋知吱是个例外，她一眼就看出了哪个背影是乔遇的。

面试结果出来，宋知吱不出所料成功入选。

得知录取结果，她高兴地给闺密唐佩佩打电话，声音里是难以抑制的狂喜：“佩佩，我面试成功了，我有新工作了，我可以天天看到……”

唐佩佩其实是宋知吱邻居家的小姐姐，年龄虽然大她四岁，但二人毫无代沟，从小一起长大，关系很铁。

听筒这边的宋知吱激动不已，而唐佩佩却无暇理她。作为男性泌尿科里唯一的女医生，她每天都忙得焦头烂额，差点儿秃头。

她此时一只手拿着手机，一只手拿着病历喊着：“李大志，你先把裤子脱了，都挂了我的号，扭扭捏捏什么呀？小林，你先帮他擦个药，我待会儿过去！”

“喂喂……唐佩佩！”

“你等等啊，我这儿有个要紧的患者准备逃走……”

话毕，闺密绝情地挂了她的电话，宋知吱有些悻悻然。

她在偌大的夺耀传媒大厦绕了几圈后，彻底迷失了方向。又渴又饿的她，发现前方有台自动售卖机，忽然有了种久旱逢甘霖之感。

她加快脚步，径直走到售卖机前，掏出手机正准备扫二维码，不想自动售卖机前已经站了一个人。

“您……您是乔总吗？”宋知吱不确定，只能凭着身材和身高确定来人的身份。

乔遇不动声色地点了点头。宋知吱有点儿局促，低着头道：“乔总，您好。”

眼前的男人穿着高级定制的黑色西装，西装笔挺熨帖，身材挺拔，五官分明，不只鼻尖高耸，唇形好看，还有一双微微上挑的桃花眼，眼尾微弯，仿佛带着似笑非笑的情绪。

乔遇自带着一股骄矜清俊的气质。

宋知吱心里“啧啧”了两声，真是好看的一人！

乔遇买了一罐咖啡，从取货口取出咖啡顺势递给了宋知吱。

宋知吱笑道：“谢谢乔总的咖啡。”

“你就是今天被录取的娱乐数据标注师？”

宋知吱笑着点头，拉开咖啡罐上的拉环，正准备递到嘴边，一不留神，到嘴边的咖啡眼睁睁地被人抢走了。

她的眼睛徐徐转向身边的男人，他倒是很享受地喝了口咖啡。

“谢谢你，宋小姐。”

宋知吱的手僵在空中，有点儿局促。

敢情他是让自己帮他拉开拉环？

宋知吱还是第一次遇见这种情况，没有经验，但碍于他是少东家，心里虽然碎碎念，但面上还得笑嘻嘻：“不客气。”

“你今天的表现很出色，特别是那个答案。”乔遇淡淡地勾唇，似笑非笑。

话音才落，乔遇便迈开长腿走了，步子迈得又急又快。宋知吱面红耳赤地盯着远去的那个男人的背影，暗暗倒吸了一口冷气。

今天面试，她给出的答案是：乔总的臀部弧度目测大概四十五度……

所以，她是通过臀部的弧度……看出了哪个背影是乔遇的。

工作却不如所料的那么容易，宋知吱在夺耀传媒干了一周才发现：这份工作真的是难啊，简直比登上青天还难！

好不容易熬到了周末，她约了唐佩佩一起去她们家楼下的烧烤摊吃烤串，唐佩佩一点就点了十串烤腰子。

宋知吱看着唐佩佩两口一个腰子，不禁感叹道：“你吃这么多腰子，不怕吗？”

“怕什么？我每天见到的场面比你刺激多了，不补补哪能行！”唐佩佩愤愤不平地把串上的最后一个腰子吞进了肚子。

宋知吱想了想，因为工作性质不同，唐佩佩见过的大场面的确比她多多了……

大学期间，唐佩佩因为专业调剂，调到了泌尿外科，不想毕业后却被分配到了男性泌尿科，因为是男性泌尿科内唯一的女医生，没少受到同事和患者的质疑，心里压抑得很。

她拿起装啤酒的玻璃杯和唐佩佩碰了碰杯，道：“我们这难姐难妹的，干一杯吧。”

“你……也工作不顺吗？”唐佩佩抿了口啤酒问道。

夏天的晚风夹着白天余下的热意，宋知吱把啤酒一饮而尽，道：“唉，真是一言难尽啊！”

娱乐数据标注师这个职业说起来玄乎，实际是一项人工智能发展的产物。简而言之，娱乐数据标注师的职责就是训练计算机识别出高能镜头，类似吻戏或者拥抱，这样便能让广大视频用户智能地搜索出他们想看的场景。

而宋知吱的岗位属于这最初的环节，她的日常本该是从图片库和视频库里截取各类剧集里的图片，然后标注上“接吻”字样，可真正进入夺耀传媒后，她才发现问题并非想象中的简单。

她的工作性质好像也变得不一样了！

上周一，宋知吱怀着对美好生活的憧憬来到夺耀传媒，原以为她可以在格子办公间，同同事热情互动。

那天，她特地带了两袋零食，准备跟同事搞好关系，不想第一天上班就被请进了总裁办公室。

位于夺耀传媒最高层六十六层的总裁办公室又大又透亮，高大的落地窗让宋知吱目瞪口呆，这办公室真的太适合看风景了，好想在这里看日出日落，吃个西瓜啊！

直到办公桌前的女人把转椅转到正面，宋知吱才合上了嘴巴。

“宋小姐，欢迎你成为夺耀传媒重要的一员。”

夺耀传媒的总裁，最高掌权人是个女人，叫魏云，她做事雷厉风行，手段老辣，按照传闻所述，这样的女人一定不好惹。

这位魏总正是乔遇的母亲，长着同乔遇相似的五官，穿着一套香奈儿高端定制的米色外套、黑色直筒裙，脚上是一双超十厘米高的尖头高跟鞋，整个人看起来妆容精致，优雅又不失干练。

这次见面让宋知吱有些战战兢兢。

她才第一天上班，大事小事还什么都没做，怎么就被请进了总裁办公室呢？难道夺耀传媒的每一位新员工都有同总裁见面的机会吗？

魏云开门见山，递过来一份合同。整整十页的合同，宋知吱看得眼花缭乱，但她看得懂“保密协议”这四个字。

“其实宋小姐的工作很简单，你只要从我们提供的视频和照片中标注出乔遇同别的女孩的亲密行为即可。”

宋知吱没有想到，她这个工作岗位还真的是专门为乔遇服务的。

可怎么会有母亲让人去标注儿子的亲密视频和照片呢？

当宋知吱正在晃神时，魏云双手交握，眼里是满满的信任：“挑选宋小姐的原因，是相信你的专业能力，你有超强的认脸技术，一定能在这些视频和照片当中找出我需要的东西。”

“可是……”宋知吱欲言又止。

“你有问题？”魏云目光专注地看着她问道。

宋知吱深吸了一口气，鼓起勇气道：“魏总，有个问题我不知该不该问……”

“你是想问为什么要去找个人专门标注乔总的视频和照片？”魏云并不觉得意外，显然已经猜到了宋知吱的问题。

宋知吱点头如捣蒜。魏云意味深长地笑了笑，道：“这个问题吧……我早晚会告诉你的，但不是现在。”

“那……”宋知吱还有顾虑，“魏总，乔总会知道这件事吗？他会不会对我……”

宋知吱犹豫片刻，到底没有把话说死了。她在进入夺耀传媒面试之时，就得知这个公司表面和谐，看起来如一潭平静的湖水，可实质上暗涌流动。

传闻魏云和乔遇母子不合已久，宋知吱在考虑自己是否有必要蹚这浑水？

她正想拒绝，魏云靠在升降转椅上，道：“宋小姐，我看了看人事部给你开出的薪资，的确……”

宋知吱眼睛眨巴眨巴地看着魏云，魏云接着道：“的确有点儿低。”

“低？低……吗？”这里开出的工资比别的公司已经高出一倍了呀。

她以为魏云在说反话考验自己，忙不迭地义正词严道："魏总，我真的不是嫌弃工资不够高……"

"那你是嫌弃薪资特别低了吗？"魏云单手托腮，神情认真。

宋知吱觉得自己是不是表达能力有问题，怎么就引起了总裁大人的误会？

"我决定给你人事部开的两倍工资。"

宋知吱抬起头，张了张嘴，脸上的表情都震惊得呆住了。

可总裁的表情并不像是开玩笑啊！

"不满？"魏云又问。

宋知吱咽了口口水，两只手默默地背在后面，偷偷地算了一下两倍薪水是多少。

她刚刚接下了老妈新房的按揭贷款负担。

她还缺一个焦距800mm的镜头。

她还要抢购自家偶像叶楚的演唱会门票。

……

这些都要钱啊！

她咬了咬牙，点了点头："魏总，我会努力工作的！"

宋知吱签下了那份保密合同，紧接着，她被安排到了一间单独的办公室工作。她的日常就是看关于乔遇的视频和照片，那些视频不是从监控上下载的，就是来自私家侦探的拍摄，以及行车记录仪。

她对每一帧画面都看得十分仔细，就这么整整看了一个星期，她的眼睛都要看瞎了，可是乔遇连跟一只狗的亲密行为都没有。

乔遇俨然洁身自好的好男人，每天准时上下班，最多也就是和不同的女生相亲，可这也只是君子之交淡如水。

回到现实，宋知吱仰面长叹了三声。

唐佩佩吃完了最后一串腰子，捕捉到重要信息："等等，那个乔少爷就是翘臀好比美国队长的那位？"

“嗯。”这确实是个事实。

“他怎么连一个相亲对象都没看上呢？这私生活简单得也太令人发指了啊！”

唐佩佩匮乏的形容词让宋知吱忍不住翻了个白眼：“姐姐，你能不能回去好好学一学‘令人发指’这个词，弄明白它的意思。”

宋知吱长叹了一口气，心情很糟糕。她怅然道：“我觉得我还是准备辞职算了。”

“你这才干了一周就打退堂鼓了？”

“这一对母子真的不简单！特别是这位少东家，功力深厚着呢！”

说着，宋知吱从手机里调出来几段视频，打开给唐佩佩看。

第一段视频的场景是在夺耀传媒大厦的一楼大厅，人来人往，乔遇特地对着正面的摄像头的方向，整理了一下领结。

第二段视频同样在这个摄像头前，乔遇轻轻地抚摸了一下左眼皮。

第三段视频还是在这个摄像头前，乔遇从容地弯了弯唇。

……

连续看了五段视频，唐佩佩没了耐心：“我知道这位乔少爷拥有盛世美颜，但是，你到底想跟我说什么？”

宋知吱目光专注地看着她，认真解释道：“你看到了吗？他是有意在这个摄像头前出现的。”

“这么看好像是有点儿目的性……”

“这个摄像头是安装在公司电梯旁边的一面礼仪镜上的。你看他的嘴型，好像每天都说了一个字。”

唐佩佩支着下巴，明显没有想到还有这么一层。

“把视频进行清晰处理，放大，你就会发现他这几天的嘴型，连起来是一句话。”

“什么？”唐佩佩追问。

“你看够了吗？”

唐佩佩睁圆了双眼，道：“这乔少爷不简单，你被抓包了。”

宋知吱忧愁地叹了口气，细思极恐，觉得这位少东家实在是个狠角色，不能得罪。

“那你有什么打算？”

宋知吱义愤填膺道：“与其夹在这对母子之间，还不如辞职。”

唐佩佩放下烤串，抓起玻璃杯，跟宋知吱的杯子碰了碰：“祝你重生了！”

有了闺密的支持，宋知吱更加坚定了自己的决定。为了表示诚意，她特地手写了辞呈。第二天，她把辞呈塞进信封，准备递给自己的直属领导。她拿着辞呈，不急不慢地穿过长廊时，忽然听到身后有人喊她。

她回头一看，来人正是乔遇。

她只好顿下脚步，跟来人打了个招呼：“乔总，您好。”

“看到你正好，有个事想请你帮个忙。”

乔遇已然到了宋知吱的跟前，他目光清澈，定定地注视着宋知吱。

宋知吱被盯得有些不自在，毕竟面前男人的容貌过于卓绝，特别是那漆黑如墨的双眼，仿佛有种勾魂摄魄的能力。

她顿了一下，问道：“乔总，是……什么忙？”

“公关部等下要开个会，你和我一起出席吧。”乔遇平淡地说道，不给宋知吱拒绝的机会。

眼见乔遇已经迈着长腿走到了前面，宋知吱急急地追了几步，道：“那个，乔总……我就不去了……我准备辞职了。”

宋知吱的话音刚落，乔遇停住脚步，神色有点儿晦暗不明，他迅速接过了宋知吱手中的信封，摊开信纸看了一遍，反问道：“你要辞职？”

宋知吱用力地点了点头，乔遇却笑了：“理由？”

她咬唇不语，迟疑了会儿，说：“工作强度实在太……太高了。”

“是吗？”乔遇意味不明地勾了勾唇，“宋小姐，一天要吃两包薯片、三袋肉脯干、两罐酸奶……”

宋知吱瞪着大眼睛，满脸震惊。

他……为什么会知道？

“确实很辛苦呢。”乔遇嗓音里似有漫不经心的笑意。

天天看那么无聊的视频，还不能多吃点儿东西吗？

宋知吱在心里疯狂吐槽，但还是收拾好表情道：“乔总，您真会开玩笑呢……哈哈……”

宋知吱局促地大笑了一会儿。

“字倒是……写得不错。”

宋知吱正想说一句“谢谢夸奖”，下一秒，眼前男人的一句话堵住了她的嘴：“但是用来写辞呈实在太浪费了。”

“还是一起参加会议吧。”乔遇又道。

语毕，乔遇撇下了宋知吱，脚下生风地往前走了。

宋知吱憋屈得很，但眼下也只能暂时收起那封辞呈。

她跟着乔遇进了一间办公室，办公室里只有一张米白色的矮几和一套灰色的沙发。除了乔遇，还有一位蓄着长胡子的男人，相貌粗狂。

宋知吱在新闻里看过这人，是经纪人萨姆哥，萨姆哥是夺耀传媒金牌经纪人，资源一流，捧红的知名艺人超过十几位，在圈内很受尊敬。

特别是他一手捧红了女神路薇。路薇出道已经超过二十年，一直以娱乐圈贤妻良母形象示人，在电视剧正剧市场闯出了一条康庄大道。

而萨姆哥旁边坐着的女人正是女神路薇。她双腿交叠，靠坐在沙发上，太阳镜遮住了半边脸，看不出表情。

见到路薇的瞬间，宋知吱差点儿没忍住想冲上去与她握个手，她妈妈蔡云可是路薇的超级粉丝！

可此时的路薇显然和电视上暖心亲切的模样有点儿差别，她穿着黑色的薄纱裙，丰腴的身材带着成熟女人独特的风情。她摘下太阳镜，冷冷地瞥了宋知吱一眼，面无表情道：“她是谁？”

“我们公关部刚请来的专业顾问。”

“顾问？”路薇不耐烦地靠在沙发上问道，“今天的会议，她有必要参加吗？”

“很有必要，她是我们请来的专业视频图像清晰度处理工程师。”乔遇轻轻端起矮几上的瓷杯，啜了一口。

听着乔遇波澜不惊的介绍，宋知吱有些心虚，她不过是一个娱乐数据标注师，怎么突然被冠上了这么一个头衔？

她忙不迭地站起身，伸出手道：“路姐，你好，我妈可是你的超级粉丝，你拍的《夫妻》我妈每晚都追，你比电视上还要漂亮，我能……”

“我们还是进入正题吧。”

乔遇冷冷地打断了宋知吱激动的言辞，虽然宋知吱还没要上签名，但也只好灰溜溜地坐了回去。

萨姆哥先打开了手机里的一个视频给路薇看，路薇看了几眼，就把手机甩回给萨姆哥：“这和我有什么关系？我不认识视频里的人……”

路薇说得笃定。乔遇面不改色地接过手机，递给了宋知吱，道：“你可以给视频做清晰处理吗？”

宋知吱困惑地接过手机，仔细看着里面的视频，视频里的环境是在一个幽静的酒吧，一男一女正打得火热，但因为环境幽暗，只能影影绰绰地看到那个女人的五官轮廓，好像就是面前的路薇。

宋知吱偷偷望了望对面悠闲地跷着二郎腿的路薇，也不敢肯定。

宋知吱又瞄了瞄身旁的乔遇那张高清无水印的冷漠脸，这位把世界难题交给她的男人竟然不动声色地啜了口茶。

她的脑子在飞速转动，如果视频里的女人就是路薇，那么她这些年立的那些“贤妻”“好妈妈”人设将全面崩塌。

她咽了口口水，半天没吭声。

“如何？”乔遇问道。

什么如何？

宋知吱扶了扶额头，为难地看着乔遇。

乔遇平静地说道：“你不要害怕，老实地回答就好。你是否可以给视频做清晰化处理，直到可以清晰地……看到男女主角的正面？”

处理视频清晰度这块，宋知吱根本不擅长。她犹豫了片刻，清了清嗓子，又去偷瞄乔遇。

乔遇徐徐侧过脸，线条分明的侧面嘴角勾起一抹弧度，深深的眸光里别有深意。

宋知吱心里暗自恼火，自己怎么就莫名其妙地卷入了修罗场？

眼下骑虎难下，她也只能硬着头皮上了。

她一板一眼，故作专业道：“通过LUT算法调整人脸的亮度和对比度……”实际上她在不懂装懂。

“简单来说？”乔遇催促道。

“可以试试。”

闻言，路薇的脸色猛地冷了下来，样子很难看。

但她仍然绷着脸，不吭声。

“大概有几成把握可以清晰地看到视频里的男女主角？”乔遇又问。

几成？这个她哪里知道？宋知吱看了看乔遇，他右手修长如玉的五指在圆桌上一下又一下地弹钢琴。

“五成吧……”宋知吱心虚地回道。

“五成？”乔遇微微抬高声调，眼尾一敛。

宋知吱旋即改口：“我觉得吧，只是时间的问题，只要给我足够的时间，想看清视频里女主角涂的是什么牌子、什么色号的口红也……是有可能。”

乔遇眼尾一勾，满意地点了点头。

宋知吱暗暗地倒吸了一口冷气，真是伴君如伴虎啊！没想到乔遇今天找她来开会，是让她在路薇这位经验丰富的视后面前演戏！

这也太惊心动魄了吧！

“乔总——”路薇的最后防线终于被击溃。

“你现在只有一个选择，告诉我，视频里和你在一起的男人是谁？”乔遇的眸光沉静锐利，给人强烈的压迫感。

他不是在商量，而是命令。

路薇脸上的表情已经绷不住了：“是亚历克斯……”

亚历克斯是一位新晋“小鲜肉”，正在和路薇合作一部新的电视剧，剧里上演的就是一段年下恋，不想却变成了现实。

“路小姐，你应该知道你和他的亲密举动，将给品牌厂商和公司带来超过一亿的损失。”

乔遇微微显得不耐烦，他修长的手指在圆桌上弹钢琴，一下又一下，看似不动声色的等待，终于让路薇崩溃了。

“我那天喝了点儿酒才会做出那些事……我一直是个好妻子、好妈妈……”下一秒，路薇已经泪光盈盈了，“乔总，求你救救我。”

“我就是在救你。”乔遇说着，看向了萨姆哥。

萨姆哥接过话端，庆幸道：“还好，视频流出的瞬间，就被我们截和了，你立马和亚历克斯断了联系。这段时间，你的工作不会那么密集，可以享受一段亲子时间，同你先生一起去接女儿上下课，让粉丝看到你的好妈妈、好妻子的形象。另外，你和你先生的十周年结婚纪念庆典可以提上议程，办得温馨些……”

萨姆哥十分专业地安排了各项事宜，路薇好不容易才稳住情绪，离开了会议室。

宋知吱暗自叹了口气，果然，娱乐圈的人设都是靠“立”，有立就有可能崩。

宋知吱正在感慨，乔遇忽然道：“我们公司那位刚嫁给应氏集团老总的女星……”

宋知吱抢先回道："温迪。"

这样的娱乐头条新闻可难不倒宋知吱。

乔遇勾唇笑了笑："对，温迪，发几张她的素颜照，我要看到那几张照片上热搜。"

宋知吱不明所以，好奇地问了萨姆哥一句："为什么呀？"

"祭出来转移大众的视线啊！"萨姆哥认真地回道，"反正温迪的皮肤状况超好，这下又能多拿几个护肤代言了。"

天哪！宋知吱佩服得连脚指头都要肃然起敬了，萨姆哥真是太有商业头脑了。

见乔遇收拾文件已经走远了，宋知吱缠着萨姆哥问道："我有点儿搞不懂乔总今天的举动。"

"哪里不懂？"萨姆哥问道。

"我猜想乔总一定找人看过这个视频恢复清晰的可能性，他刚刚明明是在糊弄路薇。"

萨姆哥漫不经心地笑了一声，道："这个视频能不能清晰地看到主角已经不重要了。"

宋知吱更加不懂了，问道："那重要的是……"

"重要的是，路薇跟亚历克斯的绯闻早就不是毫无证据，乔总是在提醒路薇，再乱来，早晚会出事。"

宋知吱恍然大悟，总而言之，这看似波澜不惊的少东家其实暗藏大招。

萨姆哥笑了笑，道："娱乐圈的公关可不是你想的那么容易……"

萨姆哥走在前面，宋知吱加快脚步，小心追问："萨姆哥，你跟叶楚的经纪人天哥关系好吗？"

"还好。"

"那你知道叶楚的行程吗？我看他上个月从巴黎拍完广告后，就没有其他行程安排了呢。可是我在夺耀传媒这几天也没看到他。"宋知吱接着道。

萨姆哥回头看了一眼宋知吱，问道："你是叶楚的粉丝？"

"对。不只是粉丝，还是他的站姐，身兼摄影师、设计师、修图师……"

"其实你应该问我。"

她缠着萨姆哥问了半天，一回头才发现乔遇正站在距她不远处，一双俊眼里闪烁着深深的笑意。

宋知吱有点儿尴尬，萨姆哥趁机走远。乔遇漫不经心地踱步到了她的跟前："你问我不是更快一些吗？"

对哦，应该问乔遇！

宋知吱眼睛猛地一亮，追问道："乔总，那叶楚什么时候来公司呀？他什么时候开始制作新专辑呀……"

"你想知道？"

"嗯。"

"最近应该会来公司开会了吧……"

"什么时候啊？周几呀？"宋知吱追问道。

"可是……"乔遇嘴角一勾，问道，"你不是要辞职了吗？"

宋知吱："……"

"难道你要熬到他来公司吗？"乔遇冷笑着反问道。

宋知吱默默地吞下了最后几个问题，目送乔遇转过身，渐行渐远。

她的视线徐徐往下滑动，最后落在了乔遇的臀部上。

还真是美国队长牌翘臀！

宋知吱回到自己单独的办公室，心有余悸，乔遇到底怎么知道她每天吃那么多零食的？

她环顾四周，从白墙、办公桌，到柜子的缝隙，她找了一圈也没找到……

不对啊，没有摄像头啊！

难道乔遇有透视眼？

宋知吱静静地坐了下来，忽然有一种瑟瑟发抖的感觉。

从他故意在摄像头前留下的那句“你看够了吗？”到今天他对路薇的手段，以及连她每天吃的零食都知道得一清二楚……这样的人是恶魔吗？

思来想去，她还是快快地去递交辞呈，早解脱吧。

谁想她刚刚递交了辞呈，就被请进了总裁办公室。

宋知吱觉得每次看到魏云总会有一种无形的压力，让她情不自禁地双腿发抖，她不过是一个职场新手，为什么辞个职都得惊动总裁？

魏云今天的打扮又是另一番韵味，她里边穿着一件黑色的真丝衬衣，外搭一身黑色西装，脚上是一双尖头镶钻的黑色高跟鞋，既抢眼，又气场十足。

她走到宋知吱的跟前时，宋知吱微微缩了缩脖子。

“我能听听知吱你辞职的原因吗？”魏云先开门见山道。

知吱？宋知吱有点儿蒙，总裁竟然亲切地喊她知吱？

她抬起头，竟然见到魏云弯了弯唇，满眼慈爱。

“魏总，我觉得……”

宋知吱迟疑一阵，眼见魏云给了她一个肯定的眼神，才继续道：“我还是不耽误大家的时间了，我虽然是作为娱乐数据标注师招聘进来的，可我现在的工作职责不是这块。我本来以为每天的日常工作是从图片库和视频中截取上千幅图片，标注出明星‘接吻’的画面……可没想到我的日常工作是看乔总的视频和照片……”顿了一下，宋知吱接着道：“魏总，我虽然阅片无数，认脸技术稳如狗，但在这里毫无用武之地……”

“你的问题在于，你没有找到乔总的亲密照片和视频？”魏云问道。

宋知吱点点头，她看得眼睛都快瞎了！啥也没发现……

“那你可以直接去发现啊！”魏云忽然道。

宋知吱有些傻眼，问道：“魏总，您的意思是……”

“你之前不是干过狗仔吗？应该难不倒你吧？”魏云认真反问道。

“魏总，您——”

她忽然觉得可怕，仿佛自己在魏云母子眼前就是毫无隐私的……

“知吱，你过来一下——”

魏云坐在真皮老板椅上，让宋知吱靠近一点儿。宋知吱小心翼翼地靠近这位指点江山的夺耀传媒的领导人的身边，低声地问道：“其实……”

“当狗仔好玩吗？”

“呃——”

宋知吱猛地一滞，这是总裁该问的问题吗？

这个人设是不是崩得太彻底了？

魏云不以为然地笑了笑，委以重任地拍了拍宋知吱的肩膀，道：“知吱啊，我对你寄予厚望。其实跟踪这样的事情，我让别人干确实不放心，还不如交给你……”

宋知吱全程迷茫，她是什么时候得到总裁这样大的信任的？

“你放心，我给你多加一份奖金。”顿了一下，魏云想了想，又道，“你还缺什么吗？”

缺什么？

宋知吱还没缓过神来，魏云突然指着站在门口的莉莎，吩咐道：“对，莉莎，给知吱配一台照相机。知吱，你就放心大胆地好好拍！有什么困难，莉莎会帮你。”

莉莎是总裁的秘书，得到指示后，不一会儿就拿来新出炉的合同交给了宋知吱：“宋小姐，这份是新合同，在你做私家侦探期间，外出交通、吃饭、住宿都给予报销……”

“住宿？”宋知吱微微有点迟疑。

“哦，乔总出差，同女性朋友一起需要住宿的……”莉莎解释道。

突然被委以重任，宋知吱有些无语，多问了一句：“魏总，我实在不明白，您为什么偏偏那么信任我？”

“以后你就知道了。”魏云双手交握，做了个“给嘴巴拉拉链”的表情。

没办法，她确实缺钱，一想到可以多拿一份奖金，只能给自己鼓鼓劲，再艰难还是先把这个月干完吧……

毕竟这个月的工资就可以买到焦距 800mm 的镜头！

宋知吱咬了咬牙，生活太不易了，唯有坚持下去！

第二天中午下班，宋知吱守在路边，见乔遇的车从车库开出来，她叫了辆的士，让司机跟了上去。

跟了一路，车子终于在一家私厨餐厅停了下来。这家私厨餐厅是一家阁楼餐厅，脚踩在木楼梯上发出咯吱咯吱的响声，有种时光悠长的感觉。虽然是白天，但室内昏暗，只有几盏复古的吊灯，灯光晕黄，小提琴声音悠扬，宋知吱戴上太阳镜，披了块条纹的头巾，伪装了一番，找到了一个离乔遇不远的地方坐下。

她看了看菜单，有点儿目瞪口呆，真是贵。

几道精致的菜品上桌，味道不错，除了贵，没有别的缺点。

她的位置正好能听到乔遇同那个相亲女的对话，毫无趣味。无非是今天吃了什么，工作是否顺利，有什么业余爱好……

小提琴越拉越慢，宋知吱怀疑这个小提琴手是专业拉催眠曲的，要不她怎么听得昏昏欲睡？

她强撑着打了几个哈欠，心里涌起一个直击灵魂的问题——相亲都这么无聊吗？

也不知道过了多久，她竟然睡着了。梦里，她买了一张彩票，意外中了五百万，正在去兑奖的路上……

在这不长不短的路上，她已经想好了这五百万的用途，先去旅行，然后去看叶楚在全球各地的演唱会。

她要一直追叶楚，她要一直为叶楚应援，直到叶楚老了，唱不动了，她还是喜欢他！

“阿嚏——”

“阿嚏——”

宋知吱的五百万被喷嚏打没了，她揉了揉鼻子，忽然觉得浑身瑟瑟发抖。

奇怪了！餐厅怎么突然这么冷！

她又揉了揉眼睛，面前怎么坐了一个男人？

她正想对这位不速之客发飙，定睛一看，这人不是别人，正是乔遇。

相亲结束了？

她怎么睡着了？

宋知吱咳了一声，乔遇才放下杂志。他穿着白色西装，眼中无波无澜地看着她，唇边挂着极浅的笑意："醒了？"

宋知吱连续打了几个喷嚏，忍不住埋怨道："这家店的冷气不要钱吗？温度竟然开得这么低？"

"哦，我让店家调低的——"乔遇若无其事地回道。

宋知吱傻了眼，问道："为什么？"

"因为你一直不醒，我只能想到这个办法。"乔遇眼尾微弯，蕴着的都是笑意。

所以，他是故意冻醒她的？

宋知吱气得咬了咬牙，最后却虚伪地赔笑道："真巧啊，乔总也在这里吃饭……"

"嗯？巧吗？"乔遇微微挑眉，又问，"你不是跟着来的吗？"

"哈哈哈，乔总真爱开玩笑，我不过是路过，听说这家私厨的羊排不错……"

宋知吱急于解释，可乔遇一副满不在乎的模样，他将手中的杂志递给宋知吱，道："送给你……"

"为什么？"宋知吱疑惑地问。

"你不是对我感兴趣吗？"乔遇饶有兴致地反问道。

话音才落，乔遇已经起身，迈着大长腿离开了餐厅。宋知吱忍不住翻了个白眼，谁对你感兴趣啊！

一点儿兴趣都没有好吧！

宋知吱当晚就有些感冒了，喷嚏打了一晚上，她随手翻了翻乔遇送给她的杂志，里头有一篇乔遇的专访。

乔遇毕业后供职于全球最大的公关公司，很快他就成为业内知名公关策略师，号称“丑闻清道夫”。回国后，他就职于夺耀传媒，因为是少东家的关系，很多人对他的空降不认可，认为他虚有其表，并无真本事。

为了树立威信，他进入夺耀传媒后的第一件大事，就是重新挽回了武打明星云志的公众形象和商业价值。

云志因为一段恋情，同知名女星撕破了脸，人们关注的焦点都放在了云志的私生活方面，而不是他的专业领域。乔遇先是公布了云志的新电影计划，在网上放了关于他的各种惊险片场照，这一招十分有成效，公众的注意力立马转移到了他对电影事业的拼搏敬业上。第一步取得成功后，他又使了一招，有意在网上发布了一封贫困山区的学生写给云志的感谢信，让公众了解到云志这些年帮助贫困地区开办学校的事迹。一个在专业领域努力并卓有建树，又在默默做着慈善事业的明星，谁还会把矛头指向他曾经的绯闻呢？

她又读了一遍杂志上乔遇的采访：“商鞅为了挽回人民的信任，也采用过徙木立信的手段，所以公关的最大价值是建立信任。”

宋知吱对此有点儿鄙夷，但又不得不佩服乔遇的手段……

第二天，宋知吱戴了个黑色口罩，昏昏沉沉地去公司上班。刚出了电梯，就撞到了萨姆哥，她憔悴地同萨姆哥打了个招呼，正想离开，却被叫住了。

“知吱，我正找你呢……”

宋知吱微微一愣：“找我？”

萨姆哥递过来一个纸袋，道：“乔总让我给你的礼物，说你今天用得上。”

礼物？

无事献殷勤，非奸即盗。

宋知吱难以置信地接过纸袋，回到办公室，迫不及待地打开一看，竟然是一盒感冒灵冲剂，盒子上面还贴着一张蓝色的便笺，便笺上有一行隽永的草书："吃了药，才跟得上我的行程。"

宋知吱气得满脸通红，直接把感冒灵冲剂扔进了垃圾桶。让她生病的人是乔遇，送药给她的人还是乔遇！

这是给了一巴掌再塞一颗糖吗？

宋知吱滴了两滴眼药水，猛地又打了个喷嚏。没办法，她还是向疾病低了头，拾起了垃圾桶里的那盒药。

她刚给自己泡了杯感冒灵冲剂，就接到了老妈蔡云的电话。

"阿嚏！"宋知吱打了个喷嚏。

蔡云问道："知吱，你今天的感冒药忘了吃，要不要给你送感冒药啊？"

"阿嚏、阿嚏、阿嚏……"

宋知吱看了看办公桌上那杯冲好的药，道："哦，不用啦，妈，我买了药了。"

蔡云"哦"了一声，又喋喋不休道："你啊，工作不要太拼命，要是谁欺负你了，妈找人去教训他……妈在夺耀传媒可是有认识的人的……"

宋知吱抓了抓耳朵，忽然捕捉到了什么信息。

"等等！妈！"宋知吱忽然打断了蔡云的话，问道，"你刚刚说什么？"

"说……找人教训欺负你的人……"

"不是这句！你说你在夺耀传媒有认识的人！"

宋知吱顿时反应过来，当时应聘夺耀传媒的时候，是蔡云让她投的简历，她当时还以为老妈是在招聘网站上看到的招聘信息。当时，她看到招聘信息，心里已经打了退堂鼓，这个岗位的福利、薪水都是上上之选，可这样的公司怎么会看上她这样的无名小辈呢？

可蔡云一直坚持她没问题。

现在想想，难道她妈真的为了她的工作走了后门？

"你听错了吧……"蔡云咳了一声，急着转移话题，"你好好上班，妈去买菜了……"

“蔡云，你是不是为我的工作走后门了？是不是塞钱了？”宋知吱气急败坏道，“你这样，我还怎么辞职啊？”

本来都想好辞职了，可要是蔡云花了一大笔钱才把她塞进夺耀传媒，她怎么也得把这笔钱赚回来啊……

“宋知吱，你是怎么动了辞职的念头的？”蔡云抬高了声调。

“这……和我的专业不对口……”

“宋知吱，你给我听着，老娘为了你的这份工作煞费苦心，你可别让为娘失望！！”

蔡云愤愤不平地挂了电话，徒留宋知吱一人握着手机发呆。

蔡云到底塞了多少钱，她这样平凡无奇的三流大学毕业生才会被夺耀传媒录取，被总裁委以这样的重任？

宋知吱心里烦恼，魂不守舍，独自一人先去了公司楼下的食堂吃饭。她进入夺耀传媒就被安排在单独的办公室工作，所以至今也没交到朋友。

夺耀传媒食堂的伙食不错，可宋知吱显然没食欲。

宋知吱同唐佩佩打了个电话，她那边传来涓涓的流水声，听起来唐佩佩正在洗手。

宋知吱长叹了一口气，抱怨道：“佩佩，你说我现在做的工作还是当时选择这个行业的初衷吗？”

“那你觉得我现在做的工作是当时选择读医的初衷吗？”唐佩佩反问了一句。

两人同时叹了口气，宋知吱又道：“刚开始吧，我以为我做的只是娱乐数据标注师，虽然是个力气活，辛苦点儿，但好在是符合我的专业的。可现在怎么做起狗仔了？”

“那你还想干吗？”唐佩佩又问。

唐佩佩那边的水声还没停下，宋知吱忍不住问道：“我说你洗个手要洗多久？”

“这不是工作使然吗？”自从做了男性泌尿科的医生，唐佩佩的洁癖越来越严重，她关上水龙头又问道，“那现在还有什么原因让你继续做这份工作呢？”

宋知吱思忖片刻，现在唯一的诱惑大概就是那份高薪水了吧。

“钱！”宋知吱老实回道。

“除了钱呢？”

“叶楚！”宋知吱又道，“想当好叶楚的站姐也需要钱……”

“有钱你快乐吗？”唐佩佩又问。

“这不是废话吗？”

“那你就好好做你的工作吧，姐是过来人，没有比钱更靠谱的东西了。我这边还有点事，先不跟你说了……”说完，唐佩佩就挂断了电话。

宋知吱垂头丧气地把汤勺搁在餐盘上，虽然面前的餐盘里摆着几道精致的特色小点，但她毫无胃口。

“我看你没什么胃口？”

晃神的瞬间，面前已然坐下了一个男人。

“乔……乔总……”宋知吱直接语塞了。

“要一起去外面吃吗？”乔遇漫不经心地问道。

宋知吱迟疑了一会儿，不吭声。乔遇迅速披上了深灰色的西装，道：“我要出门了，一起吧。”

宋知吱愣了愣，什么情况？

他见宋知吱还坐在位子上，又道：“你不是认脸很厉害吗？”

宋知吱愣住，两根食指触碰着打圈圈。乔遇又道：“我妈付你那么多钱，不是让你跟踪我吗？”

这又是什么套路？宋知吱没能理解乔遇的举动。

眼看乔遇的大长腿就要消失在视线范围里，她急急追了上去，上了车还是满腹疑问："乔总，您带我去哪里？"

"相亲啊。"乔遇耸耸肩。

"相亲？我和您？"宋知吱瞪圆眼睛，脸忽然红了。

乔遇侧头望了宋知吱一眼，忽然有些好笑道："宋知吱！"

"嗯！"

"你是不是对我有什么误解？"

"比如说？"

乔遇淡淡地说道："比如说，你都有资格作为我的相亲对象了。"

宋知吱翻了个大白眼，"嗤"了一声，谁需要这个破资格！

乔遇总是喜欢和相亲对象约在一家固定的阁楼餐厅，乔遇找了个位置坐下，而宋知吱也找了个离他不远的位置坐定。她无法理解乔遇带她来相亲的原因，直到相亲对象终于登场，她才恍然大悟。

乔遇约会的对象，是上周刚刚见面的影视公司千金小姐，这位千金小姐胸大貌美，还是留学美国的经济学硕士。

宋知吱印象深刻。

可直到来人踱步到了乔遇的跟前，男主角还在原位坐定，迟迟没有与来人打招呼。

空气静谧了几秒，女孩先开了口："乔遇，不好意思，让你久等了……"

乔遇咳了一声，故作平静道："我也没等多久……"

"你喜欢吃什么？"乔遇问道。

女孩顿了一下，笑了笑，道："跟上次一样吧。"

乔遇不动声色地拿起了菜单，却没有叫服务生。

这边，宋知吱正对着一盘意大利面吃得哗哗作响，打开手机一看，竟然多了一条微信好友申请。

她点开一看，申请一栏写着"我是乔遇"。

隔着一排绿色盆栽装饰的隔离栏，菜单背后的乔遇正目光灼灼地盯着她。

宋知吱通过了乔遇的好友申请，乔遇立即发了一条消息过来：“我面前的女孩喜欢吃什么？”

宋知吱“嗤”了一声，回复道：“乔总，我怎么会知道？”

下一秒，信息又跳了出来：“你一定知道。”

“两百！”

“三百！”

“四百！”

……

数字在渐渐往上涨……

这些数字代表的是人民币？宋知吱肾上腺素上升，有种要发财的感觉！

好吧……五百块就告诉你！

谁想那条消息停在了“四百”，后面的数字竟然开始做减法！

“三百！”

“两百！”

“一百！”

“五十！”

……

停停停！

我的钱啊！

宋知吱当机立断发出了消息：“意式烩饭配生虾薄片、红虾尾汤和提拉米苏。”

乔遇满意地扬了扬他漂亮的下颌，抽空给了宋知吱一抹意味深长的笑容。

不一会儿，宋知吱就收到了五十块钱的转账。

乔遇点完餐，同那位千金谈笑风生，气氛十分融洽。宋知吱吃意大利面吃得也痛快，不一会儿，她的手机又响了一声。

“我对面的女孩到底叫什么？”

啥？宋知吱揩了揩嘴边沾的酱，又望了一眼乔遇，这回他没有看她，而是笑吟吟地同面前的女孩聊天。

难道这位乔少爷有脸盲症？她终于理解这位少东家刚刚载着她来相亲的原因了。

“五百，不议价！”宋知吱发了消息过去。

乔遇瞄了一眼手机，竟然放下了手机。

他……居然无视了她！

不回就不回！

宋知吱猛地灌了几口柠檬水，就在此时，她抬头一看，玄关处来了一位二十来岁的女孩，穿着红色吊带衫、牛仔热裤，正往乔遇的方向走了过来。

宋知吱忽然有了看戏的想法，她又给乔遇发了条消息。

“这回是一千块，不议价！你的二号相亲对象已经进门了。”

“哪一位？”

“穿红色吊带衫的，正朝着你走来……”

“叫什么名字？”

“先给钱。”

“嘀”的一声，宋知吱收到一千块转账。

宋知吱回道：“穿红色吊带衫的女孩才是影视公司的千金小姐，留学美国的经济学硕士，英文名叫Anna，坐在你对面的女孩叫林玲。”

消息发出后，宋知吱忽觉神清气爽，招呼服务生，道：“再来一份意式烩饭配生虾薄片。”

她靠在椅背上，好整以暇地静候着，就看乔遇怎么应付……

她幻想了无数个情景，就想看乔遇出糗……

毕竟一个人面对两个相亲对象的情景就很戏剧性。

宋知吱托腮，侧头看着隔栏另一边的男人，他穿着白色衬衫，五官出色，棱角分明，笑起来自带温暖的光。家世背景学历，样样出色，怎么会没有女朋友呢？

“啪——”一个巴掌打在了乔遇的左边脸上。

宋知吱震惊不已，猛地站起身。

谁想，下一秒。

“啪——”另一个巴掌打在了乔遇的右边脸上。

乔遇被打了，还是两个女孩一人一巴掌……

我的妈呀，宋知吱好久都没有见过如此刺激的场面了，惊得嘴巴都合不拢了！她虽然耍了点儿小心机，但是没想到故事会如此失控地朝着这个方向发展啊……

眼见两个女孩一前一后愤愤不平地离开，宋知吱提起包包，缩着身子打算撤退，偏偏被一个声音叫住了。

“宋知吱！”

被乔遇叫住的她只好默默往后退，直到退到了乔遇面前才顿住步伐。

“乔总……您，有事？”宋知吱明知故问。

“你故意的？”乔遇冷着脸，脸色很难看。

“乔总，我不太明白您的意思……”宋知吱还在装傻。

下一秒，她的领口就被乔遇提了起来，她像一只小鸡一样被提到了店门口。

门口停着乔遇的蓝黑色跑车，他微微提高了声调：“上车！”

面前的男人眉头紧紧皱着，俊脸冷冽，十分生气。

“去……去哪儿啊？”宋知吱有点儿心虚。

“上车就知道了。”

第二章
她的秘密

“乔总，有什么事，在这里说不行吗？”宋知吱开始害怕。

“上车！”乔遇只回了一个决绝又不含糊的词。

宋知吱只好乖乖上车。

乔遇把车开得风驰电掣。宋知吱哪里坐过这么快的车，吓得上下排牙齿拼命打架。

“乔总，我错了。我不是故意把两个女孩的名字互换了告诉您，我没想到您真是脸盲……”宋知吱好不容易稳住身体又道，“我也没想到您的记忆像金鱼，不过一周，您就把人家女孩的名字忘了……”

“确实和你有关，但我已经猜出你互换名字了。”乔遇淡淡地说道。

“乔总，您故意的？”宋知吱惊诧不已。

“嗯——”顿了一下，乔遇又道，“我还说了，你是我女朋友。”

“什么？”宋知吱瞪大眼睛。

“我不过是想让她们知难而退，但实在不明白她们为什么打我巴掌。”乔遇波澜不惊地回答。

“乔总，您不明白她们为什么打您？”宋知吱反问道。

“不明白。”

“第一，您不记得她们的名字。第二，您竟然带了所谓的正牌女友在她们面前示威，虽然我不是真的……您女朋友。但您这样不是气死她们了吗？”宋知吱认真解释。

乔遇侧眸看了宋知吱一眼，恍然大悟，淡淡地“哦”了一声。

半晌，他又吸了口气道：“为什么——”

“什么？”

“女孩就因为这么点儿小事生气？”乔遇淡淡地瞥她一眼。

眼前的男人是智障吗？宋知吱心里已经火冒三丈，但还是努力地抢救着失控的表情。

这一刻，她似乎明白了，为什么乔遇这种优质男，相亲无数却找不到对象。

“我仿佛明白了……”乔遇得意地牵起嘴角。

宋知吱洗耳恭听。

乔遇沉吟片刻，眼眸一扬：“因为她们败在了不如她们优秀的女孩身上，确实……”乔遇果决地下了定论，“让人生气。”

还能不能愉快地聊天了？宋知吱一直在做的表情管理终于崩了。

下了车，冷风袭来，宋知吱有点儿头晕，走了几步，就被乔遇扶住。

“乔总，您下回能别开那么快的车吗？我这条小命都挂在裤腰带上了……”宋知吱是真的怕死。

“快吗？”乔遇微弯嘴唇，不以为然，“跑车不开快还是跑车吗？”

说得好像很有道理……宋知吱无法辩驳。

月色撩人，清风徐来，带来令人舒爽的凉意。这座城市的夜生活才热闹起来，宋知吱抬头一看，面前巨大的灯牌闪烁，正是一个酒吧。

“喝酒吗？”乔遇问。

宋知吱摇头：“乔总，我不喝酒。这时间也不早了，我还是先回家吧。”

说着，她就先挪动了一下步伐。陡然间，她又被有绝对身高优势的乔遇拽住了手臂，径直往酒吧里走。

“不喝酒没关系，想赚钱就行……我想和你谈个生意！”

谈生意？她不过是一个底层的新员工，有什么生意要同少东家谈啊？

宋知吱很困惑……

这是一个安静却有些不太一样的酒吧，灯光昏暗，有个小提琴乐手正在舞台上低低地演奏音乐。

“那个……乔总，您是喜欢小提琴吗？”宋知吱问道。

乔遇点了两杯鸡尾酒，递给了宋知吱一杯，两人并排坐在吧台前。直到小提琴乐手演奏完毕，他才道：“嗯，我喜欢小提琴。你怎么知道？”

宋知吱回道：“因为乔总之前相亲挑选的餐厅，都有小提琴的演奏。这个酒吧，也有小提琴演奏。”

“你很擅长观察。”

宋知吱沾沾自喜起来：“我吧，不只观察能力一级棒，我还有超强的认脸技能，您今天也看到我的技能了。”

乔遇面前的鸡尾酒已经被他一饮而尽，他又找服务生要了杯酒，显然无暇顾及宋知吱的吹牛。

宋知吱清了清嗓子，试探着问了一句：“乔总，您有特别喜欢小提琴的理由吗？”

乔遇眸光深深，把杯中酒一饮而尽，眼神有些迷离地问道：“我妈到底给了你多少钱，让你这么敬业？”

“这……”宋知吱也不隐瞒，“总裁给我开了双倍工资。”

“仅此而已？”

“还有……奖金。”宋知吱如实回道。

“我挑选这家餐厅的理由不只是因为有小提琴演奏，还因为这里没有我妈安排的私家侦探。”乔遇自嘲地笑了一声。

宋知吱看着面上平静无波的乔遇，突然有些心疼这个男人。

每天都生活在母亲的监视下，这是多么恐怖的事情，可是总裁为什么要这么做？

“你愿意帮我的忙吗？”乔遇问道。

“帮您的忙？”宋知吱迟疑了一阵，又道，“乔总，付我工资的是总裁，我不好……”

“你可以从我这里获得第三份工资……”

宋知吱眼睛一亮，脱口而出：“真的吗？”

她仔细想想，又觉得不可能。眼前的乔总钱虽多，可人不傻啊……

“你不信？”乔遇反问。

“可是……乔总，您没理由付我第三份工资呀！”宋知吱难以理解。

乔遇要了第三杯鸡尾酒，道："你不是有超强的认脸技术吗？可以帮我认人……"

"乔总，您真的有脸盲症吗？"宋知吱想，平时看乔遇工作时，并不存在这个问题啊。

"只在相亲的时候。"乔遇简短回道。

相亲的时候会有脸盲？还有这种病？

宋知吱不吐不快："那个……乔总，其实我很困惑。您每天都在相亲，真的没有一个女孩能入您的眼吗？她们不仅颜值高，身材好，学历高，家世背景和您也不分伯仲，您到底嫌弃她们什么呀……"

顿了一下，宋知吱又问："还有，总裁为什么要……"

宋知吱欲言又止，道："大概您的妈妈真的很担心您的终身大事，可为什么她要把这些事情交给我呢？"

这段时间，宋知吱心里有太多的疑问，全部倾吐出之后，反而舒服了许多。

可她陡然间回头一看，乔遇竟然已经趴在吧台上睡着了……

这是所谓的"三杯倒"吗？

可那不是三杯鸡尾酒吗？乔少爷的酒量也太差了吧……

她轻轻地拍了拍乔遇的肩膀，道："那个……乔总，您醒醒啊……"

她推了推，又戳了戳乔遇的肩膀，竟然毫无反应。

这下怎么办，怎么处理这个醉酒的男人？

服务生习以为常，笑道："待会儿打烊了，他就醒了。你再等等。"

所以……她要坐在这里守着乔遇直到酒吧打烊吗？

宋知吱惆怅得不行，但还是耐着性子等到了酒吧打烊……

可乔遇还是趴在吧台上睡觉，没有丝毫要转醒的意思。

怎么办？

现在已经是夜里两点钟了，宋知吱本想叫萨姆哥来接乔遇，可萨姆哥竟然关了机……

“对了，乔总留了地址在我这儿，就是怕他醉得醒不来的时候，没人知道他家地址……”服务生说着，递了张字条过来。宋知吱接下看了一眼，咬牙切齿地骂了句：“还真是有自知之明。”

在服务生的帮忙下，宋知吱叫了代驾，好不容易才把沉重的乔遇塞进了轿车。她累得气喘吁吁，侧头望了一眼睡得昏昏沉沉的乔遇。

奇怪的是，他虽然醉了，可身上没有难闻的酒味。

乔遇枕在了宋知吱的肩膀上，她嫌弃地挪动了一下肩膀，没想到身旁的男人像胶水一样牢牢地粘着她的肩膀。

一会儿工夫，轿车就停在了乔遇的单身公寓楼下。宋知吱付了代驾费，才轻轻拍了拍乔遇的肩膀，没反应……

“乔总，到家了——”她又轻声喊道。

可身旁的男人还是没有醒来，就这么枯坐了二十分钟，她居然睡着了。不知过了多久，宋知吱揉了揉惺忪的眼睛，发现自己还在乔遇的跑车里。她抬头一看，代驾不见了，身旁的男人正目光一瞬不瞬地盯着她。

“你怎么睡着了？”乔遇先开了口。

“我——”宋知吱语塞了。

乔遇先道：“你知道我等你醒来，等了多久吗？”

宋知吱怔了一瞬，反驳道：“乔总，是我等您……”

明明是她等乔遇醒来等得花都谢了，怎么现在变成乔遇等她了？

“算了，等一下女士也是应该的。”

怎么现在跟她欠他很大的人情似的……宋知吱满腹牢骚，最后慢慢消化——不能跟衣食父母计较。

“你先把车开回去吧，这里是郊区，不好打车。”

话落，乔遇已经起身下车，随手合上了车门，径直往公寓走去。

眼见乔遇的背影渐行渐远，宋知吱才想起自己也喝了酒，还开什么车啊？

定睛一看，她身上还披着乔遇的西装外套。她干脆下了车，找到了乔遇的私人公寓。

公寓位于一楼，外面有个私人院子，银色的月亮从枝头钻出，调皮地在地上洒满熠熠光辉，篱笆上爬着一排不知名的花朵。宋知吱往窗户看去，灰色的窗帘虚掩，能影影绰绰地看到屋里似乎有两个人。

宋知吱有点儿好奇，乔遇不是一个人住吗？他有客人？

她踱步到大门外，正犹豫着要不要按门铃，踌躇了会儿，她发了条微信给乔遇："乔总，您的西装和车钥匙还在我这里……"

没人回复，她又发了条信息："乔总，我在您家门口，您方便开一下门吗？"

她轻轻地按了下门铃，忽然发现门缝里竟然有丝丝亮光透露出来。

宋知吱这才察觉原来门居然没有关！

她小心翼翼地推了推门，门渐渐地打开，屋里的装潢慢慢展露在眼前。宋知吱由下往上看，地板是原木色的，离得最近的是一个开放式厨房，黑白分明。橱柜旁边，有个男人裸着上半身背对着她站着。那个男人穿着黑色短裤，腰部紧实，肩部宽厚，可那个背影似乎并不是乔遇。

宋知吱蹙着眉，弯着身子，正想蹑手蹑脚地往前跨一步，倏然间，一个身影挡住了她。

她喉咙滚了滚，血气上涌，目光所及的地方正好是乔遇的小麦色腹肌。

她脸色绯红，热得厉害，眼珠转了转，循着蔓延而下的人鱼线，慢慢往下，直到黑色双 G 皮带扣的地方，她才吞了口口水。

"看够了吗？"

她还没回过神，双颊就被两只手掌覆盖，像是揉面团一样揉了半晌，她才得以抽身。

她直起身子，捂着脸，委屈巴巴道："乔总，您那么用力干吗？我的脸很疼……"

"很疼？"乔遇漫不经心地抬头，靠近了一步，问道，"要不要我再帮你揉一下？"

还揉？宋知吱吓了一跳，急退几步，递出手上的西装和钥匙，道："乔总，您落下的衣服和车钥匙。"

"不是让你开我的车回家吗？"乔遇反问道。

"我也喝了酒，还是打车吧。"宋知吱解释道。

"哦——"乔遇点点头接过东西，见宋知吱还站在原地，问道，"你还有事？"

宋知吱忽然想到刚刚看到的那个陌生男人的背影，疯狂暗示道："乔总，您……是一个人住吗？"

说罢，她踮起脚故意往里面望了几眼，开放式厨房里空无一人，那个男人现在没了踪影。

"和你有关吗？"

"好奇嘛。"宋知吱半眯着眼，笑得没心没肺。

"我一个人住。"乔遇笃定道。

"哦，乔总，您不邀请我进去坐坐吗？"八卦心作祟，宋知吱实在想探个究竟。

乔遇单手撑在门框上，微微挑着眉，声音又低又暧昧地问道："你不想回家了吗？"

宋知吱咳了一声，解释道："不是……我刚刚看到乔总家里好像有客人，有些好奇是不是我认识的人……"

乔遇趿着米白色的拖鞋，大步地走了几步，直接把宋知吱逼到了墙壁的角落。

楼道里的灯十分昏暗，光影流动，乔遇拥有一张轮廓分明的俊脸，鼻子坚挺，鼻翼弧线近乎完美，而那双灼灼动人的眼眸近在咫尺。

宋知吱忽然感到心跳在"怦怦怦"地加速。

说实话，乔遇长得不错，除了私下作风太过直男，似乎没其他缺点。

他确实是个容易让人动心的男人。

宋知吱努力调整呼吸，可呼吸还是无法控制地变得急促起来。

眼见乔遇的脸庞已经离自己不过一尺的距离，她骤然伸手，阻拦乔遇身体的靠近。

“那个……乔总，别这样……这样不太好吧……”宋知吱闭起眼睛，话讲得磕磕绊绊。

“嗯？好像是……你这样不太好吧？”

“我？”

乔遇微微挑眉，低头望了望自己的胸膛。

宋知吱猛地一怔，眼睛微微睁开一条缝隙，才发现自己的右手不知何时竟然覆在了乔遇的胸膛上。线条分明的肌肉似乎触感还不错……

她迅速收起右手，用力地攥成了拳头，可刚刚的触感似乎还存在……

她脑子里一片茫然，只想着赶紧道别：“那个……算了，乔总……我、我……还是先走了……”

“不喝水了？”乔遇饶有兴致地反问道。

“不喝了，不喝了……”

“不是要进来坐坐吗？”乔遇又问。

还坐什么坐！宋知吱此时只想落荒而逃。

“不坐了，不坐了……”

“哦？那要帮你打车吗？”乔遇微微挑眉，显然很得意。

“不用……不用麻烦乔总了。”

“需要报销吗？”

“……这点儿钱不用公费报销了。”宋知吱用力地挥手，扯着嘴，默默地往后退。

她一路狂奔出小区，好不容易才控制好心跳的节奏。

天哪，刚刚自己到底做了什么蠢事！太丢人了吧！

宋知吱想了一夜，觉得这事情还是太奇怪，一定有什么猫腻，不然为什么乔遇不让她进门呢？

根据种种奇怪的现象以及乔遇家里出现的男人，她终于下了个结论——乔遇喜欢男人！

一定是这样！不然长得这么英俊的男人，为什么对女人没有兴趣？

宋知吱失眠了一夜，起了个大早去夺耀传媒的食堂吃早餐，可她连一碗粥都吃得魂不守舍。她正发愁要怎么和总裁汇报这件事，忽然食堂传来了一阵骚动。

“叶楚来了！”

宋知吱猛地一惊：叶楚？他回公司了？

最近，她一直在刷叶楚的行程，可叶楚自上个月结束巴黎行程后，仿佛神秘失踪了，如今他回公司，宋知吱自然激动得不行，挤在人群里往外看，她想看看叶楚瘦了没有？变得更帅了没有？

可叶楚还没看到，她口袋里的手机就响个不停。

她拿起一看，是唐佩佩的电话。

“佩佩，什么事？快说！我现在正忙着，忙着看叶楚呢……”

“那个……你们那位少东家是叫乔遇吗？”唐佩佩问道。

“废话，你不是看过照片了吗？”

“那个……我刚刚好像看到他来我们医院了。”

“去你们医院了？”宋知吱并不觉得哪里奇怪，只问，“看病吗？”

唐佩佩压低声音，神秘兮兮道：“好像是找我们主任……”

“你等一下，你刚刚说什么？”宋知吱找了个安静的角落讲电话。

“我说我好像看到乔遇找我们主任……”唐佩佩又重复了一遍。

宋知吱惊讶地反问道：“他看的是……男性泌尿科？”

“好像是，但我也不确定……”

唐佩佩鬼鬼祟祟，话说一半就停住了，让宋知吱八卦之魂愈演愈烈。

宋知吱心下困惑，挂了电话，见人群散去，她随便逮住身旁的同事问了一句："叶楚呢？"

"走了啊。"

"走了？"宋知吱有点儿失望，因为唐佩佩那个电话，她错过了叶楚。

自从宋知吱得知乔遇找了唐佩佩所在泌尿科的主任，她看到乔遇总觉得不自在。好好的，乔遇为什么要去看泌尿科？是不是有什么隐疾呢？

最近，她在公司长廊遇到过乔遇几次，每次他都眸光深深，单手托着下颌，盯着自动售卖机发呆。

这么望了几分钟，宋知吱差点儿以为他成了木头人，她拾起出货口的咖啡递给乔遇，小声道："乔总，您的咖啡。"

见乔遇目光疏离地看了她一眼，将视线转向她手中的咖啡，她迅速拉开了拉环递给他："乔总，我看您最近神情恍惚，是……是有心事了？"

乔遇最近似乎特别忙，下班后要么待在办公室，要么直接回家，导致宋知吱的日常有点儿无聊。

毕竟她的工作内容和乔遇脱不开关系啊！

"你……你是不是有问题要问啊？"乔遇忽然侧头望着宋知吱。

宋知吱脑袋里百转千回，确实有很多问题……

乔遇最近魂不守舍会不会跟看了泌尿科有关系啊……

之前相亲那么多次，难道是因为他自己患有隐疾不想拖累女孩？

见宋知吱半天不出声，乔遇冷不防地走近了一步，脸庞挨近，带着冷冽的气息，吓得宋知吱猛地退了好几步，直到靠在了自动售卖机上。

"你在心里脑补了一出大戏？"乔遇眉眼低垂，问道。

宋知吱转了转眼珠，咳了一声："我……我确实有个问题想问乔总。"

"问啊。"乔遇扬了扬眉道。

"我……"宋知吱本想着要问他最近是不是生病了，可转念一想，这好像太明显了。

“我想知道乔总为什么会知道我每天吃的零食……”

脱口而出的瞬间，宋知吱也觉得自己有点傻，这问的是什么问题啊……

乔遇笑了，眼尾上挑，眼睛里泛着细碎的光芒：“自动售卖机告诉我的。”

自动售卖机？

宋知吱恍然大悟，她这上班的日常不是待在办公室，就是来这台自动售卖机前买东西。乔遇不知道才怪！

话落的瞬间，乔遇饶有兴致地笑了一声，便走远了。

宋知吱又在自动售卖机上买了几包薯片和几瓶可乐，刚准备回办公室，忽然听到背后有两个女员工在窃窃私语。

宋知吱的听力很好，特地在自动售卖机前徘徊了一阵。

“看到少东家刚刚的神情了吗？可难看了。”

“能不发愁吗？即使公关部门紧急压下了路薇的新闻，但纸始终是包不住火的。”

“你看那视频了吗？真的是路薇吗？”

“不是她还能是谁啊？缺席代言的活动、新戏的拍摄，只是为了去夜店消遣。唉，艺人的人设真是禁不起推敲啊。”

“可她失踪那么久也不跟公司报备……”

“……”

路薇缺席活动，却去夜店消遣？

宋知吱觉得事情有点儿微妙，抱着零食饮料急急回到自己的办公室，打开网页，搜索了一会儿，果然热搜前几条都是路薇的新闻——

“路薇缺席代言活动”。

“路薇失踪”。

“夺耀传媒”。

宋知吱顿觉事态严重，她又在微博搜索了一圈，路薇的八卦新闻很多，最新的是一个视频，是她醉酒后上台抢了驻唱歌手的话筒，唱了首歌。

视频拍得不清晰，但身材和脸部轮廓看起来确实是路薇，只是这种举止太不像她本人会做的事情了。

宋知吱总觉得哪里奇怪，又说不上来。她仔仔细细地看了路薇唱歌的模样，她唱的是首摇滚歌曲，在舞台上又蹦又跳，动作夸张，手上还拿着酒瓶，像是喝了很多酒。

宋知吱看了好几遍视频，最后打开电脑，调出机器已经标注好的路薇的图片和视频，有路薇影视剧的作品资料，也有她参加活动的影像资料。

等到了傍晚，她才关了电脑，走出办公室，背着包走了段路，魂不守舍地撞上了一人。

仰头一看是萨姆哥，她急急忙忙地道歉："萨姆哥，不好意思，不好意思……"

"没事，没事。"

话毕，萨姆哥加快步伐，看起来确实有急事。宋知吱忽然回过神来，急急地追了几步，问道："萨姆哥，你去哪里啊？"

"开会啊。"萨姆哥解释道，"你是不知道我现在真是愁死了。紧急被乔总叫回来，唉。"

"是路姐的事情吗？"宋知吱追问道。

萨姆哥顿住脚步，伸手做了个"自刎"的动作，道："这不是明摆着的吗，天天都在给她擦屁股。要是再联系不上路薇，我就得自刎谢罪了。"

宋知吱犹豫了会儿，还是问道："萨姆哥，路姐喝酒过敏吗？"

萨姆哥有些意外地问道："知吱，你为什么这么问？"

"我觉得有点儿奇怪，但说不上来……"

宋知吱欲言又止，萨姆哥没了耐心："知吱，你到底想说什么呢，我赶时间啊。"

"我看了网上的视频，觉得那个路薇有点儿不对劲。"宋知吱如实回道。

萨姆哥蹙眉，不以为然道："知吱，我们夺耀还有几个路薇啊？不就一个吗！”

宋知吱还是不罢休道：“我看网上说路薇不喝酒的，因为她喝酒就会过敏，起红疹，是很严重的红疹，这会直接影响她的工作。所以那个视频，如果真的是路薇，她那样的状态一定喝酒了，可是她为什么要喝酒呀？”

萨姆哥被宋知吱问得哑口无言，只好道：“她可能疯了……要不然……”

“那你觉得路薇是为了什么这样放弃自己？”

宋知吱和萨姆哥齐齐回头，看到乔遇双手环胸站在二人的不远处。他徐徐走近，又居高临下地问宋知吱：“那你觉得路薇为什么要放弃自己？”

宋知吱语塞了，老实地摇头：“我不知道，但觉得有些奇怪。”

乔遇若有所思，忽然道：“你也加入我们的会议吧。”

“我？”宋知吱十分震惊。

“这次会议，还有两个同事，人不多，就是为了防止消息走漏。你一起参加吧。”话毕，乔遇也不管宋知吱的反应，迈着长腿先走了。

萨姆哥拍了拍宋知吱的肩膀催促道：“发什么呆啊，快走啊！”

宋知吱不情不愿地跟着乔遇进入会议室。偌大的会议室，灯光明亮，长桌旁已经坐了一男一女。男的斯斯文文，戴着一副金丝边眼镜，是公关部的实习生阿戴。女的年纪轻轻，齐肩头发是灰蓝色的，是跟乔遇最久的助理南晞。

“人都到齐了，现在我先介绍一下新加入公关部的同事，她叫宋知吱。”乔遇宣布道。

萨姆哥十分惊讶，宋知吱也有点儿吃惊，自己怎么就加入公关部了？

阿戴和南晞面面相觑，对空降的同事感到疑惑，但还是礼貌地鼓掌欢迎。

宋知吱尴尬地笑了笑，乔遇是不是对自己有什么误解啊……

“乔总，我好像不是这个部门的吧……”宋知吱犹豫道。

“对，所以，对此你应该感到很荣幸。”

宋知吱内心：荣幸从何说起？

“你现在还算是公关部的试用期员工……你得好好表现了。”乔遇又把灼热的目光投向了宋知吱。

宋知吱脸色涨得通红，又不好当面驳斥乔遇，只好找了个离他稍远一些的位子坐了下来。

乔遇正式宣布："会议正式开始吧。这次的会议是有关路薇后续事态的解决。"

"路薇一失踪，各种不利新闻就像滚雪球一样越滚越大了。"阿戴叹了口气，道。

乔遇捏着笔，神情平静地说道："很正常，媒体的天性就是寻找有爆点的新闻和信息，尤其是负面新闻。"

南晞发言道："虽然我们一开始就在做舆情控制，运用了 SEO 技术压制了负面信息，但效果并不明显。"

宋知吱好奇地低声问道："什么叫 SEO？"

阿戴解释道："所谓 SEO 即 Search Engine Optimization。翻译成中文的意思就是搜索引擎优化，简单来说就是让搜索引擎上关于路薇的负面信息刷到后面。"

"我知道了，这个技术手段应该是通过删帖减少网上关于路薇的信息传播。"宋知吱反应很快。

"对，大概是这样。"南晞接着道，"但网上还是有竞争对手找了黑公关对我们夺耀传媒落井下石。路薇的失踪直接影响了夺耀传媒的形象和股价。找到路薇，才是现在最好的办法。"

乔遇眉心微蹙，心事重重，沉思片刻道："阿戴，你起草一份声明，路薇造成剧组和合作方的损失，夺耀传媒会一力承当。把舆情往路薇的安全和身体状况上引，尽量打同情牌。道歉也要放低姿态，中心明确。"

"可是……"萨姆哥欲言又止。他知道路薇手上有多少代言、多少新签的电视剧和电影合同。这意味着夺耀传媒要赔付巨额的违约金。

"为了降低损失，除了安抚合作方，还需要找到路薇。"萨姆哥靠在转椅上，重重地叹了口气。

“难道要报警吗？”阿戴问道。

“我们不是她的亲人，报警警方会受理吗？”宋知吱弱弱地开口道。

乔遇把眸光转向了宋知吱，问道：“你有好的建议吗？”

宋知吱咳了一声，觉得自己在这里有点多余：“那个……乔总，大家都是专业的公关人员，而我只是个门外汉，出现在这里有些奇怪……”

“你刚刚在门口跟萨姆哥说的话，我听到了。你觉得路薇不正常？”乔遇问道。

“我只是……”

“说出你的看法，不需要扭扭捏捏。”乔遇催促道。

宋知吱点点头，如实道来：“嗯，不正常。她现在正处于演艺生涯的上升期，无端出现这样的状况，可能是生活上出现了困境，迈不过去。也可能是，身体上出现了问题，让她感到绝望。”

“你说得有理。”

宋知吱被肯定觉得有些荣幸，下一秒却被乔遇泼了冷水：“但你说的状况我们大家都知道。”

“现在的困境是，我们派出去的人根本找不到路薇，无法得知她的具体状况如何。”萨姆哥揉了揉眉心，真是发愁。

作为路薇的经纪人，他已经几宿没有睡觉，承受了很大的压力。

“那你们找过医院吗？”宋知吱忽然道。

几人忽然把目光转向宋知吱。

眼前的女孩清了清嗓子，不急不慢道：“因为，路薇有过敏史。从网上的视频能看出路薇神智并不清醒，所以她很可能喝了酒。过敏了应该会去看医生吧……”

“对。萨姆，你怎么忽略了这点……”乔遇看向萨姆哥。

萨姆哥有点儿无辜，他照料路薇事无巨细，但路薇不饮酒的事情，他纵然知道，可也不知道她是因为过敏而不能饮酒。

“其实也不能怪萨姆哥，我也是从很久之前的采访得知的。”宋知吱回道。

“很久？”乔遇疑惑。

宋知吱解释道：“是路薇成名之前，签约夺耀传媒之前的采访。”

作为娱乐数据标注师，要找出这些视频轻而易举。

乔遇点点头，宋知吱给出了一个寻找路薇的方向，大家开始各自行动了起来。

会议结束后，几人先出了会议室，宋知吱最后出门，见到乔遇还在长廊上和萨姆哥说话。

她静静地等了一会儿，见萨姆哥走了，她才追上去对乔遇道：“乔总……您是不是对我有什么误解？我这忽然加入公关部，那之前的工作要怎么交代？”

宋知吱一脸为难，希望乔遇收回成命。

乔遇蹙眉，很认真地思考了几秒，道：“对，你之前还有工作……”

宋知吱一脸无害地点了点头。乔遇饶有兴致地勾勾唇：“你说的是在电脑上标注我的图片和视频吗？”

“还是说像个狗仔一样跟踪我？”

“……”宋知吱无言以对了。

“听说总裁给你开了双倍的工资？”

“对，所以……”

宋知吱正想接下话头，正是如此，所以她要好好地对待自己的工作，好好地为总裁安排的工作负责。

谁知乔遇接着道：“所以……多做一份公关部的工作也是理所应当的。”

宋知吱气得暗暗咬牙，又无可奈何，只好点点头，含恨目送乔遇离开，自己跟在后面。

谁想还没走远，乔遇又回头看她：“宋知吱……”

“嗯，乔总还有什么吩咐？”她僵笑着看着乔遇。

乔遇扬了扬眉，道：“一起走吧。毕竟你也从我这儿拿了一份钱，今天帮我开车吧。”

“……”

宋知吱脸色很难看，她不过是想好好混完这个月，拿一个月的工资，买个焦距800mm的镜头，怎么就那么难呢？

她虽然很生气，但又不能不服从，乔遇还真是一副资本家的嘴脸，将物尽其用发挥到了极致。

到了地下车库，宋知吱接过乔遇的车钥匙，坐在了驾驶位上。乔遇安稳地坐在后座，神情慵懒地说道：“我们去路薇家。”

“啊？”宋知吱有点儿困惑，“为什么要去路薇家？”

乔遇轻轻地吐字：“你照着我给的地址开就好了。”

“可是萨姆哥应该去过路薇家啊，而且现在各大媒体应该堵在路薇家周边才对啊。她怎么可能会那么傻，还待在家里？”

宋知吱抛出一连串问题后，背后许久没人回应。从后视镜一看，乔遇微微合上了眼睛，神情沉静，似乎已经进入了睡眠的状态。

她只好专心开车，但不知为何，会时不时走神，透过后视镜看看后座上的男人。时明时暗的光线里，乔遇头枕在座椅靠背上，双眼合着，长睫轻轻覆盖，薄唇微微抿着，只是双臂还交叉着，看似并没有完全放松。

到达乔遇给的地址后，宋知吱低声喊了句：“乔总，到了。”

可乔遇似乎还在睡梦里，她等了几分钟，他依然没有醒转，她灵机一动，调低了车里的温度。

过了会儿，车内的温度徐徐下降，乔遇不自觉地动了动身子。

“阿嚏——”乔遇猛地打了个喷嚏，惺忪地睁开眼睛，哑着嗓子问道，“到了？”

“嗯，到了，乔总。”宋知吱笑着回头。

乔遇咳了一声，双手互相搓了搓，问道："你为什么把温度调这么低？"

"乔总教我的呀。"宋知吱理直气壮地回道。

"教你什么？"

"上回在餐厅，乔总不是教过我怎么叫醒一个熟睡的人……"宋知吱半眯着眼睛，笑得意味深长，"就是调低温度呀。"

睚眦必报可是宋知吱一直以来的作风。

乔遇墨黑的眼瞳里有复杂的情绪在翻滚，顿了一下，他意味深长道："现学现用，我应该……夸你聪明吧？"

宋知吱用力点头，接受了乔遇的夸奖。

他僵了笑意："你先去停车吧，我等你。"

话落，乔遇已经下了车。

宋知吱停好车，见乔遇站在一盏蛋黄色的路灯下，昏黄的光线和月色交相辉映，拉出长长的影子。他环抱着双臂，似在沉思。她不禁上前问道："乔总，我们不进小区吗？"

乔遇侧眸望了她一眼，淡淡地说道："不去了。"

"啊？"

"这里是高档小区，没有业主的同意，我们进不去……"

这不是早就知道的吗？可为什么还要来一趟呢？！

宋知吱惊呆了，敢情她开了十公里的车，就是来路薇住的高档小区门口一游吗？乔遇是不是吃饱了没事干啊？

"我们去小区外头逛逛。"

宋知吱亦步亦趋地跟着乔遇，忍不住问道："乔总啊，您要逛街哪里都可以逛，为什么偏偏来这里啊？"

说实话，路薇住的这个高档小区，虽然环境好，私密性高，但周遭的配套设施并不完善。环顾四周，根本没有什么大商场和繁华街道，最近的只有一座有人工湖的公园。

但乔遇显然也没有逛公园的兴致，直奔一条小巷而去，宋知吱只好跟着他。

他打开手机地图搜索了一会儿，加快了脚步，不一会儿，他在一家药店的门口停下了。

宋知吱气喘吁吁地跟上来，道：“乔总，您到底在找什么？”

“药店。”乔遇回道。

宋知吱抬头，看了看面前的药店，招牌上写着“易嘉大药房”。她有点儿困惑，顿了两秒忽然恍然大悟道：“乔总，您是不是觉得路薇会来这里买药啊？”

乔遇微微颔首，笑了一声，道：“看来，你变得聪明了。”

宋知吱“嗤”了一声，小声咕哝道：“一直很聪明的好吧。”

乔遇走进药房，找了个店员问道：“你好，请问最近有个戴口罩的女人来买过过敏药吗？”

店员迟疑了一会儿，没有回答。乔遇又道：“哦，是这样的，我想买跟她同款的过敏药。”

“你怎么知道路小姐经常光顾我们店啊？”店员有些奇怪地问道。

看店员这副模样，大概是还不清楚她口中的路小姐就是大明星路薇。

乔遇和宋知吱很兴奋，这意味着路薇很可能来这里买过药。乔遇解释道：“她是我们的朋友，这不，我女朋友过敏了……”

乔遇边说边自然地拉过宋知吱对着店员道：“刚刚打她的电话没打通，没能问到方子。”

宋知吱咳了一声，不情不愿地被乔遇当成棋子。

“你女朋友哪里过敏啊？”

店员上下打量了宋知吱几眼，眼前的女孩皮肤白皙无瑕，丝毫没有过敏的迹象。

宋知吱望了一眼乔遇，乔遇笑着解释：“不太方便给你看……反正就是和路小姐一样的毛病。”

“过敏是有好几种症状，不能乱吃药啊！”店员本着负责任的态度提醒道。

乔遇用手肘撞了撞宋知吱，宋知吱仰头为难地望了望乔遇，乔遇眉毛微挑给宋知吱做暗示。

她徐徐回过头，对着店员低声道：“我过敏的地方比较私密，不方便给你看。但是，你放心，我和路小姐的症状一样，这过敏是遗传。”

“哦，她吃的是中药。方子正好放了一份在我这儿，我照着药方给你抓。”

店员恍然大悟，走到中药区，打开抽屉抓了几味中药，包好后递给了乔遇，道：“必须这几种药一起煎煮着吃才有效果。”

乔遇接过那袋药，在收银处和店员私语了半天，过了一会儿，他轻轻走到宋知吱的身旁，道：“我们去里头看监控。”

“店员怎么会愿意给我们看监控呀？”宋知吱有点儿困惑。

“你想知道啊？”乔遇故意拖腔带调。

宋知吱用力点了点头。而他半眯着桃花眼，弯了弯嘴唇。

她求知若渴地直勾勾地盯着乔遇，只见乔遇漫不经心地抬了抬完美的下颌：“可是——我不想告诉你。”

宋知吱“嗤”了一声，翻了个大白眼，不说就不说，她还不想知道呢！

查监控是个体力活，等到药店关门，两个人也没通过监控画面找到路薇的身影。

两人悻悻地从药店出来，夜色深沉，晚风微凉。

乔遇打了个喷嚏，一回头，看到宋知吱忽然顿住脚步。

“你要干吗？不回家吗？”乔遇问道。

“你等我一下。”

话音才落，乔遇见面前瘦瘦的女孩忽然折回，一路往药店小跑而去。小巷里回荡着她清脆的脚步声，乔遇环着双臂暗自有点好奇，这个女孩要去干吗？

等了几分钟，宋知吱出来了，两只脚合并从台阶上蹦下来，皎洁的月色下，她笑意粲然地挥了挥手中的塑料袋。

眼前的女孩乌黑的长发轻轻摆动，整个人乖巧又活泼。那瞬间，乔遇竟然有片刻的失神。

她走到乔遇的跟前，俏皮地笑了笑，道：“乔总，给你。”

“什么？”

月光透过枝丫落在男人棱角分明的脸上，男人身材高大挺拔，仿佛是夜色下的一件天然艺术品。

“感冒灵。”

“干吗给我感冒灵？”乔遇疑惑地接了过来。

宋知吱耸耸肩，道：“给一巴掌再塞颗糖啊。您教的啊！刚刚吹冷气，我怕您感冒了。”

乔遇轻轻“嗤”了一声，好笑又好气，道：“好吧，谢谢你。”

一路奔波，宋知吱有点儿累，不自觉地打了个哈欠，轻轻地拍了拍嘴。

“等下我来开车吧，送你回家。”乔遇低声道。

资本家吃错药了吗？宋知吱瞪大眼睛，惊讶地望着乔遇，乔遇轻描淡写道：“疲劳驾驶容易发生车祸，我是担心我的命。”

她张了张嘴，最后合上，刚生出的感动情愫立刻烟消云散。

乔遇的直男属性真是固若金汤，难以撼动！

无波无澜的一周过去了，宋知吱早就安排好了周六的行程——上午睡个懒觉，下午跟唐佩佩一起去看场电影，然后去附近商圈的游戏城玩上一圈再吃顿烧烤。满满的行程很让人期待，可惜被乔遇的一个电话搞没了！

手机连续响了三次，宋知吱才起身去接电话。

她看了看来电显示，猛地从床上直起身，正襟危坐地接起电话：“乔总，早上好，您有什么事吗？”

“我在医院等你。”乔遇那边人声鼎沸，好似很吵。

“哈？”宋知吱胡乱地抓了抓头发，睡眼惺忪。

“我把地址发你微信上了，我算了算距离，你打车半个小时就能到了。”顿了一下，他补充道，“天气有点儿热，别让我等太久了。”

“……”

宋知吱还没来得及回应，对方就挂了电话，留她坐在床上郁结难舒。

乔遇是魔鬼吗？

为什么周末都不放过她？

等宋知吱赶到乔遇给的地址时，已经是半个小时之后了。她在大厅里来来往往的人群中扫视了几遍，也没见着乔遇的身影，最后她放弃了，给乔遇打了个电话。

乔遇接起电话，语气波澜不惊：“你到了？”

“嗯，对的，乔总，您在哪里呢？”宋知吱问道。

乔遇漫不经心地回道：“你迟到了。我在医院楼下的停车场等你。”

宋知吱气喘吁吁地跑到停车场找到了乔遇的跑车，只见他端坐在驾驶座上，好似没有下车的意思。

她忍不住问道：“乔总，您不是要去医院吗？”

“哦，等你的时候已经办好了。”

宋知吱瞪大眼睛问道：“所以……现在？”

“现在？回家吧。”乔遇不急不慢地回道。

宋知吱暗自咬牙，这好不容易到来的周末，她一大早火急火燎地赶到医院，乔遇却告诉她，回家？！

开什么玩笑？她是不是看起来很好欺负啊！

“上车啊！”乔遇使了个眼色，让宋知吱上车。

这么久累积的怨气让宋知吱满腹委屈，她气急败坏道：“乔总，乔遇，你是不是觉得使唤我，整我，很有意思啊，你以为我愿意吗？天天看你的视频或者当个跟踪狂？还不是总裁担心你单身到死，才让我做这样的事情！”

宋知吱不吐不快，继续道："我这么辛苦地跑到医院，你跟我说回家？我看起来是不是那么好欺负啊？"

乔遇微微滞了几秒，从车窗探出头看了宋知吱几眼，半天没吭声。

宋知吱觉得自己可能气势上压住了乔遇，导致他竟然没有回嘴。

他托腮认真道："你不好欺负啊。"

语气淡淡的，不带任何情绪，但他那副模样真是欠揍。

宋知吱觉得自己遇到劲敌了，本以为会跟乔遇大吵一架，宣泄自己内心的愤怒。不想他竟然冷静异常，一板一眼地回复自己。

见眼前的女孩满脸涨得通红，眉头紧皱，一肚子气无处宣泄，他居然觉得很好笑，又道："总裁请你来，又不是让我欺负的。"

"而且工资那么高，我也舍不得啊……"

人生需要几次说走就走的旅程，也需要几份说辞就辞的工作！

"老娘不干了！"五个字硬生生地堵在宋知吱的喉咙里。

宋知吱正欲爆发，男人眸光流转，忽然道："听说你是叶楚的粉丝？"

乔遇忽然的问话，让宋知吱微微一愣。

乔遇继续道："叶楚已经从巴黎回来，接下来会在国内开巡回演唱会，我手上一般会预留几张 VIP 的座位票。你需要吗？"

宋知吱瞪圆了眼睛，在心里迅速地权衡了一遍。叶楚每次演唱会的票都很难抢，而 VIP 座位每次都被黄牛炒到难以预估的高价。

可即使如此，还是一票难求。

犹豫了好几秒，乔遇还在用探究的眼神看她。

"是……是送吗？"宋知吱没骨气地压低了声音。

"对，当作你的员工福利吧。"乔遇补充道。

宋知吱两颗黑眼珠转了转，有种难以言喻的喜悦跃上心头，她掩饰了一下神情，压低声音道："乔总，您……需要我开车吗？"

乔遇让出位置，宋知吱端坐在驾驶位上，殷勤地问道："乔总，去哪里？"

乔遇眼尾微弯，似笑非笑："刚刚……"

"刚刚怎么了？"宋知吱故作若无其事。

"刚刚……你生气了吗？"乔遇忽然道。

宋知吱本想回他，自己这么卑微，哪有资格生气，顿了一下，她换了个表情，道："起床气，都是起床气，乔总别介意啊。"

"找家餐厅吃饭吧。你还没吃饭吧？"乔遇又道，"我正好有些事想和你说。"

宋知吱按照乔遇的指引，把车开到了离医院不远的一家港式茶餐厅。这家茶餐厅是家老店，常年位列各大美食网第一名，宋知吱慕名去了好几次，但都是人山人海，连取号都困难。

没想到的是，乔遇根本不用排队，在餐厅经理的招呼下，熟门熟路地带着她穿越一众取号的客人进了门。好不容易享受一次特权，宋知吱把餐厅的招牌餐点都点了一遍。

菜单递了上去，她才看到乔遇微妙的神情。

"乔总……我点得是不是有点儿多了？"宋知吱小心翼翼道。

"不会，我能理解……"乔遇淡淡道。

"理解？"宋知吱不解了。

"公司二十楼的自动售卖机生意兴隆，补货补得那么勤，都是你的功劳。"乔遇漫不经心地回道。

宋知吱被噎了一下："乔总，这……"

"所以我能理解你……"乔遇加重语气强调道，"食量大。"

宋知吱嘴角抽了抽，还能不能愉快地聊天了！

真是活该单身，孤独终身！

见宋知吱半天不吭声，乔遇又问道："怎么了？还需要什么吗？"

"再来杯可乐吧。"宋知吱简短地回道。

乔遇低头切着刚出炉的冰火菠萝油，对着身旁的服务员道："这位小姐需要一杯快乐肥宅水。”

宋知吱：“……”

餐点上齐，二人吃得差不多了，宋知吱忽然问道：“乔总，您刚说有事和我说，是什么事呢？”

乔遇点点头，从口袋里抽出一张有些泛黄的笔记本内页，递给了宋知吱。

她愣了愣，才接过来定睛一看，是个药方，上面的字迹十分潦草，看不明白。她猜测道：“这是您昨天从药店要来的药方？”

“对。”乔遇点了点头，道。

“可是……我们昨天不是去药店了吗？也没等到路薇。”顿了一下，宋知吱忽然想到了什么，道，“你想说的是，给路薇开药方的医生就在刚刚那家医院吗？”

乔遇喝了一口冻柠茶，扬了扬眉：“还好起床气没有影响你的智商。”

“……”宋知吱默默翻了个白眼。

“药方上面写的名字，是刚刚那家中医院附属医院的老专家。”乔遇解释道。

“那您打听到路薇的消息了吗？”宋知吱也有些兴奋。

“打听到了，老专家是路薇长期看病的医生，也是她这些年的一个朋友。她私下预约了他的专家号，日期就是明天。”乔遇又道。

“那我们明天岂不是可以守株待兔了！”宋知吱第一次参与这样的任务，有点儿激动。

乔遇却不太乐观：“路薇……可不是兔子。”

路薇失踪的新闻像是一部超长的连续剧还在发酵，每天都有不同的营销号在带节奏，发出奇奇怪怪的传闻，诸如“路薇抛夫弃子之谜”“路薇背后金主浮出水面”“路薇失联七天，疑似死亡”。

流言越传越邪乎，宋知吱要不是参与了这次的公关，大概也会相信网上的传闻。可以乔遇的手段，是不可能让这些大V和营销号断章取义，博眼球啊！

他一定会做出精密的舆情控制。

除非——乔遇故意让人爆假料给这些营销号。可乔遇的目的是什么呢？

宋知吱想不通。

第二天，她到达中医院，满心期待能等到路薇现身，可一直等到傍晚，老专家的最后一位病人看诊完毕，还是没等到路薇的身影。

宋知吱和乔遇枯坐在长廊的条椅上，宋知吱百无聊赖，乔遇倒是十分淡定。宋知吱见乔遇还淡定地在看时事杂志，忍不住问道："乔总，网上那么多谣言，您不担心吗？"

乔遇微微仰头，看了看宋知吱，道："你知道有一个经典的流言传播学公式吗？"

宋知吱摇摇头。乔遇笑了一声，道："流言的传播速度等于事件的重要性乘以事件的模糊性。事件越模糊，流言传播的速度就越快。"

"那您还能坐得住？"宋知吱惊诧地问道。

乔遇淡淡地说道："越扑朔迷离，对我们来说，不见是坏事。"

宋知吱有些不理解乔遇的做法，换了个话题问道："路薇该不会知道我们会来找她，所以连病都不看了吧？"

乔遇沉吟许久，忽然起身走进了老中医的诊室。

宋知吱想紧跟其后，偏偏被护士拦住。等了好一会儿，乔遇才出了诊室，宋知吱八卦地追问道："怎么说？老中医知道路薇的行踪吗？"

"他即使知道，也很难告诉我们……"

"也对。"宋知吱有点儿丧气，"毕竟这是病人的隐私。乔总，如果找不到路薇……您也别太沮丧了。事情已经这样，该做的公关我们都做了。"

宋知吱发自肺腑地安慰了很久，乔遇轻笑了一声，问道："你在安慰我吗？"

"……对啊。我看乔总好像有点儿沮丧。"

乔遇微扬眉毛，不以为然道：“虽然是件很难的事情，但我还是找到了路薇的行踪。”

说完，他迈开长腿不疾不徐地走在了前方。宋知吱半天才回过神来，急忙追了上去，道：“真的假的？”

乔遇停下脚步，示意宋知吱靠近，他凑到她的耳旁，低声说了几句话。

宋知吱有点儿惊讶地问道：“真的？”

她还没消化完这消息，就跟乔遇上了车。

乔遇把跑车开得风驰电掣，宋知吱终于发问：“乔总，那位老中医怎么会那么爽快地把路薇的行踪告诉您呢？”

乔遇轻描淡写道：“宋知吱，我今天要是给你上一课，你得付多少学费？”

宋知吱咳了一声，耸耸肩，有点儿不买乔遇的账。

“人啊，要懂得利用自身资源的优势。长得好看呢，就利用自己的颜值，专业过关……”

未等乔遇说完，宋知吱就迅速打断了他的话，大为震惊道：“等等！”

乔遇蹙了蹙眉，宋知吱感叹道：“乔总，您这牺牲有点儿大啊。”

“……”乔遇神色不明地望了望宋知吱。

“您居然利用色相让老中医说出路薇的行踪……”

宋知吱觉得乔遇的牺牲实在是太大了！老中医那样的花甲之年，确实很难下口。

乔遇眯了眯眼睛，眸色幽深，半天才蹦出一个词：“闭嘴。”

宋知吱只好乖乖闭了嘴，直到乔遇把车停下，她才发现他们来到了郊区。这里依山靠湖，绿草茵茵，面前的三层楼正是一幢私人心理诊所，全称是“为康心理咨询中心”。

乔遇锁了车，抱着双臂看着心理咨询中心，淡淡地看了看宋知吱，道：“宋知吱，我觉得你有必要好好整理一下你的脑回路……”

脑回路要怎么整理？宋知吱居然认真地思考了两秒。

见乔遇已经快步地往面前的那幢楼走去，宋知吱快跑了几步，虚心请教道：“乔总，我是真的想不通您是怎么套出消息的。”

“路薇私下里朋友很少，这位老中医跟她关系很好，她也早就把老中医当成伯伯一样的人，所以在找心理医生的时候，这位老中医就帮了忙。”乔遇解释道。

“如果是这样的原因，他更加不该把消息告诉您才对啊？”宋知吱更加不解了。

“老中医的孙女想当明星，我是夺耀传媒的公关部总监，我母亲是夺耀传媒的总裁，让他孙女入行，也就是一句话的事情。”乔遇扬了扬清瘦的下颌，道，“这就是利用我自身的资源优势，懂了吗？”

“原来如此……”

“但这不是主要原因，眼下的情景，只有我可以帮路薇。老中医也不想看路薇继续过这种躲躲藏藏的日子，这才告诉了我。”

宋知吱恍然大悟，又道：“可是，路薇来看心理医生是因为抑郁症吗？”

乔遇摇了摇头，怀疑道：“也有可能是其他心理疾病吧。”

宋知吱紧紧跟在乔遇身后，说实话，她刚刚加入这次的公关团队时，还一切都不适应，但真正地和乔遇一起去探究真相的时候，她发现自己对路薇这个人越发感兴趣了。

隔着银幕，隔着电脑，隔着手机看到的那个明星和真实世界的她仿佛是两个人。

那么娱乐圈是不是没有真实的人呢？

宋知吱开始疑惑了，忽然想到了叶楚。她的偶像，人设一定不会倒的！

想着想着，宋知吱微微地动了动嘴角，竟无意识地露出了甜蜜的笑意。

她托腮沉浸在幻想中，骤然抬头，见到乔遇正用一种探究的目光在打量着她。

“乔总……”被他这么盯着，她有点儿发怵啊！

还没等她回神，乔遇的大手就已经伸出，下手之重，力道之大，把她的脸像揉面团一样揉了好几下才放开。

“乔总，您在干吗啊？”宋知吱有点儿无辜。

“帮你做表情管理。”

宋知吱直想骂人。

乔遇冷冷道：“你刚刚的笑容，让我有种……你也是病患的感觉。”

宋知吱瞪圆了眼睛，心里有千万匹野马飞驰而过。

该死的钢铁直男乔遇，诅咒你单身一万年！

二人进了电梯，乔遇按了“3”，很快就听得“叮”的一声，电梯门徐徐打开。

两人还未说话，一眼就看到了站在电梯外，戴着黑色口罩的女人，她身穿一件白色吊带裙，脚上是一双发白的帆布鞋。

“路薇！”

宋知吱一下就认出了对方的身份。路薇反应也很迅速，直接转身往逃生的楼梯跑去。宋知吱从前在学校可是百米短跑运动员，脚下生风，一路狂追。

路薇哪里跑得过宋知吱，才下了两层楼，就气喘吁吁地求饶道：“拜托，你不是工程师吗？怎么跑步还那么厉害？”

宋知吱好久才缓过劲，好久没跑步了，体力比不上从前了。

工程师？宋知吱这才反应过来，之前乔遇对路薇说过她是专业视频清晰度图像处理的工程师。

她叉着腰，缓了口气，解释道：“现在的人不都是斜杠青年吗？”

宋知吱和路薇在诊所的一楼等乔遇，乔遇从电梯里出来，径直拍了拍宋知吱的肩膀，感慨道：“突然发现你的用途还蛮多的。”

“用途？”宋知吱觉得乔遇是不是用错了词。

“是个身兼数职的程序员。”

“……”宋知吱眨了眨眼睛，这算是夸奖吗？

乔遇越过宋知吱走到路薇跟前，道：“路薇，难道你觉得逃避就能解决眼下的问题吗？”

路薇僵住了脚步，半天才回身看着乔遇，声音低沉道：“乔总……如今这样的状况，我根本没法面对大众。”

乔遇的眸光深深，抱着双臂，果决道：“路薇，我需要跟你好好谈谈。”

路薇答应了，宋知吱和咨询中心的工作人员沟通，找到了一间空置的房间，让乔遇和路薇进去说话。

宋知吱正欲合上门，却被乔遇叫住：“宋知吱，你不必出去。你也是公关部的一员，可以留下。”

宋知吱只好回身，在旁边的沙发上坐下。

路薇默默地看着面前的热咖啡，良久，她才开口道：“很抱歉，乔总，因为我，给您和夺耀传媒造成了困扰。”

乔遇的眼神晦暗不明，他找出手机，调出路薇在夜店的视频放在桌上，问道：“视频里的人真的是你？”

路薇有些紧张，双手放在一起摩挲，半天没有吭声。

“萨姆哥说你不喝酒，你喝酒就会过敏，根本无法出席活动和拍戏。”乔遇继续道。

路薇还是保持沉默，视频里的她不但鬼喊鬼叫，还时不时和酒吧里的男性舞者亲密互动，跟她在大众眼里一贯的形象天差地别。

“你是一位处于上升期的女明星，知道一个明星的形象和道德品质有多重要，如果不是发生了什么不可控的事情，你不可能这样自毁声誉。”乔遇又道。

路薇抬头看了乔遇一眼，用力地吸了一口气：“这个人……确实是我。”

“所以，之前萨姆跟我说，和其他男明星亲密互动的也是你？”乔遇又问。

“是我失控的时候……”

“什么？失控？”宋知吱有点儿不解。

她忽然插话有点儿唐突，看到乔遇瞪着她，她慌张地闭了嘴，做了个“拉拉链”的手势。

“这些年，可能是演艺生涯的瓶颈期难以突破，加上我和老公貌合神离，我越来越怀疑自己，怀疑自我的价值。”

路薇有些沮丧，她嘴角抽动，半天才道：“我患了躁郁症。身体里仿佛存在着另一个自己，这样的另一个‘我’也让我讨厌万分。”

躁郁症？宋知吱满腹困惑地望了望乔遇。

“偶尔精力旺盛，不知疲倦，偶尔又消极颓废。仿佛身体里住着另一个人，控制不住和男人约会，好似那样，我才真正地找到了自己，找到了自己的个人魅力。”

路薇的情绪有点儿激动，肩膀微颤，眼里噙着泪光，抽噎不停。

乔遇长长地叹了口气，看向了宋知吱，道：“宋知吱，你帮我去买两杯咖啡吧。”

宋知吱看着桌上两杯满满的咖啡，领悟到了乔遇的深意，他无非是想支开自己。

她领命，匆匆退出房间。她坐在走廊的长椅上玩了大半个小时的游戏，才见路薇和乔遇一前一后出来了。

见路薇走了，宋知吱才好奇地问道：“乔总，谈拢了？”

“嗯，谈拢了。”

宋知吱收起手机，边走边追问道：“路薇答应和你回公司了吗？”

“嗯。”

“你是怎么说服她的啊？”宋知吱又问。

乔遇和宋知吱两人出了心理咨询中心，虽是秋日，但暑气未消，还有些夏日的余温，乔遇站在阳光下，树影斑驳，却映得他的侧脸更加精致。

他看了宋知吱一眼：“我发现你很有做危机公关的潜力，我不介意多收一个徒弟的。”

宋知吱嘴角僵了僵，“哈哈”笑了几声：“乔总，您别开玩笑了。”

“第一，你擅长发现问题并解决问题；第二，你擅长忽悠别人并且经常也能把自己忽悠了……”乔遇解释道。

“擅长忽悠别人又把自己忽悠了是什么意思啊？”宋知吱茫然地眨了眨眼睛。

“你不是不愿意加入公关部吗？但你对路薇的事情又忍不住好奇。”乔遇道。

两人上了车，宋知吱系好安全带，忍不住反驳道：“我那……只是八卦。”

“可我们要什么时候公布关于路薇失踪事件的真相啊？”宋知吱忽然问道。

“真相？”乔遇反问。

“就是她患躁郁症的真相啊。”

男人沉默了一会儿，道：“我们要公布的是大众应该知道的。”

“什么叫大众应该知道的？”宋知吱揉了揉耳朵，有点儿不能理解乔遇话里的意思。

“有个原则叫‘Need to know 原则’，原句是‘You know，Because you need to know’。”乔遇目视着前面的路况，神情认真地回道，“翻译过来就是，你知道的，都是你应该知道的。简单来说，我们只要公布大众应该知道的事实，路薇的病情我们并不需要向大众交代。”

“我以为我们是来探究真相的。”宋知吱有些愤愤不平。

“我们是公关，不是警察。”乔遇轻描淡写道。

宋知吱微微吸了一口气，又问：“可是如若不公布路薇患病的真相，你要怎么解释她突然失踪的事？”

“的确要公布病情，但不是路薇。”

“什么？”

宋知吱满眼都是大写的困惑。不是路薇的病情，那是谁的？

“她丈夫的癌症。”

“什么？”宋知吱难以置信，“不是说路薇身患躁郁症吗？为什么公布她丈夫的癌症？乔总，你这不是等于欺骗大众吗？”

乔遇轻轻地哼笑了一声，道：“心理学家说，人类平均十三句话就有一句谎话。准确来说，我不是说谎，只是有目的地说出部分真相。”

“乔总，我以为公布真相好过隐瞒，况且那么多粉丝在担心路薇，诚实地交代她的身体状况，难道不会给她赢得好感和同情心吗？”宋知吱难以理解乔遇的做法。

乔遇冷冷地反问道：“你以为每个粉丝都会理解她吗？”

“你什么意思？”

“如果公布了真相，路薇很可能再也无法回到大众的视线中。”乔遇一字一顿，神色十分凝重。

“停车。”宋知吱忽然叫道。

乔遇把车靠边停下，宋知吱解开安全带，有些愠怒：“乔总，您到现在还只关心如何降低公司的风险吧，你根本不关心路薇的病！”

宋知吱不知自己为何忽然震怒，仿佛许多年前的一件往事又涌上了心头。

如果不是那些记者和舆论导向，爸爸当年是不是不会受到牵连？

“宋知吱，我是夺耀传媒的危机公关总监。一切都必须以公司利益为重。”乔遇振振有词道。

“抱歉，乔总，我明天要请假。”

宋知吱气势汹汹地要下车，男人却轻描淡写地回了一句：“你要请假应该找你的直属上司，而不是我……”

“……”

宋知吱推开车门，乔遇也不挽留，转瞬间，那辆亮黄色的跑车就消失在了她的眼前。

她跺跺脚，有点儿懊恼，刚刚装什么啊！

现在在这种偏僻的地方怎么打车啊！

宋知吱回到市区时已经是傍晚，她神情恍惚地接到了唐佩佩请她吃烤串的电话。等她到了老地方，唐佩佩已经点了一桌的烤串。

宋知吱饿得不行，喝了两口啤酒，又吃了两串烤鸭心才缓过劲来。

“今天上班顺利吗？”唐佩佩问道。

宋知吱干干地笑了笑，她还没告诉唐佩佩，自己莫名其妙被乔遇卷入处理路薇事件的公关危机里。

“怎么了？感觉你很累啊？”唐佩佩关心地问道。

宋知吱狠狠地咬了一口鸡翅，想起乔遇每次决绝地转身时，脚下好似生风，而身材挺拔，臀部微翘，连背影也带着无限魅力。

可他一张嘴就自带直男属性，今天还把她丢到半路，她愈想愈来气，恶狠狠道：“每天训练机器识别少东家的臀部能不累吗？”

“啊？”唐佩佩的嘴里还含着半个羊腰子，听到这句话，表情僵住，震惊不已！

宋知吱把口中的鸡翅吞下去，笑着打哈哈，道：“哈哈，开玩笑，开玩笑。”

“我还想呢，你训练机器识别亲密片段就算了，还专业识别臀部？”

唐佩佩吞下腰子，喝了一口啤酒，顺便刷了会儿手机。

过了几秒，她抬头看着宋知吱，尖叫道：“啊啊啊，知吱！”

“干吗啊，大惊小怪的。”宋知吱不解地说。

“叶楚公布了巡回演唱会的信息了，已经上热搜了！”唐佩佩激动得不行，“妈呀，他会在今晚七点准时公布新歌，天哪，现在已经七点半了！”

“姐妹们，赶紧冲啊。”唐佩佩义愤填膺。

“什么？”

宋知吱抢过唐佩佩的手机看了下，相关热搜词有六个关于叶楚。

“叶楚 新歌”。

“楚哥，播放器搞崩第一人”。

“叶楚，巡回演唱会”。

……

唐佩佩已经从宋知吱手中拿走手机，去VV音乐收听叶楚的新歌了，只剩下宋知吱一人在发呆。

叶楚为什么会在这个时间公布自己的演唱会计划和新歌？这一切来得也太巧了，仿佛是为了遮掩路薇的新闻而故意为之。

难道这就是乔遇的套路？

为了转移舆论热度，所以不得不祭出叶楚吗？

宋知吱有点儿替叶楚抱不平，叶楚身处这样的高位，居然也要被乔遇所利用！

唐佩佩已经听完叶楚的新歌了，双眼冒桃心道："知吱，叶楚的新歌好好听哎，你要不要买个两百张支持下？"

"买！必须买。你买一百张，我买一百张！"

"知吱，你恐怕是偶像的假粉丝吧？"

"我还没发工资呢，追星也得吃饭啊！"

宋知吱叹了一口气，忽然想起今天失心疯地说要辞职，真是脑抽风了。

"佩佩，我突然想起一件事。"

"什么啊？"唐佩佩好奇道。

宋知吱诡秘地笑道："我可以请你看叶楚的演唱会啊！"

少东家一言九鼎，一定不会反悔的吧！宋知吱暗暗地想。

过了一夜，关于叶楚的热搜还挂在微博，而话题"叶楚新歌 我的南极"已经是沸腾状态。如果这是乔遇的公关手段之一，那么他的目的达到了，网友对路薇的关注已经渐渐淡了。

可是乔遇最后要怎么解决路薇的问题？宋知吱还是有些好奇。

她在夺耀传媒吃了早餐，徘徊在二十楼的自动售卖机前许久也没见着乔遇。她始终不明白乔遇为什么要隐瞒路薇的病情。

她在自动售卖机前思忖了一会儿，还是买了一罐咖啡。她正想往回走，突然撞见了上次出席公关会议的实习生阿戴，他正火急火燎地从她身边走过。

“阿戴——”

宋知吱喊住了他，阿戴停住脚步，怔了怔才想起宋知吱是谁，着急道：“知吱，你怎么没跟乔总一起去？”

这几天，宋知吱一直跟着乔遇，显然成了他的助理，也难怪阿戴会这么问。

“我——”

“我要给萨姆哥送车钥匙，回来再跟你说啊！”

见阿戴飞奔而走，宋知吱叫住了他，道：“还是我去吧，正好我找乔总有点儿事。”

宋知吱顾不得阿戴的反应，径直下了停车场，萨姆哥已经等了很久，见来的人不是阿戴而是她，有点儿惊讶：“阿戴呢？怎么是你啊，知吱？”

宋知吱正想解释，萨姆哥又催促道：“来不及了，先上车再说。”

宋知吱上了车，才得知了眼下的情况，乔遇已经安排公关部拟好了道歉稿，准备让路薇出席记者招待会，而路薇却受了刺激，现在想要自杀。

“其实乔总根本没想让路薇澄清自己有躁郁症，是路薇自己害怕因此失去一切。”萨姆哥解释道。

宋知吱忽然理解了乔遇为什么不公开路薇患有躁郁症，大概也是担心她承受不住。

萨姆哥把车开到了昨天的为康心理咨询中心。泊好车，萨姆哥三步并作两步地上了楼，宋知吱这个曾经的百米短跑运动员居然有点儿跟不上萨姆哥的脚步，这时候，她不得不佩服萨姆哥这个老年人的体力。

萨姆哥一边给乔遇打电话，一边推开了病房的门。宋知吱紧随其后，她好不容易缓了一口气，又被眼前的情景震惊了。

这是一间独立的病房，外面还有个小阳台，路薇穿着单薄的病号服，摇摇晃晃地站在阳台外的水泥板上，目光无神，又笑又哭。

乔遇就站在离她不远的地方，目光十分警惕。

萨姆哥匆匆跑到乔遇跟前，道：“乔总，我们到了。”

乔遇抽空看了宋知吱一眼，有点儿疑惑，最后再次看向了路薇，道：“路薇，你不是一直怀疑自己吗？我现在带了你的超级粉丝跟你对话，让你知道你对她来说有多重要。”

宋知吱眨了眨眼睛指了指自己，难道乔遇口中的“超级粉丝”是指她？

乔遇眸光笃定地看着她，表示他指的正是她。

宋知吱用口型问道：“乔总，我要说……什么？”

“你该说什么就说什么。”乔遇咳了一声，道。

宋知吱有点儿蒙，她哪里知道这时候该说什么。

“这里只有三层楼，楼层不高，危险系数不高，你争取在警察来之前劝服她。”乔遇低声道。

“我……”宋知吱有点儿傻眼了，这少东家是不是太看得起自己了？

她清了清嗓子，朝路薇靠近了一点儿，道：“路姐，我们见过几次面了，您还记得我吗？”

路薇微微点了点头，却还是用怀疑的目光看着她。

宋知吱继续道：“其实不光我妈妈是您的粉丝，我也是您的粉丝。几年前，我看了您的一个采访，就喜欢上您了。”

“采访？”路薇有点儿困惑。

宋知吱努力地回忆着那个采访，认真地说道：“您说您做演员的初心不是为了成名，而是真的喜欢演戏，您喜欢琢磨剧本，喜欢演绎一个角色，也会因为角色和导演讨论、争吵，甚至闹得不愉快，因为您真的热爱拍戏。”

路薇的神情有了微微的动摇，曾经的她那么努力地想成为一个合格的演员，这些年，那些初心却慢慢磨灭了。

她的眸光闪烁着，显然有点儿想哭。

站在旁边的乔遇清了清嗓子，压低声音对宋知吱道：“下药太猛，她要哭了。”

宋知吱狠狠地瞪了乔遇一眼，她是发自肺腑的好吧！

顿了一下，她继续道：“路姐，不只如此，您还告诉我们这些女生，在成为众多角色之前，要成为自己。您说您在父母眼里是女儿，在丈夫眼里是妻子，在孩子眼里是妈妈。可在做好这些角色之前，您必须成为您自己。您让女孩们学会做自己，可现在的您忘了吗？您是优秀的演员路薇。”

“演员路薇”四个字，终于让路薇的神情有了一丝松动。

“我妈说过一句话，我们可以爬很高的山，但不要迷失了回家的路。路薇，你还有回家的路啊。”宋知吱又道。

“回家的路？”

在她喃喃自语失神的瞬间，宋知吱忽然迅速移动到阳台，用力拽了路薇一把，身后的两个男人也迅速配合把路薇从阳台外的水泥板上拉回阳台。

好不容易安全着地，宋知吱也松了一口气。

路薇慢慢屈膝，抱头痛哭：“我现在还是演员路薇吗？我得了躁郁症，根本无法控制自己的情绪，我身体里的另一个自己控制不住地想要贴着男人，我现在已经看不到自己身上的闪光点了。

“我就是一个彻头彻尾的失败者……”

路薇号啕大哭，宋知吱在她身旁手足无措。一个视后，一个殿堂级的演员如此泣不成声，让人感慨万分。

她只好俯下身，伸出手轻轻地拍着这位在银屏上光芒四射的视后的肩膀。

也许人生总有两面，一面光芒，一面黯淡。我们在人群中追逐着光芒，却在夜深人静时独自面对自己的黯淡无光。

咨询中心外，警笛鸣响，警察已经赶到了楼下。乔遇冷静地对着萨姆哥安排道：“你去跟警察解释一下，今天的事情是个误会。路薇企图跳楼自杀的事情一定要做好保密工作。”

“放心吧，乔总。”萨姆哥点头，下了楼。

路薇的情绪还没平复，乔遇叹了一口气，道：“路薇，公司没有放弃你，你不能先放弃了自己。”

“可我……还剩下什么？”路薇抽噎道。

“无论你失去了什么，你还有我和孩子啊，老婆。”

路薇徐徐抬头，此时，阳台上多了一个四十岁上下的男人，身着一身黑色正装站在不远处，他深情地看着路薇道：“老婆，像你当时陪我共渡难关那样，我也会陪你共渡难关的。”

宋知吱扶着路薇徐徐起身，路薇泪眼婆娑，和眼前的男人紧紧地抱在了一块儿。

见两人拥在一起，场景温馨，乔遇环着双臂，微微扬了扬下巴，示意宋知吱撤退，别当电灯泡了。

两人退出病房后，乔遇淡淡地问道：“你怎么会在这里？”

“我……”宋知吱迟疑了一会儿，道，“萨姆哥忘了带车钥匙，我帮他拿车钥匙，就顺便跟了过来。”

“哦……”乔遇拉长了尾音，幽幽地问道，“那你是还没向你的上级递上辞呈吧？”

辞呈？宋知吱干笑了一声。

她都答应了总裁，拿了两份工资，绝对要熬过这个月啊！

宋知吱笑意满满地对乔遇道：“乔总，听说您有意把我招入公关部？我想了想，其实那样比我单独待在一个房间标注您的视频和照片来得有趣，何况我可能是你们部门唯一的程序员，人工智能参与公关危机处理，想想就省力了不少。是吧？”

乔遇用探究的目光看着宋知吱，宋知吱哪里是想真正加入危机公关部，她不过是想先讨到两张叶楚的演唱会门票再说。

“总裁会放你走吗？”乔遇问道。

宋知吱灵光一闪，道：“我兼职啊！您之前让我帮您认那些相亲对象不是说好多给我一份工资吗？在公关部当助理，我就不收钱了。”

“你还想得挺美的。”

乔遇迈步离开，宋知吱紧跟其后道：“乔总，您前几天不是说要给我预留两张叶楚的门票吗？还算数吗？”

“哦——”乔遇道，“看来你看到叶楚公布巡回演唱会的消息了。”

“都上热搜了。昨天叶楚不是发了新专辑吗？我还支持了一百张呢！”宋知吱亦步亦趋道，一提到自家偶像就兴奋。

“你还真的蛮喜欢……叶楚的？”乔遇意味深长地道。

“对啊，叶楚是我老公啊！”

乔遇猛地停步，脸色沉了沉，用一种探究的眼神盯着宋知吱看。

宋知吱好不容易才刹住脚步，笑着解释道：“这个称呼，其实就是一个粉丝对偶像最深沉的爱的表达，没别的意思。何况就算我想嫁，他也未必会娶啊！”

乔遇很赞同地点点头：“还好，有自知之明。”

说罢，乔遇已经迈出长腿，往前走了。

宋知吱“嗤”了一声，小声地嘀咕了一句：“指不定我就美梦成真了呢！”

第三章
怦然心动

宋知吱急急地追了几步，乔遇骤然回身，问道：“你的那句‘我们可以爬很高的山，但不要迷失了回家的路’真的是你妈说的吗？”

“好像是我妈在哪本书上看到的，我苦恼之时，一直靠这个鸡汤支撑着呢。”宋知吱回道。

男人沉静的眼瞳定定地注视着她，宋知吱莫名其妙地觉得脸庞滚烫，耳朵有点儿发热。

而乔遇忽然倾身而来，附到她的耳边，轻轻吐气，声调微扬：“你可能需要……”

温热的气息扑在她的脖子上，这回宋知吱的耳朵烧得更加滚烫了。

“不需要！”宋知吱微微闭着眼，脑海里浮现出霸道总裁对着女孩耳朵吹气的情景，“不需要，我的耳朵一点儿也不热，不要吹气！”

乔遇微微“嗤”了一声，突然觉得很好笑。

眼前的女孩肌肤雪白，明眸樱唇，娇羞起来，耳朵潮红，带着一种少女感。

而他对这个女孩感到好奇的是，别人有被害妄想症，而她仿佛有被爱幻想症？

第一次见面，她误以为他要为她拉开咖啡罐拉环。

第二次见面，她误会他要“壁咚”她。

而现在，她竟然误会他要冲着她的耳朵吹气？

“我只是想说……”乔遇忽然拉长了尾音。

这下，宋知吱更加紧张了，动了动薄唇：“什么？”

“你可能需要换个鸡汤喝。”乔遇眼尾上挑，轻飘飘道，“因为实在是土得掉渣。”

夺耀传媒定了开记者招待会的时间，在此之前，夺耀传媒的官博先发布了路薇对营销号的几个不实言论的反驳，并表示会追究法律责任。

公告里澄清了几点：首先，路薇并未抛夫弃子，她与丈夫相濡以沫多年，在丈夫身患癌症八年来，不离不弃，足以证明她是个贤妻。其二，路薇演艺生涯的每一步都是靠自己走出来的，并没有背后金主的存在。第三，路薇消失七天，只是因为无法接受丈夫癌症再度恶化，才会出现一系列情绪失控的表现。

公告发布之后，“路薇贤妻”的话题迅速登上了热搜，夺耀传媒态度坚决，表示会坚决追究几个营销号的法律责任。一时间，舆论导向变了，大家开始体谅，既要拍戏，又要照顾患病的丈夫和还未长大的幼子的路薇。

第二天的记者招待会，出席的不只有路薇，还有路薇的丈夫。宋知吱跟着阿戴进入了记者招待会的会场，两人坐在了最后一排。路薇穿着一身端庄的黑色套装，在记者招待会上泪流不止，她向品牌方和剧组道歉，另外表示自己会暂停演艺工作一段时间，为了陪伴患病的丈夫渡过难关。

路薇的丈夫林先生也发言道：“我同路薇结婚十五年，八年来，是因为她的陪伴，我才闯过一关。这一次，谢谢她还愿意为我停工，我相信，这个难关很快也会闯过去的。”

这一幕异常感动，记者都不忍心再追究路薇在酒吧里同男舞者暧昧互动的事情。

宋知吱忍不住低声问阿戴：“路薇的丈夫真的患了癌症吗？”

阿戴凑到宋知吱的耳边回道：“之前是患了胃癌，但因为发现得早，所以现在病情控制得很好。”

宋知吱恍然大悟：“打同情牌？”

阿戴点了点头，“嘘”了一声，道：“你小声点儿，谁知道我们周围有没有埋伏着记者。”

“你放心吧，这次记者招待会的记者肯定是乔总筛选过的。”宋知吱顿了一下，继续问道，“所以营销号的那些假料，是乔遇自己散播的？”

假料传得沸沸扬扬，最后的打脸才越发让人心服口服，舆论的天平才会偏向路薇。

阿戴用力地点了点头，眼里有些敬佩：“我们乔总真是牢牢掌握了公关概念的 5W1H 原则。”

宋知吱听得有点儿蒙，问道：“什么叫 5W1H 原则？”

“公关概念中的 5W1H 原则，5W 分别指 whom，what，where，when 和 who，1H 指 how。具体来解释的话，whom，即你的信息指向的是哪个群体……”

“算了，我不想知道。”宋知吱打断了阿戴的话，又感慨了一句，“总而言之，乔遇真是好心机婊一人啊！”

“你说谁心机婊啊？”

乔遇不动声色地坐在了宋知吱旁边，宋知吱吓得差点儿从座位上摔下来。她好不容易恢复了镇定：“乔总，我正夸您英明神武，举世无双。”

“彩虹屁吹得有点儿过了。”乔遇环着双臂，微微挑眉道，“我觉得你骂我‘心机婊’会比较符合你的人设。”

宋知吱只好委婉地笑了笑，乔遇忽然递了一本亮黄色封面的书给宋知吱道：“送给你。”

“我？”宋知吱接过书，看了看封面上的几个大字，念道，“一个公关人的自我修养。”

看来乔遇对自己还寄予了厚望？

宋知吱笑着道谢，岔开了话题：“乔总，路薇真的要暂停演艺工作吗？”

“我帮她介绍了一位荷兰的心理医生，过段时间她会和丈夫去国外接受心理治疗。”乔遇回道。

“她丈夫……”

“她丈夫是个很好的人，路薇也确实是位贤妻，她对丈夫不离不弃，陪他抗癌八年。可能是她在事业和生活上的压力太大，才会让她走错了路。”

乔遇缓缓解释，过了会儿又看向宋知吱，意味深长地道：“所以真实的人设根本不用立，因为是存在的，所以不会倒。”

宋知吱看着台上路薇和丈夫紧紧握着的双手，忽然有些感慨，如果路薇没有陪丈夫共患难，现在，她丈夫大概不会陪她演这出戏了吧？

她晃神的片刻，乔遇已经离开了，她也偷偷摸摸地出了会场。这次记者招待会在一家超五星级的酒店举行，整个十八层都被乔遇包了下来。除了这个会场在举行记者招待会，十八层的其他大厅都闲置着，有些冷清。

宋知吱去上了个洗手间。出了门，她听到转角处传来说话的声音，便循着声音走了两步，看到乔遇和一个年轻的男子在说话。从身影看，男子的身高、体型和乔遇相差无几，他的头发是灰蓝色，身上穿着白T恤，面前是撞色字母装饰，外头搭配了一件紫色衬衫，脚上穿着紫色板鞋。两人一前一后走进了另一个大厅。

宋知吱激动得合不上嘴了，跟乔遇走在一起的人，不就是她心心念念已久的偶像叶楚吗！

她在墙后面静候了几分钟，终于看到叶楚推门而出，神情淡漠地往电梯处走去。

宋知吱无法控制内心的喜悦，径直追了上去。眼见电梯门就要徐徐合上，宋知吱三步并作两步，硬生生地挤进了电梯。

叶楚有点儿惊讶地看着突然挤进来的人，宋知吱心跳加快，看着电梯显示屏上的数字在慢慢变小更紧张了。

“叶楚，我……我是您的粉丝。”宋知吱激动得声音都变了。

叶楚微微笑了笑，对着宋知吱点了点头。宋知吱继续道：“不知道，您记不记得我，我是微博上经常发您的机场照的知吱，我的微博名叫‘知吱在叫’。”

她仰着头期待地看着叶楚，叶楚沉默了良久，徐徐开口道：“抱歉，我不记得。”

就在这时，电梯已经到了地下停车场。叶楚礼貌地同她说了句“再见”，徒留下还定定地站在电梯内的宋知吱。

他不记得……

那他现在应该也不会记得儿时的那件事吧！

宋知吱微微有些失落。

两天后，是宋知吱的爸爸宋直光的生日，蔡云让宋知吱叫上唐佩佩回家吃饭。唐佩佩没有给长辈买生日礼物的经验，一下班就拉上宋知吱去买礼物。

宋知吱给她爸爸挑了两件外套，唐佩佩却有点儿发愁地问道："你说我就给伯父带两瓶酒合适吗？"

"合适。我爸现在的生活就想着喝点儿小酒，然后……"

宋知吱欲言又止，唐佩佩又问道："然后还有什么呀？"

"还想着如何重回人生的巅峰吧。"宋知吱站在橱窗前，看着店里的一袭高级定制的裙子，快要五位数的定价让她忍不住"啧啧"了两声，"要是当年没发生那件事，我可能是富二代呢，对于这样价位的裙子，怎么会囊中羞涩呢！"

"你爸还在想着重新开酒店的事情吗？"唐佩佩问道。

"嗯，毕生的心愿呢。"宋知吱道。

唐佩佩清了清嗓子，忍不住问道："其实有句话，不知该问不该问。"

"神神秘秘的，想说什么呢！"

"其实吧，我以为你会恨叶楚的。"

"此话怎讲？"宋知吱困惑道。

唐佩佩道："你不是说，你小时候就认识叶楚吗？叶楚是在你爸的酒店出的事啊，解救出来的时候，记者把所有的矛头都指向了你爸当时开的酒店。传言吵得沸沸扬扬，才导致你爸不得不关了酒店……"

"话虽说如此，但和叶楚没有关系。"宋知吱笃定道。

有个秘密，宋知吱从来没有告诉过别人，除了唐佩佩。

她在很小的时候，就认识了叶楚。那时，她的父亲刚刚在度假村开了个酒店，因为酒店靠着景区，环境优美，酒店内的设计又温馨有特色，来度假村里度假的游客基本会选择她父亲创办的怡和酒店。

父亲的酒店经营得风生水起。那年，酒店里来了两组家庭，都是一对夫妻带着一个儿子。宋知吱一直生活在酒店里，朋友很少，对来住酒店的同龄人都很热情。所以她同两个男生的关系很好，经常带着他们去爬山、钓鱼。

其中一个男生叫郝乔，另外一位自称叶楚。

宋知吱依稀记得那段时间，她经常充当小导游，带着两个男孩上山玩，因为她对酒店附近的风景区十分熟悉。有一次她脚崴了，在家休养了几天，竟从新闻里得知两个男孩独自上山，却没了行踪。

后来，她才得知两个男孩被绑架了。

一想起那天的情况，宋知吱还隐隐有些后怕。如果不是自己脚崴了，就能带他们上山了，他们是不是就不会被绑架了？如果不是那次事故，叶楚也不会一直需要接受心理医生的治疗吧？

从记忆中抽离，回到现实，宋知吱还是无限自责："所以，我对叶楚不单纯是粉丝对偶像的感情，还带着儿时的愧疚。"

"愧疚什么啊，他早就不认识你了吧。"唐佩佩忍不住"嗤"了一声。

"不认识更好，说明儿时的事情没给他留下阴影。"宋知吱不以为然道。

"但是给你妈留下阴影了。你看你爸就是想开酒店，这都过了十几年了，你妈就是不让他创业！"

宋知吱长长地叹了一口气，道："我能理解我妈，她就是穷怕了。当年，我爸酒店倒闭欠下的巨额债务刚还清，她刚有闲钱打几盘麻将，买几支股票呢。"

宋直光的生日当天，蔡云难得下厨做了一桌子菜，往常都是宋直光下厨，这次蔡云居然一反常态，让刚踏进门的宋知吱和唐佩佩吓了一跳。

唐佩佩笑着跟在厨房里忙碌的蔡云打招呼："阿姨，我来了。"

蔡云客气地持着锅铲，招呼道："佩佩赶紧去客厅坐，我马上就做好了。"

"妈，你别持着锅铲跟人打招呼，怪吓人的。"宋知吱忍不住吐槽道。

两人一前一后地进了客厅，发现宋直光正在看彩票兑奖的节目，手上持着几张彩票兑得正入神，没有察觉到已经到了客厅的宋知吱和唐佩佩。

宋知吱猛地拍了宋直光的肩膀一下，叫了一声："爸！你干吗呢！"

"你要吓死你爸啊。"宋直光吓了一跳，好几张彩票落在了地上。

"过生日，说什么死不死的，这么不吉利！"宋知吱边说，边帮着捡起了彩票。

她晃了晃手中的彩票，问道："爸，买彩票了？中了吗？"

宋直光忙不迭地从宋知吱的手中抢走了彩票，道："小声一点儿，被你妈知道了就完了。"

"您这还做着中奖梦吗？"宋知吱说着，随手打开一包零食。

"你爸要是中了大奖，你岂不是也跟着沾光吗？"

宋知吱"嗤"了一声，道："要不是妈把您的钱管得严严实实的，您啊，恐怕又想去开酒店了吧。"

宋直光不再吭声，见到还有唐佩佩在旁边，笑了笑，道："佩佩来了啊，你伯母今天下厨，你可要多吃一点儿啊。"

唐佩佩笑着递过手中的酒和一袋保养品，道："伯父，生日快乐。"

"谢谢佩佩。来家里做客，还带什么礼物啊。"宋直光笑着接过唐佩佩手中的礼品。

这时，蔡云的菜已经都上了桌。几人围着饭桌一看，八道热菜，色彩搭配丰富，香气逼人。宋知吱不得不感慨一句，母亲大人虽然久不做饭，但手艺一点儿也没退步。果然是曾经在五星级大酒店做过大厨的人。

二十多年前，宋直光和蔡云就是在酒店认识的，当时宋直光是财务总监，想创业开酒店，于是蔡云辞了工作，把当时的积蓄都投入宋直光的创业中。

可因为那次的事情，酒店最后贱卖了，宋直光只好去了一家普通的单位工作，上班下班，最后退休养老，循规蹈矩。

吃完饭后，宋知吱从冰箱里取出早已准备好的生日蛋糕摆在餐桌的中央，她点上了五支蜡烛，希望父亲永远像个五岁的小孩。四人一起唱了生日歌，宋直光泪眼模糊地许了个愿。

宋知吱不用问也知道，爸爸的愿望就是那个遗憾。

他还是想开酒店，想完成年轻时没有完成的心愿。

饭后，宋知吱和唐佩佩坐在沙发上看电视，两人调了个台，正在播放广告，赶巧的是，广告里的人物正是叶楚。

他举起咖啡罐，轻轻抿了一口咖啡，嘴唇微扬，笑意勾魂摄魄："阿怡兰咖啡，美味不用多说。"

宋知吱和唐佩佩两个迷妹都被叶楚的广告深深吸引了。

唐佩佩看着广告底下的小字道："你看广告下面的小字，说是集齐'阿怡兰咖啡'五个字，就能有机会赢得叶楚演唱会门票一张！"

"啊啊啊！"宋知吱激动得简直无法言语，她拉着唐佩佩在客厅跳起舞来，"从今天开始，买咖啡支持叶楚！"

"现在马上淘宝下单买十箱支持一下！"唐佩佩立马坐回沙发，然后打开淘宝搜"阿怡兰咖啡"。

宋知吱有点儿发愁，她之前买了一百张叶楚的电子专辑，已经把这个月蔡云分配的零花钱花光了。囊中羞涩的她看向了坐在沙发上面色平静的宋直光，道："爸，您知道的，我妈把我的工资都收走了，每个月的零花钱根本不够我支持叶楚。"

宋直光冷不防也叹了口气，道："爸何尝不是呢，每个月的退休金都被你妈收走了。"

宋知吱凑到宋直光边上，压低声音道："爸，您不是还有点儿私房钱吗？"

宋直光为难地看着女儿，道："女儿，爸为了梦想攒的那点儿钱，你好意思瓜分吗？"

"爸，我现在是在向您众筹。"宋知吱义正词严道。

"那现在，换我向你众筹我的酒店之梦。以后你可能拥有一幢酒店的不动产。另外，要是酒店越做越大，找你的偶像叶楚做代言也不是不可能。"

宋直光满眼憧憬，宋知吱忍不住感慨道："爸，您这么上道，我发现难以拒绝您哎……"

宋直光看着自家女儿满脸惊奇，宋知吱循循善诱道："在办酒店之前，我们先要把品牌形象树立起来。所以，我们先要支持代言人的事业。他成了常青树，对我们的酒店不是更有帮助吗？"

宋直光总觉得哪里不对，但又说不出来。

宋知吱继续道："爸，您支持两箱吧。反正咱们家已经很久没买咖啡了。"

"……好吧。"

宋知吱打了个响指，她兴奋地送唐佩佩下楼回家的时候，宋直光才顿悟——自己被自己的女儿套路了。

第二天上班，午休的时候，宋知吱来到二十楼的自动售卖机前。她今天已经在一楼的售卖机上买了十罐阿怡兰咖啡，全部打开瓶盖一看，有"阿""怡""咖""啡"四个字，唯独不见"兰"字。

她这才上了二十楼，打算来这里的自动售卖机上试试运气。可她刚开了几罐咖啡，还是没有"兰"字。

她惆怅地叹了一口气，身后忽然响起了一个不大不小的声音："你在干吗？"

宋知吱猛地回身，见乔遇一身正装，环着双臂饶有兴致地注视着自己。

"我……"宋知吱迟疑了一会儿。

乔遇的目光从宋知吱的身上徐徐往下，最后落到地上摆着的一排咖啡罐上，问道：“买咖啡？”

“对啊。乔总，要喝咖啡吗？我请您喝。”宋知吱殷勤地说道。

乔遇怀疑地看着宋知吱，道：“你买那么多咖啡干吗？”

“乔总，叶楚代言了这个阿怡兰咖啡。只要凑齐‘阿怡兰咖啡’五个字就有机会获得叶楚演唱会的门票。”宋知吱解释道。

乔遇接过宋知吱手中的咖啡罐，看了看，上面的确印着叶楚握着咖啡的照片。他漫不经心道：“他居然代言了这款咖啡。”

“乔总，您竟然不知道！”宋知吱十分震惊。

乔遇不以为然道：“我又不是他的经纪人。何况我只管公关部，不需要关心他代言了什么咖啡啊，薯片啊，又或者洁厕液吧？”

“叶楚怎么可能代言洁厕液？”宋知吱有些纳闷。

乔遇咳了一声，解释道：“我只是打个比方。”

“哦，也是。”

“我不是答应送你两张叶楚的演唱会门票了吗？你为什么还要在这里买咖啡？”乔遇疑惑道。

宋知吱半眯着眼睛，笑道：“那怎么能一样呢！我是想顺便支持一下偶像的事业。这样，获得演唱会门票的同时，还能获得跟叶楚合照的机会！”顿了一下，她继续道：“何况要是真的集齐了，岂不是表示我运气爆棚了？”

宋知吱越说越兴奋，正想继续在自动售卖机上买咖啡的时候，偷偷地望了一眼乔遇，道：“乔总，要不然您亲自买罐咖啡吧。说不定您运气特别好，真的能中到‘兰’这个字呢？”

乔遇看了宋知吱一眼，哼笑了一声。

显然他很不屑，但他还是在自动售卖机前踌躇了一会儿，按下了“阿怡兰咖啡”的图标，接着打开手机付款。

“吧嗒——”一罐阿怡兰咖啡滚到取货口。乔遇取出那罐“阿怡兰咖啡”，并不着急打开。

宋知吱屏住呼吸，静静地盯着乔遇的手。

她迫不及待道："乔总，要不要我帮您打开咖啡？"

她的殷勤却被乔遇的一记冷眼驳了回去，她只好笑道："也是，这是乔总的运气，必须乔总亲自打开！"

"既然如此，我就满足一下你的好奇心。"

乔遇微微挑眉，轻轻地拉开了咖啡罐的拉环，"咔——"宋知吱屏住呼吸，紧紧咬着下唇，咽了口口水，眼神直勾勾地盯着拉环。

乔遇取下拉环，握在手心，不动声色地看着宋知吱。

"是……是什么字啊？"宋知吱问道。

乔遇徐徐摊开手掌，宋知吱俯下身，瞪圆了眼睛，拉环上印着的一个黑色印刷体闯入她的眼里，是个"兰"字。

"啊啊啊！是'兰'啊！天哪，居然是'兰'字！"宋知吱不淡定了，尖叫道。

可宋知吱还没来得及仔细欣赏，乔遇又无动于衷地把拉环捏在手心里。

宋知吱太过激动了。

其实，宋直光生日第二天，他们家就多了两箱"阿怡兰咖啡"。她虽然兴奋，却远远比不上此刻的心情。因为蔡云只允许宋知吱每天打开两罐咖啡，以至于她还没见过"兰"字。

现在见到这个字，比中了五百万的彩票还让她激动。她突然伸出手抓住乔遇的手腕，差点儿要像跟唐佩佩在一起时那样，一激动就要跳圈圈舞了。可乔遇冷漠地没有回应。她只好收起双手，尴尬地说道："乔总，不好意思啊，实在是太兴奋了。"

乔遇全程冷着一张脸，宋知吱继续道："天哪，居然可以换一张演唱会门票了，太兴奋了。"

"你是不是有什么误解？"乔遇冷冷地说道。

"……误解？"宋知吱有些困惑道。

“这罐咖啡是我买的，这个带‘兰’字的拉环是我的。”乔遇得意地扬了扬眉。

“……”宋知吱怎么会想到，乔遇并不打算把这个拉环送给自己呢！

“我以为……”宋知吱欲言又止。

乔遇接着宋知吱的话，道：“你以为什么？你以为我会把这个拉环送给你吗？”

难道不是吗？

乔遇耸耸肩，竟然有点儿得意。

宋知吱不知道乔遇有什么理由要留下这个拉环啊。少东家想见叶楚不是太容易了吗？想看演唱会，想获得合照简直是举手之劳的事情。

可她不一样啊！

“难道……不是吗？”宋知吱反问道。

“当然不是。你不是说获得这个‘兰’字是运气爆棚的象征吗？我可要好好保留这个字。”

说着，乔遇把那个拉环放入口袋，他轻轻地啜了一口咖啡，说：“不知道是不是叶楚代言的原因……”

宋知吱探究地盯着乔遇，面前的男人抿了抿唇，蹙了蹙眉，道：“咖啡的味道怎么变得这么……奇怪？”

奇怪？

怎么奇怪了？叶楚代言的咖啡味道怎么可能奇怪，明明是全天下最美味的咖啡好不好！

宋知吱正欲辩驳，谁想乔遇迈开步伐走了。

看着他又高又直的背影渐行渐远，她满腹牢骚。叶楚明明是夺耀传媒的艺人，乔遇怎么能说他代言的咖啡味道奇怪！

宋知吱气得不行，她把自动售卖机里的“阿怡兰咖啡”都买了，还是没弄到一个“兰”字。

独一无二的“兰”字竟然因为自己的撺掇，让乔遇拿走了！宋知吱一想到这个，就更加懊恼了。

前段时间，乔遇忙着路薇的公关事件，很久没有相亲，也很久没和女性来往了。送来的视频和照片，只是少东家稀疏平常的日常。所以一连几天，宋知吱坐在电脑显示屏前有点儿无聊。

无聊到，她想要修修指甲，涂个指甲油。细细地涂完十个手指的指甲油后，宋知吱扬起双手，满意地感叹了一句：“真好看。”

她抬头看了看时钟，时间竟然才过了半个小时，真难熬啊，宋知吱干脆剪起了手指甲……

反正办公室就她一个人。她刚修剪了一个手指的指甲，座机响了起来。她单手接起听筒，夹在耳朵和脖颈中间，一只手持着指甲剪继续。

只听听筒那边传来平静又威严的声音。

“知吱啊，我是魏云啊！”

“咔嚓——”指甲剪不偏不倚地“咔嚓”了一块皮。

宋知吱“嗷”地叫了一声，重心不稳，整个人从转椅上倒了下来。她急急忙忙地爬到座机旁边，镇定了一下，道：“总裁，您……您找我有事吗？”

“你那边怎么那么吵？”魏云疑惑道。

“没有，没有，魏总，刚刚有一只蚊子，我正准备打它，然后……”宋知吱解释道，“现在不重要了。”

魏云问道：“需要莉莎为你送瓶杀虫剂吗？”

“不用、不用了……魏总，一只蚊子我还是处理得了的。”宋知吱义正词严地回道。

“哦，那就好。”顿了一下，魏云继续道，“你现在有空吗？来我办公室一趟吧。”

“现在？”宋知吱犹豫了一会儿。

“怎么了？有问题吗？”魏云奇怪地问道。

“没有，没有，魏总，我现在洗个手就过去。”

“……洗个手？”

宋知吱清了清嗓子，解释道：“打蚊子的手得洗干净了。”

挂了电话，宋知吱才从地上爬起来，把转椅摆正，找了块创可贴把手指上的伤口盖住。

真是疼，还掉了一块皮。

她深吸了一口气，心想，电视里的总裁不都是通过秘书找人的吗？怎么魏总就直接找她了？重点是，连一只蚊子都关心的总裁，宋知吱真是前所未见啊。

宋知吱收拾完毕，才上了六十六层的电梯，莉莎早在门口迎接她了。她跟随着莉莎进了魏云的办公室。

魏云的面前摆着厚厚的文件。她戴着副眼镜，把手上的文件处理完后，才徐徐抬头道：“知吱，不好意思，让你久等了。”

“魏总，您说得太客气了。您的公事比较重要。”宋知吱战战兢兢道。

魏云吸了一口气，道：“公事确实挺重要的，私事就只能麻烦知吱了……”

宋知吱小心翼翼地汇报：“魏总，乔总最近都在忙着公事，没空相亲，也没有其他时间和女性接触。”

见魏云半天不吭声，宋知吱立即道：“魏总，我保证！”

魏云点了点头，说：“我相信你，最近他接触最多的女性就是你了。”

宋知吱咳了两声，解释道：“乔总说他公关部需要我帮忙，所以……”

“那是好事，说明他已经信任你了。”魏云又道。

好事吗？宋知吱不解地望向魏云。

“我其实担心的是他无法正常社交，另外，有个事情……”魏云满脸愁容，欲言又止。

宋知吱洗耳恭听。可魏云轻叹了一口气，又作罢道：“算了，等着你自己发现吧。”

所以，她的工作内容还是继续围着少东家吗？

宋知吱心事重重地退出了总裁办公室，还没走几步，就被莉莎叫住了。莉莎递给她一张礼品卡：“知吱，你等等，总裁说你辛苦了，多吃点儿好的。”

宋知吱有点儿感动：“还请莉莎姐替我谢谢总裁。”

“魏总确实对你的事情很重视。”莉莎笑着又道。

人心都是肉长的，宋知吱和魏云不过见过几次面，但魏云俨然一位可爱的女人，毫无总裁的威严，而且对她又这么照顾。

她忽然觉得自己之前抱着混日子赚钱的想法太不齿了。她是不是应该为改善这对母子之间的关系做些什么才对？

“不客气。”莉莎思忖片刻，又道，“知吱，你之前是不是一直想辞职？”

忽然被猜中了心思，宋知吱有点儿语塞，干巴巴地笑了笑：“莉莎姐怎么突然这么说？”

“总裁很难找到一个信任的人，你是总裁喜欢又信任的人。而乔总，他……”

“乔总，他怎么了？”宋知吱有些好奇地问道。

“其实总裁跟乔总的关系一直很差。总裁也不是没有派人接近过乔总，但是乔总很反感，那些围绕在乔总身边的人，都被乔总整走了……”莉莎解释道。

宋知吱扶了扶额头，强扯了一抹笑容，道：“可能……是我比较坚挺吧，毕竟我脸皮比较厚。”

莉莎轻轻地叹了一口气，忽然很理解宋知吱，点了点头。

莉莎走了两步，又回过身拍了拍宋知吱的肩膀，道：“知吱，你的人生真不容易。”

见莉莎感慨万分地走远了，宋知吱忽然有点儿心疼自己。

她回办公室看了一眼时间，正好到了下班时间，她收拾好包包，还没走出几步，手机就响了。

刚说曹操，曹操就自己找上了门。

“宋知吱，我在停车场等你。”乔遇淡淡地说道。

“啊？”宋知吱有点儿困惑。

乔遇继续道：“最近你都没紧跟我的行程，是不是不想干了？”

宋知吱咬了咬牙，深深吸了一口气，礼貌地回道：“乔总，我这就下楼。”

到了停车场，乔遇已经坐在车后座等她了。

宋知吱径直坐到驾驶位上，刚系好安全带，手机忽然响起来，她接起一听，道：“妈，我……我今天啊……还有行程啊。”

说着，她又偷偷地看了乔遇一眼，道：“我知道了。我会早点儿回来的，放心吧。”

过了一会儿，宋知吱挂了电话，准备启动轿车，她目视前方的路况，忽然问道：“乔总，我们今天去哪里？”

“你家住在哪里？”乔遇道。

“啊？”宋知吱有点儿愣怔，乔遇怎么突然调查起她的家庭住址了？

“今天不去哪里了，我送你回家吧。”乔遇口吻淡淡地说道，他又比了比手势，意思是他来开车。

两人换了个位置，宋知吱觉得有点儿古怪，问道：“乔总……您刚不是说还有行程吗？”

“现在的行程是要送你回家。”

乔遇忽然大发慈悲，让宋知吱感到严重不适。宋知吱慢吞吞地报出家庭地址，好奇地问道：“乔总，你怎么突然要送我回家？”

“你妈妈在家等你吃饭吧？”乔遇漫不经心地问道。

宋知吱点点头，道：“嗯，今天我妈买了很多菜。”

“那你早点儿回家吃饭吧。”顿了一下，坐在驾驶位的男人又道，“和家人吃饭是一件幸福的事情。”

宋知吱喉咙滚了滚，没说话，乔遇的口吻莫名其妙地带着些许愁绪。

她想安慰他，却不知该如何开口，只能望着外头的路况发呆。

夕阳西下，暖橘色染着半边天，遍地虚浮光影，烂漫万分。宋知吱好久没有看过这样漂亮的黄昏场景，竟有些失神。

乔遇透过后视镜看着后座上的女孩，车窗外的凉风扬起她黑亮的长发，她安静的时候仿佛漫画里的人物。

“要喝橘子汽水吗？”乔遇忽然问道。

宋知吱猛地回过神来，乔遇又道：“你旁边位置的塑料袋里有橘子汽水。”

她随手翻了翻，真的有几罐易拉罐装的橘子汽水。

“我很喜欢在这样的天气，喝暖色系的饮料。”乔遇忽然笑了笑。

宋知吱只听过碳酸饮料，什么叫暖色系的饮料？她还是第一次听说。

“暖色系饮料？”宋知吱困惑道。

“和今天的天色一样是橘色。”乔遇解释道。

她看向乔遇，低头把吸管放入易拉罐，深深地喝了一口果汁。

橘色的天空配上橘子汽水，今天真是橙色的一天。

到了小区，宋知吱下车，和坐在驾驶位上的乔遇挥手再见。

“谢谢您，乔总，特地送我回家。”宋知吱笑着挥手。

“不客气，我今天比较无聊。”乔遇探出头来，神色淡淡地说。

宋知吱凑近车窗，见乔遇饶有兴致地盯着自己许久，嘴角才慢慢溢出了淡淡的笑意：“今天你的脸颊也是橘色的。”

橘色的？

宋知吱忽然往后缩了缩，心虚地退了几步，拍了拍脸颊，今天没有打腮红呀，怎么是橘色的呢？

“嗯——”乔遇饶有兴致地拉长了尾音，道，“现在颜色……好像更深了些……”

宋知吱心虚得更厉害了，吞吞吐吐地说道：“我……要回家了，不跟您说了。”

宋知吱还没走两步，身后忽然有人在叫她的名字，这喊人的气势和声音，她不用猜都知道是谁，回头一看，果然是自己的亲妈蔡云。

蔡云是第一次看到女儿坐着陌生男人的车回家，不免有些警惕。她瞥了坐在驾驶位上的男人好几眼，又看了看宋知吱。

乔遇下了轿车，和蔡云礼貌地打了个招呼：“阿姨，您好。”

蔡云仔仔细细地望了乔遇好几眼，他穿着定制的黑色西装，笔挺熨帖，领带考究，整个人带着骄矜从容的味道，五官更是出众。

蔡云对眼前的这个男人很满意。

她笑着跟乔遇点了点头，偷偷地凑到宋知吱的耳边，道：“我觉得这个男人比你喜欢的叶楚靠谱啊。”

“妈——”

宋知吱有些无语，叶楚是偶像，她最爱的偶像！怎么能跟乔遇这位钢铁直男相提并论。

“原来阿姨也知道叶楚啊。”蔡云的声音很大，显然被乔遇捕捉到了。

蔡云“哈哈”笑了两声，有些埋怨道：“能不认识吗？我总要知道我女儿天天为哪个男人花了那么多钱吧。”

宋知吱：“……”

乔遇弯起嘴角，从鼻腔里轻“嗤”了一声。

“看来知吱花了不少钱啊。”乔遇桃花眼微扬，拖腔带调。

“赚的那点儿钱都投给了这个摸不着碰不到的男人。"蔡云憋屈了这么久，好不容易找到一个理解她的人倾诉，不禁又埋怨了两句，“她说她早晚要包养叶楚！”

宋知吱的脸色很难看，伸手搭在蔡云的肩膀上，道：“妈，您别胡说八道。我那是开玩笑，您就别在外人面前丢人了。”

“知吱这么说就不对了，我怎么是外人呢？”乔遇笑了笑，反问道。

“对了，这位先生，您贵姓啊？是知吱的同事吗？”

“阿姨，我姓乔，乔木的‘乔’。”

宋知吱拉过蔡云，生怕她再说些什么不该说的，小心地解释道：“妈，他其实是我老板。”

“老板？”蔡云又问道，“你们老板不是女的吗？”

“反正……也不算是老板吧，就是我的工作内容是围绕着他的。”

蔡云一知半解，有点儿不能理解。宋知吱慌慌张张地推着蔡云往家走：“妈，您不是要做饭吗？”

她看了看蔡云手上的塑料袋，道：“哎呀，您还买了我最喜欢的螃蟹，怎么还有空在这里闲聊，爸要等急了。”

“是是，我得回家了。小乔啊，要不要一起到我家吃个饭？”

蔡云热络地看着乔遇，“小乔”这个称呼让乔遇微微有点儿迟疑，他的眸光含着春色，意味深长地望了望宋知吱。

半晌，他才笑了笑，道：“不了，阿姨，改天吧。”

“那阿姨先上楼了，知吱送送小乔……”

见蔡云转身离开，宋知吱这才松了一口气。乔遇将宋知吱的神情尽数收在眼中，他忽然笑道：“你好像不喜欢我去你家吃饭？”

宋知吱僵了僵，解释道：“怎么会呢！其实乔总要是来我家做客，我肯定很欢迎啊！”

乔遇眼尾上挑，平静地盯着她看。宋知吱又笑了笑，道：“但我觉得乔总日理万机，等下肯定还有其他行程要忙，所以不好耽误乔总的工作……”

“哦，原来是这样。”

“嗯嗯，当然啊。我也很好客的。”宋知吱违心地说道。

“我还以为……你很不欢迎我。”

乔遇打开车门，坐到驾驶座上，噙着笑意看了宋知吱一眼，道：“毕竟叶楚需要你包养，而我……可以包养你啊。”

宋知吱有点儿傻眼了，谁想乔遇竟然笑了，眼里闪着细细碎碎的光："我开玩笑的。"

话音才落，那辆线条流畅的跑车已经驶远，消失在微醺的夜色中。

这段时间，宋知吱帮阿戴整理了部分的公关部的材料。在参与到公关部的工作后，宋知吱开始训练机器通过过往的经验找出数亿个相关社交帖子和数千个关键词，在得知事情发展的态势后，她迅速做出文本的挖掘和预测分析，以控制危机的蔓延。

阿戴对此一知半解，问道："所以……我们这些 PR 人员很可能被机器淘汰吗？"

"乐观地说，AI 完全可以预测到三十天内可以发生的公关危机事态。"宋知吱道。

阿戴有点儿惊恐，对着南晞喊道："所以乔总把知吱挖到公关部是要裁了我们吗？"

南晞晃了晃手中的咖啡，淡定道："我可不担心，裁员也是先裁了你。"

"完了，我瑟瑟发抖了。"阿戴发愁地抓了抓脑袋。

南晞走到宋知吱的身旁，好奇地问道："知吱，听说你之前是做娱乐数据标注的？"

"嗯，对。"宋知吱点点头道。

南晞又问道："我听说你是单独为乔总服务的？"

宋知吱轻轻地咳了一声，看到时间尚早，办公室里只有几个同事，聊聊也是可以的。她压低声音道："对。本来吧，我是按照魏总的吩咐，专门标注乔总的亲密照片。"

"亲密照片？"南晞和阿戴异口同声道。

"其实吧，我到现在也没有发现任何一张亲密照片，哪怕他和一只狗的。"宋知吱解释道。

南晞缓慢地松了一口气。阿戴又问道："所以，魏总是要全面监控乔总的一举一动吗？"

"大概吧，不然哪里来的那么多照片和视频。"宋知吱又道。

"细思极恐哎，乔总竟然时时刻刻被魏总控制着！"阿戴啧啧不停。

"吃瓜群众"的好奇心达到了顶峰，阿戴又道："有个问题我不太明白。"

"你又不明白什么了？"南晞冷冷地瞥了阿戴一眼。

阿戴老实地说道："是这样的，你看，乔总这么优秀，要颜值有颜值，要身材有身材，要事业有事业，要家世也有家世，还有……"

"废话这么多，说重点！"南晞不耐烦地打断道。

阿戴只好收起铺垫，开门见山道："他……为什么没有女朋友啊？"

"你这问题问得太妙了。"南晞笑道。

宋知吱忍不住埋汰了两句："我看乔总这种钢铁直男，应该从来没谈过恋爱吧。"

"你怎么那么清楚啊，知吱？"阿戴八卦地眨了眨眼睛。

"他那种钢铁直男的作风，说三句话中就有两句话能把女孩劝退。"宋知吱伸出右手，笃定道，"绝对是母胎单身，我赌五毛钱，乔遇还是个雏。"

宋知吱发"雏"字这个音时太过大声，身旁的两人赶紧"嘘"了一声，可已经来不及了，一个声音忽然响起："雏？"

南晞和阿戴慌慌张张地回到座位，此时，正好有几位同事走进办公室。宋知吱左右动了动脖颈，在转椅上端坐好。

几人默契地不作声，试图用"啪啪"作响的键盘声掩盖一切，宋知吱也不敢动弹，直到一个危险的气息徐徐靠近，她紧张得僵住脖颈。

乔遇一只手搭在她的椅背上，一只手搭在办公桌上，微微俯身，靠在她的耳畔："你……怎么知道我是雏？"

又低又沉的声音还带着压抑的笑声，撩得宋知吱耳朵微痒，整张脸又麻又红。

真是要窘死了！

说完这句话，乔遇迈开脚步，径直往里走去，正要合上自己办公室的门时，又道："下班后，阿戴你组织公关部的同事团建。"

"乔总万岁。"

"乔总万岁。"

"……"

众人欢呼雀跃，宋知吱却收到了一条乔遇的微信。

"下班后，我在停车场等你。"

宋知吱有点儿迟疑，难道今天的团建，乔遇不参加吗？

不一会儿，乔遇又发来一条微信。

"你不用参加团建，晚上给我当司机。"

宋知吱虽不情愿，但也只能回复："好的，乔总。"

她正准备收起手机，就见阿戴顶了顶眼镜，凑过身问道："知吱，刚刚乔总和你说了什么？"

宋知吱巴眨巴眨眼睛，含含糊糊道："他说……让我好好做事。"

"哦。"阿戴半信半疑，又问道，"那你晚上去团建吗？"

"我……我晚上有些事，就不去了。"宋知吱笑着解释道。

南晞过来拍了拍阿戴的肩膀，道："阿戴，人家佳人有约，你就别那么八卦了。"

宋知吱觉得这话有些古怪，但也只能一笑了之。下了班，她出了电梯，到了停车场，见乔遇已经在车子里等她。

她走上前，问道："乔总，您要去哪里？"

"上次那个酒吧。"乔遇回道。

宋知吱启动轿车，过了一会儿还是忍不住问了一句："乔总，今天的团建您怎么不参加呢？"

乔遇淡漠地回道："我不喜欢参加团建。"

“为什么呀？”

“太吵。”乔遇道。

宋知吱心里有事不吐不快，酝酿了好一会儿，还是开了口：“其实有个事，我不知该不该问……”

“不该问。”乔遇冷酷地打断了宋知吱的话。

话都说一半了，宋知吱实在收不回去：“乔总，您有尝试和总裁沟通过吗？”

“我刚刚不是说不该问了，你怎么还问？”乔遇冷声道。

“我就……有点儿好奇吧。”宋知吱弱弱地说道。

“我和她好多年不说话了。”

“好多年……”宋知吱有点儿傻眼了。

“何况，她要是不监控我的私生活，你岂不是失业了？”乔遇冷不防地反问道。

宋知吱嘴角僵了僵：“……”

乔遇嗓音里似有漫不经心的笑意：“不过看起来你很缺钱……”

宋知吱坦白道：“乔总，不瞒您说，我们家的家教很严，我每个月的工资都得上交，只能得到可怜的零花钱。”

“所以，那可怜的零花钱都用来支持叶楚了？”乔遇反问道。

“对啊，这次买电子专辑、咖啡又花了好多钱呢！”宋知吱微微一笑，继续道，“不过，支持偶像的那些钱都是值得的！”

乔遇淡淡地瞥了宋知吱一眼，暗压了几分情绪：“所以……你对叶楚是真爱？”

“真爱，绝对真爱！”

宋知吱信誓旦旦，见身旁的男人沉吟不语，她侧头看了一眼，只见他眉目不动，脸色微愠。

宋知吱只好局促地笑了笑，道：“是不是让乔总见笑了？”

“没有，我只是有点儿不开心。”

“为什么呀……”宋知吱不解地问道。

乔遇下颌紧绷，眸色幽深，轻轻地抬了抬眼皮：“你在我身上赚到的钱，居然都花到了叶楚的身上！你觉得我开心得起来吗？”

“……”宋知吱慌忙闭了嘴，少东家真的好难哄哦。

宋知吱照着导航，找到了乔遇上回去的那个酒吧，她这回才知道这个酒吧的名字叫“悠吧”。

酒店泊车师帮忙泊好车，宋知吱同乔遇一前一后走进了酒吧。酒吧里灯光幽暗，小舞台上有个小提琴手，与上次宋知吱来的时候情形不同，这次舞台上还多了一位钢琴演奏师，他们正在演奏《梁祝》。

乔遇俨然酒吧的熟客，酒保看到他，就递上了一杯调制好的鸡尾酒。见到宋知吱的时候，酒保还热情地问了一句：“这位小姐喝什么酒？”

“我还是不喝了，等下得开车。”宋知吱解释道。

乔遇不以为然地对酒保道：“给这位小姐来一杯‘少女的心情’。”

酒保点点头，转身就去忙活。

“乔总——”宋知吱有些犹豫。

“我们等下叫代驾。”

不一会儿，“少女的心情”已经调好，液体呈橙红色，颜色递加，很有少女的感觉。宋知吱难以拒绝，只好轻轻抿了一口，味道微甜，还加了苏打水，像是一杯汽水，很容易入口。

“这杯特调还有一个名字。”乔遇又道。

“什么名字？”宋知吱好奇地问道。

乔遇温和一笑：“暖色系心情。你看这色彩渐进，是不是会让心情变好？”

“乔总，您好像很喜欢暖色系？”宋知吱问道。

乔遇目光很暗很深：“因为暖色系让我感到温暖。”

不一会儿，乔遇就把杯中的酒喝尽了。宋知吱见乔遇这样的速度，觉得他分分钟就会醉倒。

宋知吱忙不迭地抢过高脚杯，阻拦道："乔总，您还是少喝点儿，上回您三杯就醉了。我可是费了九牛二虎之力才把您送回家的。"

乔遇没有理睬宋知吱，今天酒保为他调制的这杯酒是加利安奴利口酒和威士忌特调的鸡尾酒，酒精度数有些高，他刚刚喝得又有点儿急，已经有些眩晕。

此时，他半眯着眼睛，眸光有点儿迷离，望着台上的两名演奏家，忽然道："你知道吗？小时候我有个梦，就是成为一名小提琴演奏家。"

宋知吱微微滞然，有些惊讶地问道："乔总，您还会拉小提琴？"

"很惊讶吗？"乔遇半眯着眼睛反问道。

宋知吱迅速回道："不惊讶，不惊讶。乔总多才多艺也是理所当然的。"

"你不相信我？"乔遇半垂眼睫带着醺意问道。

"当然不是！"

突然，乔遇起身，径直就要上台。宋知吱追了几步，以为他喝醉了，想要拉他回来。可他已经三步并作两步上了台。音乐戛然停下，他同台上的小提琴演奏者说了几句话，演奏者笑着递过了手上的小提琴。

宋知吱抬首，凝视着台上的乔遇。

他本该是多么孤傲而恣意的人，可偏偏此时眼里有点儿微微醺意，似笑非笑，含着碧波春色，略微慵懒，却更加可爱。

他和坐在钢琴前的演奏者说了几句话，然后眼尾微挑，走到舞台的中央，持着话筒道："很冒昧地打断大家，我不是一位很专业的小提琴手，但现在，我想给台下的一位女孩演奏一首曲子，以此证明我还是会乐器的。"

宋知吱微抿杯中的橙色液体，有点儿无奈地耸了耸肩。

台下的客人发出窸窸窣窣的笑声。话毕，乔遇用力地对着台下的人鞠了一躬。

那个脸色绯红的男人，他有一双深邃漆黑的眼睛，视线穿过人群，与她相撞。

他继续道：“这首是《暮光之城》的主题曲《A Thousand Years》。”

话音落下的瞬间，台下的客人齐齐鼓掌，而宋知吱也跟着鼓掌。忽明忽暗的光影下，乔遇身材挺拔，穿着米白色的衬衫和黑色长裤立在舞台上，左手持琴，左边脸庞压在小提琴的腮托上，右手持着琴弓，姿势熟悉老到。

宋知吱第一次见到这样的乔遇，也不知道是不是因为酒精的作用，他白皙的脸庞微微透着绯红，那样的他有种骄矜清澈的少年感。

她的眼神在那一刻被他完全吸引。

钢琴声先响起，随之便是乔遇的小提琴演奏。

他的背脊挺直如同青松，瞳色极深，拉琴的姿势十分熟练。他应该经常拉这支曲子，和台上的钢琴演奏师配合无间。

宋知吱也很喜欢这首《A Thousand Years》，她忍不住低低地哼唱了两句：“How can I love when I'm afraid to fall…（当我害怕跌倒，我又怎敢去爱）”

台上的乔遇眼瞳很深很沉默。那一瞬间，宋知吱忽然感觉到一种哀愁。

属于乔遇的哀愁。

一曲演奏完毕，全场掌声雷动。他下了台，走到宋知吱的身边，双手支着下巴，幼稚地炫耀道：“好听吗？”

宋知吱还沉浸在刚刚的音乐当中，好不容易回过神来，称赞道：“乔总，您真是多才多艺啊！”

“你的彩虹屁能不能走点儿心……”

“……好听。”顿了一下，宋知吱又补充了一句，“台上的乔总不太一样。”

“怎么不一样？”

两人又坐回吧台旁，今天的乔遇很反常，他情绪有些高涨，又找酒保要了两杯鸡尾酒，然后把其中一杯递给了宋知吱。宋知吱有点儿渴，把鸡尾酒当成饮料倒入口中。

乔遇握着酒杯喝了口，侧头注视着宋知吱，问道：“哪里不一样？”

宋知吱忽然觉得头有点儿晕，她酒量还算不错，但这鸡尾酒的后劲有点儿大，她觉得口干舌燥，半天才道：“台上的那个乔遇好似自带着闪耀的光芒，有种……让人怦然心动的魅力。”

乔遇勾了勾唇，问道：“我平常没有吗？”

“平常，仿佛没有。”宋知吱坦白道，“平常的乔总太过钢铁直男了。”

趁着酒劲，宋知吱大笑了几声，继续道：“乔总，以您平常说话和行事的风格，应该没有女孩子喜欢吧？”

乔遇半眯着睫眸，模样微醺，单手托腮问道：“我怎么不让人喜欢了？”

“乔总，您真的不知道？”

“不知道。”乔遇可爱地摇了摇头。

宋知吱“嗤”了一声，笑道：“乔总，我要是教了您，您是不是还得付一份报酬给我呀？”

乔遇不屑地“嗤”了一声，反问道：“宋知吱，说得好像你经验很丰富一样，你谈过恋爱吗？”

宋知吱不服气道：“怎样都比您经验丰富吧。”

“你的经验丰富是指在电脑上给那些视频和图片里的亲密场面做标注吗？”乔遇唇畔的笑意渐盛。

宋知吱：“不只如此……”

“那是怎样？”乔遇追问道。

宋知吱拒绝回答，清了清嗓子，把话题转向了乔遇：“可……乔总，您谈过恋爱吗？”

灯光昏暗，乔遇的侧脸棱角分明，他咽了咽喉咙，眼神很深很黑，半天没吭声。

没有承认，那么就是……否认？

她猜得没错，即使乔遇这么优秀，但他的直男属性也确实让人难以靠近。

宋知吱仿佛看穿了什么，又笑了：“原来，乔总，您真的没谈过恋爱？”

乔遇半天没吭声，宋知吱更加确定了自己的推测：“天哪，乔总，您那么优秀，怎么能没谈过恋爱呢？”

虽然她在办公室里和南晞、阿戴打赌乔遇是母胎单身，但得知乔遇真的没有恋爱过，还是十分震惊。

“我为什么一定要谈过恋爱？”乔遇专注地盯着宋知吱，认真地反问道。

宋知吱怔了怔。乔遇又十分正经地回道：“我不想浪费我的初恋。”

见乔遇的神情如此专注，宋知吱有点儿惊讶。

“发什么呆？”

“所以……乔总的初吻还在？”身为“吃瓜群众”一员的宋知吱兴致更加高涨。

乔遇端着第三杯鸡尾酒，紧张地一饮而尽，反问道：“你这问题问得很奇怪？”

也对，初恋都还在，初吻应该也还在才对。

宋知吱眨巴眨巴眼睛，继续追问道：“那……乔总，您……难道喜欢男人？”

“你的脑回路果然异于常人。”乔遇冷笑了一声。

宋知吱又试探道：“我只是觉得乔总这么优秀，没有恋爱对象很奇怪啊。而且现在就算同性恋爱，也不奇怪啊……”

“那你呢？”乔遇打断了宋知吱的话，“刚刚一直是你问我问题，现在换成我问你。”

宋知吱心虚地用双手托着脸颊，脸色微微潮红：“我是一个没有故事的女孩，能有……有什么让乔总好奇的呢？”

“宋小姐是在几岁初恋，几岁失去了初吻，几岁又……”

这回换作宋知吱沉默了。她眼神忽闪了半天，发现乔遇居然喝光了第三杯鸡尾酒。

她紧张道："乔总，您喝了第三杯……"

"三杯很奇怪吗？我还能喝很多杯呢！"

"……您不是三杯倒吗？"宋知吱有点儿紧张地说。

乔遇丝毫不顾忌宋知吱的担心，扶正她的肩膀，眼尾微勾，声音低沉地问道："宋知吱，你为什么不回答我的问题？"

"什么问题？"

"你几岁恋爱？"

"我……我自以为的暗恋发生在十九岁。"宋知吱结结巴巴地回道。

"那你的初吻呢？"

宋知吱心慌地眨眼，嘴角嚅动了好一会儿，没说话。

可面前喝醉的男人俨然不想放过她，他趁着酒劲，执拗地想一探究竟。

"为什么不回答，宋知吱？"他像个孩子一样不依不饶。

"我……我的初吻还在。"

"还在？"

"因为……我有接吻障碍。"

"接吻障碍"这四个字让乔遇有些惊诧，他修长的手指在吧台上一下接一下地叩着，透出一种不同寻常的愉悦感。

"你的工作不是标注那些亲密的场面……怎么还会有接吻障碍？"

宋知吱咽了口口水，虽然她是一个娱乐标注师，之前也做过鉴黄师，但是将那些高能场景真正换到自己的身上……

"我……"

宋知吱回过神来，暧昧的灯光下，她发现乔遇正看着她。乔遇那双桃花眼灼灼动人，里面隐隐翻涌着细腻又动人的情感。

"我不信。"乔遇道。

"是真的。"

宋知吱虽然觉得这是一个很难启齿的心理障碍，她也从未在别人面前提起过，但今天也不知怎么了，她在面前这个男人面前毫不隐瞒，坦白心事。

“怎么证明？”

“证明？”

“嗯，证明给我看。”

乔遇觉得自己很兴奋，似醉又非醉，但这种感觉恰恰好。他喜欢看着面前女孩微微发怔的表情，又圆又黑的眼瞳里，有几分纯真，又有几分幼稚。

他的生命里大概从未存在过这样的女孩，她看似势利爱钱，可又笨拙可爱，骨子里所有的小心思都能被他猜透。

宋知吱转了转眼珠子，回味着乔遇的“证明”二字。

怎么证明？

等她回神，乔遇的脸庞已经近在咫尺，他的鼻梁又高又挺，微微吐露的气息让宋知吱猛地一惊，她想要往后躲开，可已经来不及了。

他伸出手，白皙修长的手指托住了她的下巴。

灯光下，他在笑，他的容貌因为这丁点儿淡笑变得更加赏心悦目。

“你醉了，乔总。”

眼前的女孩眼睫微微发颤，他笑意更深，她居然……还知道害怕吗？

“醉没醉，你要试试吗？”

第四章
做戏做全套

宋知吱脸红了，渐渐泛起的红晕让乔遇很是满意。

她还来不及思索，乔遇的薄唇就覆了下来。她不自觉地闭起了双眼，整个人好似在那瞬间飘了起来，踩在又软又柔的云端，不自觉地深陷其中。

不知过了多久，她脑子里有个声音在喊停！她快速推开面前的男人。

就在那片刻，她察觉到人群中有闪光灯闪烁了一下，很明显有人按下了快门。

她和乔遇被人偷拍了。

她脑子里一片混沌，反应不对，难道酒吧里还有私家侦探？

可是……

她努力保持清醒，环顾四周，搜寻那个急急忙忙地离开的陌生男人的身影，但她还没迈出脚步，乔遇就抓住了她的手。

她再回身的瞬间，身边的男人倒在了吧台上。

看来乔遇的三杯倒是绝对会倒，只是早晚而已。

她望着身旁的男人，又羞又臊，刚刚他居然吻了她！

她轻轻地咬了咬唇，明明应该生气的她，竟然不恼不怒。

有了上次乔遇醉酒的经验，宋知吱这次快速找来代驾，两人一起扶着乔遇上了车。

上车后，宋知吱好不容易摆正了乔遇的身体，谁想下一秒，他就歪倒在她的肩上。

她侧头看着那个合着双眼睡觉的男人，心“怦怦怦”跳得厉害。

她是什么时候患上接吻障碍症的呢？

大概是刚上大学的时候。那时她喜欢上了系里的一个男生，因为高大英俊，那人刚到学校不久，就成了风云人物，是女生眼里的系草，很多女孩明里暗里喜欢他。宋知吱也默默地被他吸引，但因为自卑，她从未靠近过。

不想在期末的时候，男生却主动靠近她，他有时撩动她的心扉，有时却保持距离，这种若即若离的感觉，让她深陷其中。

她记得那天是期末考的第二天，他们开完班会，他送她回宿舍。

那晚，月如银钩，疏星几颗，夏风夹杂着白天的余温袭来。

不知不觉，他们就走到了女生宿舍楼楼下。她看着面前的男生，心里如小鹿乱撞。

那时的她单纯简单，以为这就是喜欢。

薄雾罩住了月亮，天空暗了下来，但宿舍楼还是灯火通明。他们站在晕黄的路灯下，光影婆娑，他忽然向她挨近了一步，她以为水到渠成，男生要向她表白，不自觉地微微合上了双眼。

周遭有微风从她的脸庞袭来，还有微微可闻的笑声。

她有些奇怪，睁开眼的瞬间，面前的男生却笑了。

他笑了很久，让宋知吱有了一种难堪感。

他那般玩味地问道："你是不是很期待我的吻？"

"我——"宋知吱觉得心跳加速，她紧紧地咬着嘴唇。

"宋知吱，其实……我并不喜欢你。"男生笑了一声，冷酷无情地说。

那瞬间，她觉得自己之前的举动是有多么的愚蠢，多么的窘然。他不喜欢她？所以只是戴着假面孔别有用心地靠近她。

几番嘲弄几番讽刺，深深地伤害了宋知吱的自尊心，她转身飞奔回宿舍，从未有过的窘迫和害臊如大山般压来。

她当然没有料到男生的主动靠近是处心积虑，无非是因为她成绩好，他想通过考试。

她自以为的初恋无疾而终，但她还是安慰自己，一觉醒来一切不过是场梦。

他不喜欢自己，是他的损失。

谁能想到，她以为的小事第二天却成了大新闻。她的索吻照片被贴在了校内的贴吧里，她成了别人嘲弄和讥讽的对象。

"不要脸""不害臊""癞蛤蟆想吃天鹅肉"是那段时间她听到最多的词。

那些日子，她走在校园里，总能听到指指点点的声音。明明做错事的人不是她，她却成了众矢之的。

她的成绩一落千丈，本来势在必得的奖学金也泡了汤。

那段时光，应该是她有生以来最难熬的时光，她没有朋友，被排斥，被非议，被指责，却一个人扛了下来。

回首往事，她至今只谈过一次恋爱，却在一个月内夭折的原因大概是她再也无法彻底信任一个恋人。

可宋知吱还是没有料到，自己的初吻居然莫名其妙地给了眼前的男人。

她越想越觉得憋屈。

到了乔遇家门口，宋知吱跟代驾结完账，回头一看，轿车门打开，乔遇却不在车里。

她转身一看，黑暗的夜色中，井井有条的橙黄色的路灯下，乔遇的身影就在前方，身材颀长，走起路来摇摇晃晃。

她叹了一口气，实在无奈，追了几步，把乔遇带了回来："乔总，你去哪里啊？"

"回家啊。"乔遇道。

"乔总，你家在这个方向。你往那边走，会越走越远的。"

"胡说八道，你还能比我更熟悉自己的家吗？"乔遇固执地说。

宋知吱气得牙痒痒，努力管理好表情："好好，乔总你熟悉你最熟悉。"

"是吧？别想趁着我喝酒了，就绑架我！"

宋知吱本着人道主义精神，伸手扶了乔遇一把，又撒了个谎："乔总，这边是近路，往这边走。"

"抄近路？我家小区还有我不知道的路？"乔遇蹙了蹙眉，好似在仔细思考。

过了几秒，他又点了点头，恍然大悟道："哦，也有可能，毕竟条条大路通罗马。”

宋知吱轻轻地“嗤”了一声，忽然觉得醉酒的乔遇有一点儿可爱。

“乔总，你走慢点儿，小心摔倒了。”

“我又没醉。怎么会摔倒？”

“难道是我醉了？”宋知吱翻了个白眼，气得咬了咬牙。

乔遇忽然问道：“你听到了什么声音吗？”

她不耐烦地问道：“什么……声音？”

“好像有……咬牙切齿的声音。”

宋知吱一脸问号。

宋知吱费了九牛二虎之力，才把乔遇带到了他家门口，她捏着乔遇的手指往门锁上一按，然后扶着乔遇进了家门。进门的一瞬间，她看见玄关那里放了两双男性拖鞋。

乔遇脱了鞋，径直进了门。宋知吱来不及换鞋，脱了高跟鞋紧随其后。

乔遇跌跌撞撞地到了卧室，解开领带，倒在了大床上。

宋知吱松了口气，终于大功告成把乔遇送回了家。她转身正想走，背后的男人忽然喊道：“水，我要喝水。”

“好，祖宗，我这就给你倒。”

宋知吱冷冷地瞥了一眼躺在床上的乔遇，去餐厅找到饮水机，正想着该去哪里找杯子的时候，忽然看到餐桌上放着一对情侣杯。一只印着米奇的卡通图案，一只印着米妮的卡通图案。

她站在那里，想到入门玄关处的两双男性拖鞋，越来越觉得第一次送乔遇回家的时候，乔遇的家里还有一个人。

那个人好似还是一个男人……

思忖片刻，她迅速掏出手机，跑到玄关处对着两双拖鞋拍了张照，又去厨房把那对情侣杯拍了下来。

她敏锐地感觉这间屋子里存在着两个男人的气息，思忖片刻，她灵光一现，觉得乔遇的衣柜可能会给她答案。

宋知吱兴致高涨，觉得自己太有做私人侦探的潜质。她走到了衣帽间，发现乔遇的衣帽间和她的卧室一般大，惊讶得合不拢嘴。

衣帽间有几个大衣橱，抽屉里摆着一排又一排整整齐齐的腕表和领带。

她迅速给腕表和领带拍了照，又打开衣橱，几个衣橱整整齐齐地摆放着西装、衬衫和休闲外套。

宋知吱对乔遇奢靡的生活瞠目结舌，把图片发给了同为“吃瓜朋友”的唐佩佩，又发了一条微信语音：“乔遇的衬衫感觉有三百六十五件。”

“你……怎么会在乔遇家里？”唐佩佩迅速回复了一条语音。

宋知吱回道：“乔遇醉了，现在是我离他私生活秘密最近的时刻。”

顿了一下，宋知吱补充了一句：“你会不会觉得我有点儿八卦？”

唐佩佩冷笑了一声：“你不觉得你出现在夺耀传媒少东家家中，即将成为第二天最大的八卦吗？”

“说得有理哎。”宋知吱又发了一条语音。

“小游，你在干吗啊？”

突然响起的冷森声音不像是来自手机对面，而是来自身后……

宋知吱迅速收起手机，全身僵在原地，过了很久才慢慢转过身。

而乔遇眼神迷离地挨着门站着，领口微微敞开，锁骨若隐若现。

他正在等待她的回答。

宋知吱有些局促，半天才道：“乔总，你怎么……怎么醒了？”

“小游，你咬着我的手机干吗啊？”

等等，小游是谁啊？难道是和乔遇合住的那个男人？

还有，什么叫咬着他的手机？

没等宋知吱回过神，乔遇快速扑上前去抢她的手机。宋知吱来不及反应，一个趔趄倒在了地上，手机“吧嗒”一声掉在了离她不远的墙角。

她匍匐前进，往前艰难地移动了好几步，眼见手机就在不远之处，触手可及。

胜利曙光近在眼前，她刚触摸到手机，就被一条比她长的手臂截和了。

乔遇夺过手机，眼神微醺，满脸通红，看起来醉得不清。

宋知吱想要逃，却被他压得无法动弹。

“你……你能不能动一下啊？乔总？”宋知吱松了口气，示弱地试探道。

乔遇眯了眯眼睛，带着危险：“让你咬手机，让你淘气！”

话毕，他随手一抛，手机在空中划过长长的抛物线后，重重地落在了地上。

天哪，我刚买的手机啊！

宋知吱仿佛听到了心碎的声音，欲哭无泪：“乔总，我……我没有咬手机啊！”

“那就乖了，让爸比亲一口。”

爸比？角色扮演？变态啊！

“你——”宋知吱不自觉地全身战栗，咬了咬下唇。

而这个不经意的动作，却让微醺的乔遇觉得面前的小游真是可爱。

乔遇缓缓地再次贴近，眼里闪着盈盈的光芒，用力地贴住了宋知吱的额头，亲了一口。

她感到面红耳赤，有些无地自容。

刚刚在酒吧才被夺去了初吻，现在……又被这个男人亲了一口！

宋知吱瞪圆了眼睛，一股气无处宣泄，她双手使劲，抵住了乔遇滚烫的脸庞。

乔遇终于翻了个身，倒在了她的身旁。

有气无处宣泄，宋知吱拿走碎屏的手机，用力地踹了乔遇的脚好几下。

第二天，宋知吱魂不守舍，在公司的走廊上撞见了南晞。南晞见她黑眼圈厚重，整个人无精打采，担忧地问道：“知吱，你今天身体不舒服吗？”

宋知吱紧张地揉了揉眼睛，解释道：“没有，就是有点儿头疼。”

“哦，可能天气变化吧。”南晞顿了一下，又道，“乔总也病了，今天没上班。”

“病了？”宋知吱吃惊地说道。

昨天那副模样一点儿也不像病了，倒是有点儿像疯子。

“你在想什么呀，知吱？”

见宋知吱嘀嘀咕咕了一句什么，南晞好奇地问道。

宋知吱觉得自己刚刚的行为有点儿像智障，笑了笑，道：“南姐，乔总他……是一个人住吗？他有没有合住的人啊？”

“合住的人？”南晞有点儿困惑。

“比如……叫什么小游的女人……或者男人？”宋知吱小心翼翼地试探地问道。

闻言，南晞笑了一声，道：“倒是有个叫小游的。”

“男的还是女的？”宋知吱瞬间来了兴致。

“或许是……雄性的？”

“雄性的！”宋知吱大为震撼，看起来她猜得没错，那天她在乔遇公寓看到的不是错觉，真的有个男人和他一起住！

而他的名字还叫小游！

没想到乔遇喜欢的是男人？

那昨晚在酒吧，为什么说那是他的初吻呢？

骗子！

男人的嘴，骗人的鬼！

可她莫名其妙地被乔遇夺走了初吻，这才是让人懊恼的事情啊！

宋知吱的脑海里正上演着一出跌宕起伏的大戏，南晞却打断了她的思路，道：“前段时间，小游刚去做了绝育手术，应该算雄性吧。”

“绝育？这么残忍！”宋知吱深感痛心。

过了两秒，她又觉得奇怪，追问道：“为什么要做绝育手术啊？”

“从根本上断绝猫咪的发情动机，这样猫会更长寿啊！”

“等等！”宋知吱仿佛受到了巨大的冲击，“小游是只猫？”

“要不然呢？”

此时，宋知吱只想静静，昨晚在公寓里，乔遇是把她当成一只猫又亲了她一次吗？

下班的时候，宋知吱收到了乔遇的微信，说是有要紧事情，让她晚上去他公寓一趟。有什么要紧的事情一定要去公寓见啊？

何况昨晚发生的事情，让她倍感羞辱。

她怎么能被他当成一只猫呢？

乔遇的酒品也太差了吧！

但一想到摔碎的手机，她怎样也得找他讨个说法啊。

去就去，谁怕谁啊。

宋知吱按响乔遇家的门铃。乔遇打开门，他身穿一身灰色的家居服，怀抱着一只全白的银渐层猫，眼睛盯着宋知吱。

宋知吱看着乔遇怀中慵懒的猫，猜到了那只猫就是小游。

她跟着乔遇上楼。乔遇住的公寓是一套小户型公寓，楼上是个玻璃阳光房。今夜月色皎洁，繁星像是一颗颗金色纽扣缀满湛蓝色的夜空，把这间房间照得甚是明亮。

宋知吱情不自禁地仰望星空，视野宽阔，星星仿佛触手可及。乔遇打开玻璃房的灯，几盏球形灯造型独特，散发着橙黄色的光芒和星空交相辉映。

整个玻璃房像是一个巨大的花店，高高低低的花架上摆满了多肉植物和色彩鲜艳的花朵。

乔遇邀请宋知吱来到中央的藤椅前坐下，中间的藤质矮几上摆着茶盘，他神情专注地泡茶。仰头的瞬间，他发现家里的那只白猫已经钻进了女孩的怀抱。女孩满脸笑意，摸了摸小游的白毛。

“喵——”

他不禁翻了个白眼，小游平时不喜欢靠近人类，如今却讨好一个女孩，看来是真的喜欢她吧。

“它好小好可爱哦。”宋知吱感叹道。

“它很喜欢你。”乔遇道。

宋知吱咳了一声，道：“你昨晚……把我当成了它。”

“什么？”乔遇认真地打量了宋知吱好几眼。

“乔总，你知道你的酒品有多差吗？你昨天不只……”

“等等。”乔遇忽然打断了宋知吱的话，“我不该犯这样的错误。”

“什么？”

乔遇一字一顿道：“因为，你没有小游可爱啊。我不会把你当成它的。”

宋知吱很生气，递过了那部碎屏的手机，道：“这就是证据。你以为小游咬你的手机，结果把我的手机砸了。”

乔遇望了望手机，又看了看宋知吱，还是半信半疑。

说实话，他昨晚确实喝断片了，不记得从酒吧回来后发生的事情。

要不是昨天他和她在酒吧的那幕被私家侦探拍到了，他大概也想不到自己竟然会趁着醉酒吻她。

所以，他是不是要考虑戒酒了？否则下回醉酒，又会做出什么疯狂的事情……

“乔总，你……你想起昨晚的事情了吗？”宋知吱追问道。

乔遇忽然抬头，咳了一声，道：“手机我会照价赔你的。”

“那还差不多。”宋知吱小声地嘀咕了一句。

乔遇熟练地洗茶，倒水，很快有花香溢出。

宋知吱看着透明的茶壶，里面装满各式各样的花，有几朵大红色的玫瑰，还有紫色的薰衣草和黄色的洋甘菊。

乔遇沉默不语，她啜了一口花茶，好奇地问道：“乔总……你一直是三杯倒吗？”

“嗯，我酒量一般。”乔遇逞强地说道。

“什么一般，是非常差！”宋知吱“嗤”了一声，小声吐槽。

见乔遇狠狠地瞪了自己一眼，宋知吱心虚地转了转眼珠子，换了个话题：“对了，你……今晚找我还有什么事吗？”

乔遇身体向后倾，道：“昨晚在酒吧，我们被私家侦探拍到了。”

“拍到什么？”

乔遇微微动了动薄唇，反问道：“你觉得拍到了什么？”

“……”

乔遇意味深长地看着她，宋知吱沉默不语，却觉得面红耳赤。

她仔细地回忆，昨晚在“悠吧”，闪光灯亮起时，她就意识到有人在偷拍，可没想到真的是私家侦探。

“你……不是说‘悠吧’不会有私家侦探吗？”宋知吱疑惑地问道。

乔遇握着茶杯的手滞了滞，道：“所以，我也很意外。”

宋知吱心乱如麻，好不容易理清了思路，她喝了酒，乔遇也喝了酒，两人在酒精的作用下猝不及防地吻在了一起，而她也没有表现出丝毫反感，只是被私家侦探拍到了。

她的脸烧得越来越厉害，偷偷抬头，瞄了乔遇一眼，心里莫名“咯噔”了一声。

她明明有接吻障碍，面对眼前的男人却完全不抗拒。

这是……怎么了？

“你想怎么解决？”乔遇冷静地问道。

宋知吱咬着手指，不解地看着乔遇。

这句话怎么听都不对头啊。

按照豪门总裁的套路，宋知吱差点儿以为下一秒，乔遇会把一摞钱砸到她跟前。

"有两个解决方案，我想跟你商量一下。"

乔遇公事公办的口吻，让宋知吱有些不适。

"我猜测那个私家侦探应该是魏总派来的，'悠吧'我有股份，只接待部分的熟客。那个私家侦探能混进来，应该是买通了里面的员工。我会让店长好好找出这个内应。"

乔遇分析得井井有条，宋知吱也点了点头。

他继续道："私家侦探拍到的照片，应该未经筛选，来不及汇报给总裁就会到你手上。因为我妈请的私家侦探肯定不止一位，私家侦探也肯定不知道莉莎最后会把所有拍到的东西交到你的手上。所以，第一个方案是，你可以把那些照片交给总裁。第二个方案……"

"等等，你说什么？"宋知吱有点儿吃惊地打断道。

乔遇盯着面前的女孩，眸色幽深："总裁请你来，不过是想找出我有没有交往的女孩。"

"所以呢？所以告诉总裁，你和我有亲密的行为吗？"

宋知吱有点儿生气，骤然站起："乔遇，你是不是疯了，你让我标注我和你……接吻的照片？然后让我把这些材料交给总裁，告诉她，她儿子不必相亲。可我算什么？"

此时乔遇的沉默，更是激怒了宋知吱，她怒道："你……你是不是觉得我就是个笑话？"

宋知吱觉得自己再次被羞辱了，就像是大学时候的那次一样。她对爱情的珍重都不值得尊重吗？

乔遇看着宋知吱，眼前的女孩紧紧地蹙着眉，愤怒又委屈。

"为什么是笑话？"乔遇不明白地问。

"……"宋知吱感觉自己要被乔遇气哭了。

"昨晚……"乔遇忽然觉得耳朵有些热，他面露难色，隐隐动了动薄唇，压低声音道，"也是我的初吻。"

宋知吱怔了怔，等等，他的初吻跟自己有什么关系啊？

她轻轻地“嗤”了一声，冷冷地说道：“什么意思？难道乔总的初吻还要我负责了？”

“对。”乔遇简短干脆地回道。

宋知吱僵在原地的时候，觉得自己的脸庞倏然间热了。

什么鬼啊！

她觉得自己彻底败了，跟钢铁直男的沟通信号发生了严重的阻碍。

她又气又无语，梗着脖子，跟个孩子似的据理力争：“明明是乔总喝醉了，明明是你主动，为什么要我负责？那我的初吻呢？……怎么办？”

乔遇猛地起身，走到宋知吱的跟前，头顶是漫天璀璨的星辉，而眼前的男人眼里是另一番夺目的光芒。

“我很抱歉。”他忽然道歉。

昨晚在酒吧，两人都喝了酒，冲动的不是乔遇一人，她其实也情不自禁了。宋知吱有点儿懊恼。

“在酒吧，那瞬间，我忍不住靠近你。”他黑色的眼眸带着深深的歉意。

宋知吱没有料到乔遇会说这样的话，竟然有了片刻心动的感觉。

“你在生气吗？”乔遇问道。

“要不然呢？”宋知吱眼里一片愠怒之色。

乔遇微微垂眼，带着些自责。眼前的女孩皮肤白皙，嘴唇微微噘着，眉眼紧蹙，仿佛在和他对抗。

在乔遇眼里，这样的宋知吱连生气都幼稚，幼稚得可爱。

乔遇不自觉地笑了一声，宋知吱更加生气了。

男人忽然俯下身来，宋知吱屏住呼吸，心跳加速，忽然生出了一种莫名的怯意。

乔遇到底要干吗？

骤然间，他伸出右手，朝着她逼近。宋知吱以为乔遇又要做什么事情……

下一秒，他却直直地逼近了宋知吱的眉心，温热的大拇指和食指按在她的眉头上，试图捋平她眉中的褶皱。

不按照套路出牌的乔遇，让宋知吱彻底蒙了。

“你……你干吗呀？”宋知吱问道。

“捋平你的气愤？”乔遇眉眼低垂，仔细地思忖道。

宋知吱有种憋屈感无处宣泄，她吼道：“乔总，你是故意的吗？”

“故意什么？”乔遇不明所以。

宋知吱盛怒道：“乔总，你……”

“再见！”

宋知吱仓皇地逃离乔遇的家，回到自己的家里，她躺在床上回想这几天发生的事情，觉得她和乔遇之间好似一场梦。

宋知吱躺在床上辗转反侧，始终睡不着，难道是因为喝了乔遇泡的花茶，所以失眠了吗？

她找出手机给唐佩佩打了个电话，还好她明天休息，这会儿还没休息。

唐佩佩刚接通电话，宋知吱就开始喋喋不休地抱怨，从酒吧的吻讲到乔遇把她当成自家的猫，再到捋平她的眉头。她越讲越生气，唐佩佩却打断了她的话，道：“有个问题我不知能不能问？”

“你倒是问啊！”宋知吱催促道。

“他捋平你眉头的刹那，你是不是抱着别的期待？”

“什么？”宋知吱在床上翻了个身，困惑道。

“他靠近你的那瞬间，你有抱着别的想法吗？”

“比如说——”

“比如说觉得乔遇会再次吻你，又或者觉得他会把你揽入怀中，而不单单捋平你的眉头。”唐佩佩试探地问道。

“怎么可能！开什么玩笑？我怎么可能对那位钢铁直男有兴趣啊？！”宋知吱坚决否认。

唐佩佩轻轻地“嗤”了一声，道：“那你在气什么？”

“我在气……”宋知吱迟疑了一会儿，道，“初吻莫名其妙地被人夺走了，他还把我当成了他的猫，还……不管怎样，这不值得生气吗？”

“我怎么觉得，是乔遇没有对你负责，没有表白，你才生气呢？”唐佩佩反问道。

“我懒得理你啦！不说了。”

宋知吱不痛快地挂了电话，没想到彻底失眠了。

她有点儿担心莉莎看到私家侦探拍到的照片，会直接递给总裁，当总裁发现她信任的人竟然和乔遇有亲密的举止，该怎么想？

辗转反侧了半天，宋知吱还是很发愁，不知道应该如何跟魏总解释她和乔遇的关系。

上司和下属的关系？

朋友关系？

还是恋人未满？

宋知吱猛地从床上坐起身子，脑子里又在回放酒吧里的那个吻，太过一气呵成，她没有拒绝，还有些上头？

这是什么情况？

她捂着脑袋，来回摇晃，感觉头都要大了。

第二天，宋知吱请了假。到了中午，阿戴和乔遇的助理南晞都在微信群里提到了她。自从她加入了乔遇的公关部，三个年轻人就建了个微信群，叫“不吐槽老板不快乐”。

群名里的“老板”指的不是总裁，而是乔遇。乔遇的钢铁直男属性实在太过深入人心，三个人光吐槽乔遇都能聊上半天。

而她今天不上班，群里却有人提到她，宋知吱仔细地看了看。

南晞：知吱，有大事发生！

阿戴：她可能在睡觉。

南晞：知吱，赶紧起床，偶像来公司了，你却完美地错过了。

阿戴：好惨哎，叶楚正在经纪部聊天哎。知吱，你要不要来公司，我们帮你制造一个大型追星现场！

我的天！叶楚居然去了公司。

宋知吱无比懊恼，她今天请假，居然完美地错过了和叶楚偶遇的机会。叶楚难得来一次公司！偏偏是今天，又是怎么回事？

她刚想退出微信，微信又来了一条新消息，她点开一看，居然是乔遇。

“昨天的照片我已经处理了，你不必烦恼。”

她忽然想起昨天自己的态度，是不是太小题大做了？

她还没回复，对方又给她发了条消息：“我应该很认真地说句对不起。”

对方道歉了，而自己还耿耿于怀，好像有点儿不够大度。宋知吱决定回公司，当面和乔遇说清楚。

宋知吱到达公关部的时候，才得知乔遇刚进电梯，准备去地下车库拿车，他今天没有行程，应该是直接回家。

她还没喘上气，又进了电梯，直接到了地下停车场。她找到了乔遇的私人停车位，不想停车位上并没有看到乔遇的身影，却看到了一个梦寐以求的人。

我的天，是叶楚！

他穿着黑色的牛仔衣，戴着黑色的墨镜，半依靠在乔遇的跑车上。

宋知吱背对着墙壁，在心里来回酝酿了一遍台词。

“叶楚，我真的很喜欢你……上次很冒昧地在电梯里和你说了那么多，其实，我很小的时候就认识你了，不知道你还记得吗？小时候，你曾经去过一个度假村，我是那家度假酒店老板的女儿。我们一起玩过……”

她自言自语了一大堆，又不知道自己是否要提起那段往事，也许叶楚根本不想记起那段往事。

那个度假村里，毕竟发生过让他不开心的事情。

她深吸了一口气，还是决定隐瞒这段往事，像个粉丝一样向他要一张合照或者签名吧。

她迅速转身，刚要往叶楚的方向走去，乔遇却忽然出现了。

他一身西装革履，步履匆匆地往叶楚的方向走去。叶楚明显也在等他，两人相视而笑，然后拥抱在了一块儿。

宋知吱瞪圆了眼睛，对男性这样的亲密问候方式有些不适。

只是……男性礼貌地问好方式？宋知吱努力说服自己。

可下一秒，宋知吱不得不推翻自己的猜测。因为目之所及，几米的地方，乔遇背对着她，而叶楚靠着乔遇的脸。

从她这个角度看去，两人好像真的发生了什么不可描述的事情。

宋知吱紧紧咬着牙，心里百转千回，敢怒不敢言。

骗子乔遇！

叶楚怎么能够跟他是一对？

她要哭了好吗？

就在她晃神的片刻，她忽然察觉寂静的停车场有了动静。这个角落是私人停车位，只停了乔遇的车，不可能有其他人来拿车。

她迅速转身，看到斜后方的水泥柱旁，好似影影绰绰地站着一个人，那人手上拿着黑漆漆的相机，屈着身子对着乔遇和叶楚“啪啪啪”地按下快门。

“狗仔？”

宋知吱大惊失色，迅速向那人奔去，想要夺下相机。不想那个男人也发现了她，迅速收起相机往回跑。

她抓紧背包，加快脚步，以百米冲刺的速度追着狂奔的男人。两人一前一后从停车场的一个门穿梭到另一个门。

“你……你给我站住！”宋知吱大叫道。

不远处的男人觉得自己很无辜，回头瞟了她一眼：“你……你干吗，穷追不舍啊？”

“交出相机！”宋知吱气喘吁吁道。

两人像是猫抓老鼠般折腾了十几分钟，那个男人迅速拉开旁边的一辆轿车的门，进入驾驶室，启动车子。眼见轿车就要从她身边穿过，宋知吱脑子嗡嗡地叫，只想夺回相机。因为那个相机里的照片会直接影响到叶楚的星途。

她闭起双眼，双手伸开，竟然挡在了路中间。

轮胎和地面摩擦的声音传来，刺耳又尖锐。宋知吱眯着眼睛，刺眼又强烈的车灯朝着她袭来。

那一瞬间，她的瞳孔骤然放大，脑海里一片空白。轿车急速拐弯，她又迅速往坡道上追了几步，一个趔趄，没站稳，整个人往后倾，狠狠地摔在地上。

落地的声音很响，宋知吱感觉自己的半边身体已经不是自己的了。

这一跤摔得宋知吱满身瘀青，但这并不让她觉得很疼，她最疼的还是乔遇和叶楚相拥的那一幕。叶楚现在正处于上升期，要是被狗仔拍到不好的照片并且公开，那么他的粉丝肯定无法接受。

想了一个晚上，宋知吱还是决定去找乔遇好好谈谈。

她来到乔遇的公寓门口，在原地踌躇了半天。如果与乔遇住在一起的男人就是叶楚，而他们也许还不知道自己已经被偷拍。

她在心里做了种种思想上的建设，假设开门后，叶楚真的在里面，她要说些什么。

犹豫了很久，宋知吱正准备按下门铃，又窝囊地背过了身，这时，乔遇打开了门。

“你在门口干吗？”

乔遇穿着一身白色运动衫，头发微湿，身上有股淡淡的沐浴乳味道，应该刚洗了澡。

“你怎么知道我在门口？”宋知吱有点儿惊讶地问。

乔遇合上门后，漫不经心道：“门口有监控，我已经在屋里看你自言自语很久了。”

“那你怎么不早点儿叫我进屋啊？”宋知吱有点儿郁闷地说。

乔遇扬了扬眉，嘴角噙着若有似无的笑：“看你表演也挺有意思的。”

“你都听到了？”宋知吱惊诧道。

“没有。”乔遇淡淡地回头看了她一眼，道，“你在门口手舞足蹈的模样有点儿像神经病。我担心你扰民，才赶紧让你进来的。”

宋知吱：“……”

“你大晚上的来找我有事？”

乔遇趿着拖鞋走了几步，又奇怪地瞥了宋知吱几眼，慢慢走近，猛然间抓住她的手臂，仔细看了一眼。

乔遇的动作有点儿大，宋知吱下午摔的那下挺狠的，现在哪里都是伤，戳哪哪都疼。

“乔总，你……手劲能轻一点儿吗？”

乔遇指了指她的右手肘关节，问道：“破皮了，不疼吗？”

“怎么这里还破皮了呢，我就觉得手臂怎么也有点儿疼。”宋知吱咬了咬唇，有点儿后知后觉地说。

“摔了？”乔遇蹙眉问道。

宋知吱点了点头，道：“嗯。”

“等我一下，我去拿药箱。”

宋知吱本想说不必这么麻烦，她有些话说完就走，谁想乔遇的脚步比她的话快。转身的瞬间，他已经提着药箱到了客厅。

他捏着棉签，醮了点儿碘酒帮着宋知吱清理伤口。他的动作又轻又温柔，宋知吱有点儿不好意思。

她盯着神情认真的乔遇，觉得难以启齿。

酝酿了很久后，她才道："乔总，我今天来找你，其实是有点儿事。"

"我知道你有事。"乔遇平淡地回道，"你刚刚在门口，整张脸都写着'我有事'。"

"有……有那么明显吗？"宋知吱紧张到结巴。

"有啊。"乔遇靠在沙发上，问道，"所以……你到底你有什么事？"

"那天我们在酒吧的事情，其实是大家都喝了点儿酒，所以有点儿冲动……"宋知吱低下头，弱弱地解释道。

乔遇却岔开了话题，问道："你今天在哪里摔的？"

宋知吱目光闪烁，咳了一声，道："停车场。"

乔遇微微挑眉，又问："你不是不开车吗？今天为什么去停车场？"

宋知吱嘴角微动，很为难地盯着乔遇看了好一会儿，她又抓着手机，紧张地打开微博看了看热搜话题。

在来乔遇家的路上，她反反复复地刷新微博热搜，生怕关于叶楚的新闻登上热搜。

本来自家偶像就有"热搜体质"，经常有话题性是一件喜闻乐见的事情，但如果因为一些丑闻登上微博热搜，那么偶像的星途就很可能毁了。

一年前，因为出轨事件登上热搜的A男明星，最后即使解释清楚了他早已离婚的事实，粉丝也不买账，现在那个A男明星已经冷到查无此人的状态。

而宋知吱完全不能接受"叶楚出柜"这种劲爆的话题登上热搜。

不管怎样，她真的无法接受叶楚出柜。

看到微博上没有"叶楚"两个字，宋知吱心里稍微松了一口气，而她的细微表情都被乔遇尽收眼底。

"你一直看着手机，在看什么？"乔遇问道。

"新闻。"宋知吱坦白道。

乔遇微微颔首，随手抓起矮几上的遥控器，对着语音遥控喊道："我想看最新的娱乐新闻。"

霸总的恋爱语录

听着，我允许你喜欢我。

我有病，你是药。

初恋暖色系

女人你成功引起了我的注意。

从今天起，我的女人我来宠！

选我恋爱，我超甜！

我这么喜欢你，你喜欢我一下会死啊？

电视自动跳转到最近的娱乐新闻，乔遇专心致志地盯着电视，不再理睬宋知吱，宋知吱倒是有点儿局促不安了。

“可以说了吗？你找我到底什么事？”乔遇的眼睛一直盯着电视，面无表情地问道。

宋知吱微微地张了张嘴：“我——”

她欲言又止，半天只溢出了一声叹息。

“宋知吱，你来我家不是要叹息给我听的吧？”乔遇皱了皱眉，有些不耐烦地说。

宋知吱觉得实在难开口，酝酿了一会儿，才道：“乔总，如果你和艺人恋爱了，会不会顾忌艺人的事业正处于上升期？”

乔遇简短道：“我的相亲对象里没有艺人。”

宋知吱咂咂嘴，又动了动喉咙：“那……周围总是有艺人的吧？”

乔遇抽空看了宋知吱一眼，道：“你的周围难道没有艺人吗？”

“……”

“整幢夺耀传媒大厦进进出出也不少艺人吧。”乔遇平静地回道。

宋知吱只好把问题做了补充：“你就当作我这个问题是假设性的。你会顾忌吗？”

她一双圆眼拼命眨个不停，明显意有所指，疯狂暗示个不停。乔遇冷静地盯着宋知吱半晌，脸上好不容易有了轻微的起伏。

“你是不是长针眼了？”

“……”

“不然为什么一直眨眼？”

宋知吱觉得自己真是败给乔遇了，今晚看来是套不出什么消息了，她有些悻悻然地抢过乔遇的语音遥控器，对着语音遥控器喊道：“我想看叶楚主演的电视。”

一系列由叶楚主演的电视出现在显示屏上，她选择了一部叶楚刚刚出道时拍的电影。那时候的他还不到二十岁，毫无经验可言，但因为表现自然，真情流露，毫无表演痕迹，让他拿到了国际电影节的新人奖。

宋知吱看着电视里的叶楚，又望了望乔遇，问道：“什么时候开始的？”

乔遇侧头看了看宋知吱，有些不解地问：“什么？”

宋知吱清了清嗓子，道：“你……你是什么时候认识叶楚的？”

“什么时候？”乔遇迟疑了一会儿，“忘了，可能两岁还是三岁吧。”

“这么早……”

“有点儿类似青梅竹马吧。”乔遇漫不经心地答道。

青梅竹马？宋知吱嘴角僵了僵，侧头看着乔遇，眉头紧锁，有些意难平。

乔遇倏地侧头看着宋知吱，不解地问道：“你今天到底要干吗？说话这么奇怪。”

“我……”宋知吱顿了一下又道，“你喜欢叶楚吗？”

“嗯。”乔遇淡淡地“嗯”了一声，侧头的瞬间，发现宋知吱眸光灼灼地盯着自己看。

“你是什么时候喜欢上叶楚的？”宋知吱继续追问道。

“可能……”

乔遇沉思几秒，坦白道：“可能五岁吧。”

“五岁！你五岁，叶楚也才五岁，你怎么能喜欢我家叶楚呢！”

宋知吱情绪有些激动，她猛地站起身，凝重地蹙眉，愤愤地盯着乔遇。

乔遇抬头看了宋知吱一眼，道：“不要羡慕我，谁让我很小就认识叶楚了。那时候他就是个小孩，还不是明星。”

这话一说，宋知吱更难过了，她瘫坐在沙发上，呜咽了两声，道：“小孩跟小孩，居然认识那么早……”

宋知吱越想越难过，干脆放声大哭了起来。好好地看个电视，她怎么就哭了起来？

“小孩跟小孩怎么了？”

“小孩跟小孩就是不可以。”宋知吱抽噎道。

乔遇很茫然，随手抽了几张纸巾，小心地递给宋知吱，问道：“你哭什么啊？”

“我难过啊。”宋知吱觉得心里苦，可又不能说。

“你难过什么？”乔遇难以理解。

宋知吱边抹泪边呜咽道：“你到底有没有看过叶楚主演的这部电影啊？”

“这部电影怎么了？”乔遇奇怪道。

宋知吱越哭越大声：“这部电影的最后，叶楚扮演的余生死了。死了，你不难过吗？”

乔遇牵了牵嘴角，电影才放了十来分钟，剧情还没进入正题，至于那么痛彻心扉吗？

乔遇暗自吸了一口气，继续递过纸巾。

一场电影还没播完，宋知吱就哭红了双眼，乔遇被宋知吱哭得有点儿心烦，随手抓起遥控器，关了电视。

“电影还没播完，你干吗关了电视啊！”宋知吱好不容易停止了哭声。

乔遇直起身子，道：“我想睡觉了，你要看电影回家看，现在我送你回家吧。”

“哦。”宋知吱心不甘情不愿地从沙发上起身，跟在乔遇的背后往外走。乔遇拿了车，宋知吱满腹心事地坐到了副驾驶位上。

“哭了那么久，应该饿了吧？”乔遇冷冷地问道。

宋知吱点点头，哭确实消耗体力，她现在真有些饥饿的感觉。

乔遇没好气地道：“带你去吃点儿东西吧。”

夜色深沉，乔遇开着车到了附近的茶餐厅。点完餐后，宋知吱吃着三明治，喝着冻港式奶茶，见乔遇毫无动作，问道：“你不吃吗？”

乔遇把面前的炸鸡排往宋知吱跟前推了推，道：“我不饿，我刚刚没哭，没有消耗体力。”

“……”宋知吱尴尬得猛吸了两口奶茶。

“你今天是不是有别的话想跟我说？”

乔遇直直地盯着宋知吱。

宋知吱好不容易把嘴里的三明治吞了下去，眼神忽闪了半天，终于鼓起勇气道：“你和叶楚……我其实都看到了。”

乔遇眼尾上挑，眼里有深意：“你都看到了？”

这哑谜猜得有点儿刺激。

宋知吱听到乔遇这话，像是坐了个过山车，起起伏伏，刺激又震惊。现在，她已经确信乔遇是在承认他和叶楚的关系。

她盯着乔遇看了好一会儿，想起上回在“悠吧”，二人喝了点儿酒，互相吻了对方，再到今天她看到了乔遇和叶楚的亲密行为，她越发觉得画面实在是太美，实在不忍心看。

“看起来，你很难过？”乔遇又问道。

宋知吱有点儿想哭，心中百转千回，最后闷出一句话：“多长时间了？”

“啊？”乔遇纳闷道。

宋知吱咳了两声，道：“我知道这不是病，只是发生在自家偶像身上有点儿无法接受。”

乔遇怔了怔，“嗤”了一声：“偶像有病也是正常的吧。”

“这……怎么是病呢，这不是天生的吗？”宋知吱尖锐地反驳道。

“天生？胃炎是天生的？”乔遇惊诧道，“叶楚患的胃炎不是天生的啊。”

“啊？我说的不是叶楚患胃炎。”宋知吱忽然紧张了起来，道，“叶楚他有胃炎啊？那现在怎么样，好了吗？”

“我以为你是看到了我最近经常去医院才这么问我的，其实我是带叶楚去医院看胃病。”

“你……去的不是泌尿科吗？”宋知吱想起之前唐佩佩告诉她，乔遇去他们医院泌尿科见了主任。

乔遇哭笑不得：“看来你在我身上做了不少功课。”

“我——”宋知吱想解释自己不过是听闺密说的，但转念一想，他还没回答问题，又问，“那你为什么去泌尿科啊？”

“泌尿科主任是我世伯，我去了医院，顺道去他的科室打个招呼也是正常的吧？”乔遇反问道。

“也是。”宋知吱点点头。

“可是——”宋知吱顿了一下，又问道，“可是我想问的是……”

宋知吱的话还没讲完，乔遇的手机陡然响了起来，他接起一听，神色微微有些凝重。

挂断电话后，他对宋知吱道：“我现在有些事，你等下吃完自己回去，没问题吧？”

“没问题。”宋知吱老实地回道。

见乔遇埋完单转身就要走，宋知吱骤然起身追了出去，因为追得太急，没有顾忌脚下的台阶，她一个踩空，整个人摔了下去。

当她的脸就要重重摔到地上的瞬间，乔遇回身迅速抓住了她，她这才没有倒地。

宋知吱暗自倒吸了一口气，乔遇问道：“你怎样，可以走吗？”

“这回……真的不行了。”

宋知吱觉得自己今天实在是太倒霉了，早上在停车场差点儿被撞，晚上又踩空台阶差点摔跤。

因着宋知吱现在行动不便，乔遇只好临时改变计划，开着车去找药店。看到一家药店后，乔遇打开车门下车，宋知吱老老实实地坐在车上等他。等他从药店回来，手上拎着一大袋东西，里面有纱布、冰袋以及跌打药膏等。

他先递过冰袋给宋知吱，宋知吱正欲接过冰袋，乔遇却先行俯下身来，敷在了她发红的脚掌上。

“真的不用……这么麻烦，我自己可以的。”明明冰袋覆在脚掌上很是沁凉，可她意外地觉得脸很热。

“明天别去公司了，在家休息一天吧。”乔遇嘱咐道，“冰敷完，记得贴药膏。”

“明天我可以去上班的。”宋知吱逞强道。

她倒不是真的想去上班，而是在公司可以得到的八卦消息比在家里多，要是乔遇和叶楚的照片真的被狗仔曝光，她也能第一时间得知公关部的安排和计划。

“你是不是没听见我说的话？”乔遇显然有些愠怒。

“我……真的没什么事啊。”宋知吱眼神闪烁地解释道，“我不想耽误工作。”

“放心吧，我算你病假，不扣你工资。”乔遇脸色冷峻地说道。

“可是……”宋知吱欲言又止。

“你要是来上班，我就扣你工资。”乔遇下颌微微扬起，眉头紧皱。

乔遇看来是真的生气了，而且是因为她要来上班而生气！

这是什么神操作？宋知吱有点儿难以理解。

算了算了，她还是不解释了，只好点点头，道：“好，我在家休息。”

因为停车场的事情，宋知吱一点儿也睡不安稳，到了早上越发紧张了。她抓起手机，又打开了微博，从昨晚到今早这才过了半天时间，她发现热搜话题似乎发生了微妙的变化。

突然出现在第十的热搜话题是“哪些明星出柜了”，且讨论的热度在不断地飙升，虽然点进去，提及的不过是前段时间公开出柜的一位香港明星。

宋知吱觉得显然是有人在带话题的节奏。特别是一个看似平淡的话题“最不能忍受的恋爱关系”忽然飙到第三的位置，简直匪夷所思。

宋知吱激动地从床上一跃而起，顾不得疼痛的右脚，随便搭配了一身衣服，就打了辆车往夺耀传媒赶去。

她一瘸一拐地上了电梯，到了二十楼的公关部，顾不得外头南晞和阿戴看着她的奇怪表情，直接敲响了乔遇办公室的门。

等里头传来一声“请进”，她迅速推门而入。

乔遇看到走路极慢，左脚带动着右脚，艰难地向他移动的宋知吱，迅速起身扶住了她的手臂。

“乔总，我没事……我可以的……”好不容易，宋知吱才坐到乔遇对面的办公椅上。

“不是让你在家休息吗？”乔遇问道，“还来公司做什么？”

“你不怕扣工资吗？”乔遇双手交握，又瞪着她。

“我真的不是因为钱……”宋知吱解释道，“我来公司是有急事。”

“急事？”乔遇不解地看着她。

“对，很急很急。”宋知吱划开手机屏幕，打开微博递给乔遇，道，“乔总，这两个热搜有问题，必须制造新的话题，请水军把新话题热度带上去啊。”

乔遇接过手机看了两眼，云淡风轻道：“这两个话题哪里有问题？”

“‘哪些明星出柜了’这个话题的讨论热度一直在增加啊。”宋知吱指出问题。

“这个话题的问题在于？”乔遇不解地问道。

“乔总……你居然没看出来？”宋知吱哀叹了一声，“乔总，我真的可以接受你出柜的！”

忽然脱口而出的话，让乔遇瞪圆了眼睛，有点儿惊诧，宋知吱也对自己的大胆感到惊慌。

乔遇喉咙动了动，修长的手指在桌上一下又一下地叩着，过了很久还是没有说出一个字。

确实很难承认。宋知吱可以理解。

半晌，宋知吱又纠结道：“但我，真的没办法接受叶楚……叶楚，他和你是一对啊……”

乔遇沉着脸，面露难色，薄唇微启：“我和叶楚……”

“打住！”宋知吱迅速打断了乔遇的话，继续道，“你们两个的恋爱史，我真的不想知道，也不能接受……”

对面的男人神情复杂，他双手交握，神情也有点儿凝重，最后放弃道：“你有什么话，一口气说完吧。”

宋知吱百感交集，她喜欢叶楚很多年了，从叶楚出道起就喜欢上他了。那时候叶楚十八岁，而她才十五岁，刚刚初中毕业，第一次在CD店听到了叶楚的歌。明明他还很年轻，可声音很深情。他的第一首热门歌曲叫《黯淡》，她直到今天听到这首歌，仍然感慨万分。叶楚仿佛把歌词中的“黯淡”二字唱得刺骨三分。那一刻，她才知道“感同身受”这个词的意义，她居然和叶楚在这首歌中有了种无形的联系。

后来，兜兜转转，她发现叶楚儿时的照片，才知道原来他就是之前住过她家酒店的那个叶楚。

这种缘分让她更加喜欢叶楚，本来说爱偶像所爱的，可偶像所爱的居然是乔遇，还是少东家，这就算了，前几天他俩还吻到了一块儿。

宋知吱越想越难过，酝酿出几滴晶莹的泪珠，道：“你知道吗？偶像恋爱，就是粉丝失恋的时候……”

“所以……你失恋了？”乔遇环着双臂问道。

“此时此刻，我的心情真的很复杂，我根本无法接受叶楚出柜，而你居然是他的另一半。这对我来说，简直是晴天霹雳……”

“晴天霹雳？”乔遇反问道。

“你干吗一直打断我的话！”宋知吱更难过了。

乔遇笑了一声，道：“我只是不明白你为什么要那么震惊。”

“我宁愿他喜欢上一位普普通通的女孩，而不是你……”

乔遇忽然笑了，他来了兴致：“我哪里不好了？”

宋知吱抬头看了看乔遇，好像他确实没有哪里不好。

“你要钱有钱，要才华有才华。你可以倾尽财力、精力把叶楚捧得更红。我应该感到高兴才对……”

“可是……你为什么是个男人？”宋知吱艰难地开口。

乔遇来了兴致，哼笑了一声：“你有性别歧视？”

顿了顿，宋知吱缓了缓情绪，道：“我知道我这样不对，我应该向你们表示祝福。”

“对，叶楚交给我，你应该放心。”乔遇轻轻挑了一下眉。

“我会试着接受的，在此之前，我有几个请求。”

“几个？”乔遇问道。

宋知吱松了口气，道：“第一，我们那天纯属于酒后的冲动行为，你一定要和叶楚解释清楚。”

“解释清楚？”乔遇勾唇，故意反问。

宋知吱眸光深深，愁绪万千酝酿成了一段话：“叶楚是个对感情很认真的人，他出道后的绯闻极少，从来不利用绯闻炒热度。所以……我们那天发生的事情很可能会伤害到叶楚。他肯定很难过，他喜欢的人……居然和另一个人接吻了，而且还是异性……”

“这对他的打击太大了，作为他的粉丝，我远远地看着他幸福就好了。”宋知吱长长地叹了一口气，做出这个决定实在太难了，但谁让叶楚是她要用一生去守护的偶像呢！

“你一定要好好对叶楚。”她神情凝重，认真地注视着乔遇。

乔遇笑了一声，此时他的心情不比宋知吱轻松。

他突然想知道宋知吱到底看到了什么，以至于跟他说了这么多乱七八糟的东西。

“除了这个要求，你还有什么别的要求吗？”乔遇又问道。

宋知吱顿了一下，道：“一定不能让狗仔把你们的照片发到网上啊。要是他发了，对叶楚的星途会产生很大的影响，简直是火星撞地球……”

“等等，狗仔到底拍到什么了？”

“拍到了你亲叶楚。”

“我没有……亲他。”

“那就是他亲你。”

“他好像……也没有亲我……”

“你干吗那么抓字眼！”宋知吱彻底恼了，“反正就是你们在停车场私下约会的亲密照片！”

乔遇摸了摸鼻梁，仔细回想了一下在停车场时发生的事情，他们似乎是挨得有点儿近，可能从某个角度看过去，确实是有问题。

等他回过神的时候，见宋知吱正别有深意地盯着他看。

“你干吗一直看着我？”乔遇问道。

“我只是想知道乔总要如何解决眼下的局面。”宋知吱说道，“我记得你告诉过我一个流言传播公式，流言的传播速度同事件的重要性和模糊性是成正比的。所以一旦照片曝光、流言爆发，一定会超出我们想象的速度。”

乔遇没想到宋知吱还做了功课，对自己所授的知识点现学现用了。

他并不着急回答，而是把话题交给了宋知吱，问道：“那你对眼下的局面有什么建议？”

“赶紧刷新的话题转移热度啊，然后找到那个狗仔，谈好照片的价格，就算再高也得买下来。如果真的爆出了那些照片……”

这个最坏的结果宋知吱不是没想过，毕竟有些狗仔根本不愿意卖出照片，他们更想看到这些照片带来的后果。

“如果真的爆出那些照片？你觉得要怎么办？”乔遇追问道。

宋知吱咳了一声，道：“首先，控评删黑；然后，我想到了一个最好的办法。”

“是什么最好的办法？”

“祭出我！”宋知吱思路清晰地解释道，“事到如今，乔总，我或许是这位关键人物。”

乔遇半眯着眼，有些困惑地问道：“这话是什么意思？”

“乔总的私生活太简单，相亲屡屡失败，说实话，私底下已经有人在怀疑乔总的性取向。上次在酒吧，我们喝了酒被私家侦探拍的私密照片，只要被曝光，而我会一口咬定我就是你女友。”

“然后呢？”

“当时我也在停车场，以我的角度来看，狗仔站的位置不比我好，拍下来的照片效果和角度也不见得特别好。我们可以强调是错位，才会造成视觉效果上的错觉。”

“可是你刚不是说我们那天的亲密照片会伤害叶楚吗？”乔遇反问道。

“你可以跟叶楚解释，这只是我和你演的一出戏，为了保护他。他应该能理解吧？”说实话，宋知吱也有点儿担心，但为了叶楚今后的星途，她只能这么做。

“看来你跟了我一段时间，长进了不少。”乔遇无声地笑了笑，笑容有些意味深长。

“那不是没办法的事情吗？”宋知吱咳了一声，“也只有我能证明乔总是直的……”

宋知吱忽然觉得有点儿窘，自己说的是什么呀！

真是莫名其妙！

宋知吱面红耳赤地继续解释道：“我的意思是，或许只有我才能证明乔总是真的直男，如假包换。”

乔遇靠在转椅上，他明明被宋知吱气得有些怒火攻心，却有苦说不出。

“你这是夸我吗？”乔遇冷冷地问道。

“不是……”宋知吱很无奈，“我只是没想到乔总外表那么直男，却是弯的……”

乔遇脸色很难看，他努力平静了几秒，道：“好了，我知道你想说的了。

你可以走了。”

宋知吱不知道她刚刚说的话乔遇听进去了没，她仍然有些放不下心。

“那……乔总，我先走了。”她冲着乔遇告别，“乔总，再见。”

“回家好好休息，这几天你在家里养伤吧。”乔遇淡淡地说道。

宋知吱隐隐咬牙，拖着右脚一步一步艰难地移动到门口，即将要关门的瞬间，乔遇忽然叫住了她：“等等——”

宋知吱有点儿惊喜，以为乔遇认同了她的想法。

乔遇走到她的跟前，眸光深沉，徐徐启唇嘱咐道：“伤口注意涂药，别再因为叶楚受伤了。”

宋知吱瞪大眼，望着乔遇，微微动了动嘴唇：“……”

“还有……”乔遇又道，“我不会炒我和你的新闻，这次的新闻会有女主角。”

会有女主角是什么意思？

宋知吱有些疑惑。乔遇的私生活太过简单，难道那个女主角是那些相亲对象中的一员？

“但不是你。”乔遇眸光冷淡，决绝地回道。

宋知吱茫然地盯着乔遇，不知自己的内心为何有些奇怪的起伏，好像是失望，又好像是一点点沮丧。

最后，她僵在原地，很久才“哦”了一声。

从公司回到家，宋知吱一直在想乔遇今天的表情，他好像很不开心，可是为什么不开心，是因为她拆穿了他的私生活秘密吗？

可自己为什么也有点儿不开心，是因为乔遇吗？

她有点儿想不通了。

就这么过了三天，宋知吱都在担忧中度过，每天一大早起来，第一件事就是刷微博热搜话题。还好，“最不能忍受的恋爱关系”和“哪些明星出柜了”

这两个话题今天已经下了热度榜。

她总算是松了一口气，但还是想问问乔遇，是不是找到了那个狗仔，照片是不是买回来了？

她的脚伤本就不严重，加上心里挂念着这件事，所以，她打算第二天去上班。

可是她连续上了几天班，都没有遇到乔遇。宋知吱只好去自动售卖机前碰碰运气，可是乔遇好似在回避她。

她已经几天没见到他了，心里有些奇怪的感觉。

她站在自动售卖机前，买了罐叶楚代言的阿怡兰咖啡，拉开拉环，她还是没有中到“兰”字。

她悻悻然地往办公室走，突然听到背后有两个女生在窃窃私语。

“你知道吗？少东家恋爱了。”

“啥？不是传闻少东家是喜欢男的吗？”

“本来吧，我也是这么认为的，还有个说法说他和叶楚是一对。”

“现在吧，彻底打脸了。”

“那女主角是谁啊？”

女主角是谁？乔遇说的新闻女主角已经出现了？宋知吱也有点儿好奇，她停住脚步，屏住呼吸，侧耳仔细地听。

她实在好奇乔遇新的女主角是哪个财阀家的千金小姐，又或者是哪位留学归来的高知女性。这个女主角是那些和乔遇相亲的对象中的一员吗？

可她太过八卦的神情最后吓跑了那两个女孩，导致她像是吃了酸柠檬，有点儿悻悻然。

她沮丧地长叹了一口气，独自一人穿梭在夺耀传媒公司二十层的长廊上，长廊的两面悬挂着大幅广告牌，隔一段距离就摆着青葱的绿植，员工来来往往，一切都显得井然有序。

而宋知吱明显有些心不在焉，转角的时候，她撞到了迎面的一人，她低头连连道歉，慌张抬头，忽然瞪大眼睛。

眼前的男人长得很高，脸上戴着黑色口罩，但漆黑的眉眼仿佛在哪里见过。

宋知吱只反应了三秒钟，就认出眼前的人是谁，她正想开口喊“叶楚”，就被他拉到了电梯处。

还没缓过神，她就被他拉进了电梯。电梯里还有别的同事，宋知吱不敢开口，只好默默地站在叶楚的背后。

她望着他的背影，不禁有些好奇。他刚刚拉着她进电梯，是否有话和她说？

出了一楼大厅，她跟着他在大马路上左拐右拐，遛弯了很久，才进了一家私人会所的包间。

叶楚明显很谨慎，大概对上次被狗仔拍到的事情还心有余悸。

宋知吱合上包间的门，叶楚才摘下了口罩，道：“我是叶楚。”

“我知道你是叶楚啊，即使你戴着口罩……”

“乔遇跟我提起过你。”叶楚淡淡地回道，“因为你，他改变了主意。”

“改变了主意？”宋知吱有点儿纳闷，改变主意的意思是说他们本来是想公开情侣关系，所以特地让狗仔拍到的吗？

“是……什么决定？”宋知吱胆战心惊地问道。

叶楚冷冷地看着宋知吱，道：“我没必要告诉你。”

叶楚没说明白，但她已经猜到了大概，她着急道：“叶楚，你千万不能做傻事，我怕那些死忠粉会崩溃的。”

叶楚轻飘飘地笑了一声，起身去矮柜倒了两杯红酒，把其中一杯递给宋知吱，道：“没想到，你比我还担心我的事情。”

“因为作为你的粉丝，我希望你好。”宋知吱注视着叶楚，眸光深沉。

“你就是上次在电梯里遇见，微博名叫‘知吱在叫’的那位吗？”叶楚忽然想起了什么，问道。

宋知吱点了点头，道：“对，是我。不只如此，其实我们很早之前就见过……”

“是从你做站姐开始的吗？”叶楚双手交握，探究性地问道。

宋知吱接过酒杯，把红酒一口喝光，鼓起勇气道：“叶楚，其实我……我一直想自己是否有机会当面和你说一些事。因为……”

“你到底想说什么？”叶楚问道。

“你十五岁的时候……是不是发生过一件让你难过的事情？”宋知吱小心翼翼地问道。

叶楚骤然抬头，手中的红酒杯一晃，紫红色的液体来回游荡，他冷冷地问道：“你……你到底是谁？”

“十五岁那年，你们一家人去了一家度假村，住在怡和大酒店里，这家酒店是我爸爸开的。那年我十二岁，我遇见了你和另外一个小伙伴。我带着你们去爬山，去湖里钓鱼，你还记得吗？”

叶楚没有吭声，他的眼神很复杂。宋知吱继续道：“那年，要不是我带着你们去山上探险，后来……你们可能就不会单独出发，不会迷路，就不会……被绑架了。”

假设不是在一次访谈中见过叶楚儿时的照片，她也不会那么确定眼前的歌手叶楚就是当年被绑架的叶楚。

宋知吱咬着牙，垂着头，小声道：“对不起。当时我真的不应该带你们上山的，或许……”

“你认错人了。”叶楚淡定地打断了宋知吱的话，决绝地否认。

他平静无波地解释道：“我从小到大没有被绑架过。你口中被绑架的人也叫叶楚，只能算是个巧合吧。”

“可是……可是我看……”宋知吱欲言又止。

她在想叶楚否认的原因，是因为现在他的身份是明星，又或者，他根本不愿意提及那段让人伤心的往事吗？

“可是……我很确认是你。”

“不是我。”叶楚否认道，“那个男孩不是我。”

“但我想那个男孩也不会怪你，你所说的绑架事故和你根本没有关系，所以你无须再耿耿于怀了。”叶楚接着道。

宋知吱显然没有想到叶楚会拒绝承认他儿时被绑架的事情，可是她凭着记忆感觉自己并没有认错人啊！她的记性很好，因为职业关系，她认人也很厉害。她在网上搜过叶楚儿时的照片，虽然网上的照片寥寥无几，但她还是很自信地确认那人就是叶楚。

她咬着唇，觉得很尴尬，半天没有说话。

“我今天找你，还有一件事。”叶楚忽然道。

宋知吱缓过神，困惑地问道：“什么事？”

“麻烦你离乔遇远一点儿，不要再破坏我们的计划。”叶楚冷着脸，眼神淡漠。

宋知吱瞪圆了眼睛，震惊道：“叶楚……我和乔总……”

她显然没有料到和偶像的单独见面成了这幅情景，偶像竟然让她不要靠近乔遇。所以，偶像还心心念念着乔遇？

她有点儿想哭，有点儿难过。

她眼里蒙着一层泪，张了张嘴：“我和乔遇……只是普通的上下级关系，不是你想的那样……

“不论你们是什么关系，我都不想知道。”叶楚轻轻抿了口红酒，又道，“我只希望你离他远一点儿，不要再左右他的想法。”

宋知吱感到前所未有地局促，真实的叶楚为什么和想象中的截然不同？他还是她喜欢的偶像叶楚吗？

叶楚根本没有顾及宋知吱的情绪，骤然起身，道：“我先出包厢，为了防止狗仔跟踪，拍到我和你同框的可能性，希望你能在半个小时后再出发。”

话刚落音，叶楚颀长的身影就消失在了门口。

宋知吱等了半个小时才出了包厢，她请了半天假，干脆直接去医院找唐佩佩。唐佩佩忙了一早上，中午抽空和宋知吱在医院食堂吃了顿饭。

宋知吱絮絮叨叨地把她发现乔遇和叶楚是一对，到叶楚让她离乔遇远一点儿的事情说了一遍。

唐佩佩却捕捉到了另一个重点："所以，乔遇来泌尿科只是为了见一下他的世伯？"

"嗯。"宋知吱点了点头。

"所以，泌尿科的主任居然是乔遇的世伯？"

"嗯。"

"知吱，那你得替我好好对乔遇了。主任对我可严苛了，要是能搞好关系……"

"佩佩，你到底听到我今天说话的重点了吗？"宋知吱打断唐佩佩的话，搁下汤匙，沮丧道，"叶楚今天居然让我离乔遇远一点儿，他……他难道把我当成情敌了？"

唐佩佩看着她沮丧的样子，忍不住大笑了几声。

宋知吱双手托腮，郁闷道："你居然还笑得出来？"

"说实话，当我得知叶楚出柜，我也很震惊，很难以接受，但是仔细想想，我喜欢的是叶楚这个人啊，他的歌，他的舞台魅力，他的人格魅力。这些是他作为一个偶像独一无二的魅力。但这跟他的性取向有什么关系呢？"

宋知吱觉得无法反驳，她喜欢的确实是那位在舞台上闪闪发光的叶楚，只有在舞台上唱歌的他，才拥有独一无二的魅力。这才是他最高光的时候。

宋知吱沉默片刻，又道："可是……他装作对少年时候发生的事情一无所知。"

"会不会你真的认错人了？"唐佩佩反问道，"虽然我知道你认人很厉害，但是会不会也有看走眼的一天呢？"

顿了一下，唐佩佩忽然道："至于叶楚让你离乔遇远一点儿，我觉得你应该觉得可笑多于愤怒。"

"可笑？"

“如果乔遇也是同性恋，为什么叶楚会担心你影响他们的关系？”

“或许乔遇是双性恋呢？”宋知吱思忖了几秒，道。

唐佩佩双手捧脸，定定地盯着宋知吱：“我说，乔遇该不会真的喜欢上你了吧？”

“胡说八道，怎么可能！”宋知吱否认道。说着，她陡然起身。

食堂里人来人往，宋知吱的举动并没有引起其他人的注意，可她也没心情再吃饭了，清了清嗓子，道：“我先回家了。”

宋知吱心事重重，急急地和唐佩佩告了别，就出了医院。

她一个人漫无目的地朝着大马路走去，马路上熙熙攘攘，好不容易找到了一个公交车站，站台上的广告牌正在滚动播放叶楚的演唱会海报。

广告牌上的他站在舞台上，灯光璀璨，斑斓的光影之下，他穿着深红色高级定制的“战袍”，上面缀着晶莹的水晶，熠熠发光。他右手平伸开来，左手伸出食指放在眉间，那双炯炯有神的眼睛正顺着左手食指望向不远处。

几个路过的女学生摆着各种姿势跟广告牌合照，她们叽叽喳喳地感慨着：“天哪，这样的美貌是真实存在的吗？”

“太上头了！不要打扰我沉迷在叶楚的盛世美颜中。”

“……”

宋知吱看着那个广告牌，心里感慨万分，不知道如果她们知道真正的叶楚是什么样子的，会是什么反应呢？

曾经的叶楚让她不断地成长，不断地追随着他的步伐，成为更优秀的人。她当时选择成为娱乐数据标注师也是因为叶楚。梦想中的她，可以在办公室里标注他的视频、他的照片，观看他的盛世美颜。

可是现在的她无端有点儿难过，她的偶像应该是讨厌她了吧？

更沮丧的是，还是因为另外一个男人讨厌她。

她惆怅地到了家，刚到家，就遇到蔡云准备出门。蔡云看到宋知吱有点儿意外：“知吱，你怎么回来了？”

宋知吱目光闪烁，懒懒地回道：“有点儿不舒服，下午请假了。”

“发烧了？”

“不是啦，就是难受，想去睡会儿。”宋知吱没心情和蔡云解释，随口问了句，“爸呢？”

“在书房整理一些旧东西，他啊，就爱折腾这些。”蔡云叹了口气。

“那我去帮忙吧。”宋知吱回道。

“嗯，那些不要的垃圾，你让他赶紧丢了。”

宋知吱趿着拖鞋去书房找宋直光，推开书房门，宋直光正踩在小板凳上，踮着脚在找书柜上层的东西。

“爸，你在找什么啊？我帮你啊。”宋知吱凑近问道。

“你来了正好，快帮我接一下。”

宋直光把摆在书柜上的几本大相册拿下来放到宋知吱的怀中，宋知吱接过布满厚厚灰尘的相册，被呛得直咳嗽。

“爸，这都什么年代的相册了，你拿下来干什么？”宋知吱抱怨道。

宋直光接过相册，找来一块布清理了上面的灰尘，道：“你小时候拍了很多照片，你妈那边珍藏了几本相册，我这边也留了几本相册，上回搬了家，忘了放在哪里，这回终于找着了。”

宋直光看着挺高兴的，打开相册向宋知吱一一介绍道：“你看，这是你一岁时候的照片，这是你快三岁时的照片，那时啊，还不怎么会说话，我和你妈都快急死了，明明什么都懂，就是不肯开口。”

“后来呢？”宋知吱好奇地问道。

“没想到，你一到三岁半就什么都会说了，跟个话痨一样说个不停。”宋直光翻看着一页又一页的相册，笑着道，“这张是你十二岁时，在酒店前拍的。那时候酒店办得有声有色，没想到啊……”

宋直光沉浸在往事当中，而宋知吱忽然发现了一张照片，问道：“爸，这张照片也是那时候拍的吧？”

宋知吱取出那张相片，从那张相片上面的环境看，好像是个旅游景区，远处是波光粼粼的湖面，周遭芳草萋萋，她站在两个年龄相仿的男生中间，笑靥如花地看着镜头。

“对，就是在怡和山庄拍的。”宋直光端起相册认真地看了一遍，蹙眉道，“那次被绑架的两个男孩就是他们。”

宋知吱仔仔细细地盯着照片，站在她身旁的有两个男孩，其中一个男孩叫郝乔，另一个应该是叶楚。

“如果不是这件事，酒店也不会倒闭……”宋直光长长地叹了口气。

“爸，都怪我。”宋知吱有些自责。

“和你有什么关系？你虽然带他们上过山，但出事的那次是他们独自上山的。”宋直光这些年也陷在深深的自责和遗憾当中，“酒店确实有错，如果不是入住检查不严格，没有发现匪徒冒用身份证入住酒店，那两个男孩就可以免于被绑架了。”

“爸，如果我说其中一个男孩他已经成为明星，而我还把他当成我的偶像，您会怎么想？”宋知吱忽然问道。

宋直光笑了笑：“所以，其中一个男孩就是你让老爸花钱支持的叶楚？”

宋知吱抿着唇，羞涩地笑了笑。宋直光也笑了：“这大概就是意料之外的缘分吧。”

“爸，这张照片可以交给我保存吗？”宋知吱小心地问道。

“可以，留个纪念吧。”宋直光把照片递给了宋知吱。

宋知吱请了几天假，一直待在家里，眼看叶楚的演唱会将近，唐佩佩问了几次演唱会门票的事情，她又开始发愁了。

之前乔遇确实答应送她两张门票，可是现在吧，她突然不好意思向他讨要了。

她在家待了几天，乔遇也没联系她，她难得安静了几天，却有些不习惯。

“知吱，小乔来找你了！”蔡云在外面喊道。

她猛然从床上蹦了起来，乔遇居然来家里找她！

她胡乱换了套衣服，又打了点儿粉底，使得脸色好看些才出了卧室。

见乔遇规规矩矩地坐在客厅跟宋直光相谈甚欢，她清了清嗓子，道：“乔总，你……你怎么来了？”

不等乔遇回答，一旁的蔡云先道：“小乔是来看你的啊，还带了一大堆保健品，真是太客气了。”

宋知吱望了望地上摆着的各式各样的保健品，面上礼貌地笑了笑：“乔总，你……真是太客气了。”

乔遇徐徐起身，嘴角漾着一抹意味深长的笑意：“听说你病了？”

“其实也没什么……就小感冒。”宋知吱解释道。

“那你还要去看演唱会吗？”乔遇又问道。

蔡云有些生气，问道：“宋知吱，你又花钱买演唱会门票了？”

“没有啦，乔总说的是公司福利。”宋知吱怯怯地笑了笑，又望了望乔遇。

“你们公司福利这么好？”蔡云把眸光投向乔遇。

乔遇微微扬眉，看着宋知吱，波澜不惊道：“嗯，这个福利只针对部分优秀员工，比如知吱。”

“你看看，知吱是优秀员工呢。”宋直光骄傲道。

“真的假的？”蔡云明显有点儿不相信。

宋知吱忙不迭地道：“哈哈，我和乔总有点儿公司里的事情要谈。乔总，要不我们去书房？”

乔遇点了点头，淡淡地笑道：“好啊。”

乔遇跟着宋知吱进了书房，他环顾了一下书房，在书桌旁的小沙发上坐下，平淡地问道：“真的生病了？”

“我不像生病吗？”宋知吱反问道。

乔遇靠在沙发上，漫不经心地道：“真的？”

"当然。我只是……只是小感冒，还是能看演唱会的。"宋知吱支吾道。

乔遇微微颔首，不再说话。

宋知吱微微抬头看了看乔遇，心里有很多疑惑。

沉默半晌，她终于开口道："乔……乔总，你是开始新的恋情了吗？"

"嗯？"乔遇困惑地看着宋知吱。

宋知吱咳了两声，道："前几天在公司，我听到有几个女同事说，乔总好像有了……女朋友？"

"这不是正合你意吗？"乔遇不动声色地反问道。

宋知吱怔了怔，眨了眨眼道："乔总，你这话……你恋爱了怎么还和我有关系？"

"我要是没有女朋友，怎么解释和叶楚的传闻？叶楚要是因为我失去了一些忠实粉丝，我岂不成了千古罪人？"乔遇微微挑眉，意味深长地说道。

"那……那停车场的照片追回了？"宋知吱又问道。

"找到了那位狗仔，价格还在谈。但我想问题应该不大。"乔遇笃定道。

"所以，乔总的女主角是……"

"你很好奇？"乔遇不动声色地扬眉道。

宋知吱干笑了一声，道："不是啦，我只是想乔总的女朋友会不会有说服力，而且……乔总你和人家女孩商量好了吗？毕竟是演戏……"

"谁说是演戏了？"乔遇打断了宋知吱的长篇大论。

宋知吱眨了眨大眼睛，追问道："所以……你们是假戏真做了？"

乔遇忽然从沙发上起身，眸光又深又黑，一步一步地朝着宋知吱靠近。宋知吱忽然有点儿害怕，步步后退，眼看就要靠到书柜上了。

乔遇微微勾唇，似笑非笑，饶有兴致地俯视着她："你看起来不像生病。"

宋知吱被困在乔遇和书柜之间，她显得有些局促，紧张得说话都结巴了："乔总……我……我怎么不像生病了？"

"你生病了，怎么还有空关心我的事情？"乔遇笑了一声，兴味浓厚。

乔遇越逼越近，宋知吱的心跳也越来越快。她的身体再次往后一靠，动作有点儿大，后脑勺重重地磕到了书柜的层架上。

书柜摇晃了一下，乔遇眼疾手快地把宋知吱拉到怀里，迅速往后躲。再往后看的时候，上层层架上的几本书已经噼里啪啦地滚落到了地上。

宋知吱长长地松了一口气，书房的门忽然被推开，蔡云和宋直光急急地冲进门，两人看了看地上散落的几本书，又看了看靠在乔遇怀里的宋知吱，神情诡秘地对视了一眼。

眼见要引起误会，宋知吱慌乱地站直身子，和乔遇保持一定的距离，极力解释道："爸，妈，刚刚书柜忽然掉下了几本书，乔总看我就要被砸到……就拉了我一把……不是你们想的那样。"

蔡云愣了愣，忽然夸张地"哦"了一声，道："谢谢小乔。"

"都是你爸今天整理什么书柜，书也不放好，要是砸到小乔怎么办？"蔡云转过身，对着宋直光指责道。

宋直光对上蔡云的眼神，连忙道："对对，都是我的错，早上书没放好，让小乔受惊了。"

"没事的，叔叔。"乔遇礼貌地笑了笑。

静默了几秒，蔡云尴尬地笑着说："要出来喝茶，还是继续？"

"继续什么呀，妈，我和乔总已经聊完了。"宋知吱不知为何有些慌张，舌头都捋不直了。

乔遇没有说话，宋知吱冲着乔遇使了个眼色，让他赶紧说个话，今天的误会大了，他还是先走为好。

可乔遇哪里是知难而退的人，他半晌没有说话，神情困惑地看了看宋知吱，又道："我还没跟你聊完呢。"

宋知吱愣住了，站在门口的蔡云和宋直光也有些愣怔。

"当着叔叔和阿姨的面聊也行，是你偏偏要拉我来书房聊的。"乔遇坦白道。

宋知吱扶额，她和乔遇到底是什么时候结下的梁子？他为什么这么喜欢拆她的台？

“演唱会门票。”乔遇递过两张门票，嘱咐道，“是VIP座位，记得早点儿到。”

宋知吱激动地接过门票，有点儿热泪盈眶，果然是一票泯恩仇。

“知吱，快送送小乔。”蔡云嘱咐道。

宋知吱纳闷道：“大白天的，有什么好送的，他又不是小孩子。”

“这是礼貌问题。”

蔡云笑吟吟地推着宋知吱和乔遇出了书房，又目送着二人出了家门，这才满意地合上了门。

宋知吱有点儿无奈地说道：“我妈她是担心你迷路。但我觉得你应该没有问题，我就送到这里了，乔总。”

“你现在就回去，你妈会不高兴的吧？”乔遇不动声色道。

宋知吱怔了怔，忽然觉得乔遇说的话很有道理，她嬉皮笑脸地笑了笑：“那我陪乔总再走走？”

乔遇颔首不语。

两人各怀心思，一路都没有吭声，最后是乔遇打破了平静，道：“你准备什么时候回去上班？”

“乔总，我这样的小角色应该影响不了公司大局吧？”宋知吱局促地垂着双手，来回摆动道。

“当然会。”乔遇神情认真地说道，“我希望你是我妈安排在我身边的最后一个眼线。”

宋知吱猛然抬头看着乔遇，乔遇继续道：“因为，我不反感你。”

话落的瞬间，宋知吱忽然感觉到内心有个微妙的“咯噔”声，不反感的反义词是反感，那近义词呢？是喜欢吗？

“说实话，我觉得总裁和你都高估了我的作用。”宋知吱咬咬唇道。

“你拥有很大的力量，你不知道吗？”乔遇神情严肃，一字一顿道。

宋知吱定定地注视着眼前的男人，他的眸光笃定，闪着光芒。

她摇摇头，道：“不知道。”

“AI 助力危机公关，这是你现在在做的事，这还不够了不起吗？”乔遇反问道。

宋知吱心里在动摇，但还是没有吭声。乔遇继续道：“我希望，你在我身边。”

说完，乔遇就加快脚步，往不远处停着的蓝黑色跑车走去。宋知吱站在原地，直到跑车渐行渐远，她还没缓过神来。

乔遇的那句“我希望，你在我身边”，再次在她的心里掀起了波澜。

要命！

明明是个无药可救的钢铁直男，为什么忽然说的话这么暖心了呢？

叶楚在申市的演唱会定在这周周六，叶楚演唱会门票一直以来都是刚开始预售就能让服务器崩溃，门票也是几秒内售罄。从前，宋知吱即使抢到了票，也只是看台票。再到后来，从后援会能得到几张粉丝内部转让的票，但因为她当时还是学生，所以买的票从来不是最靠近舞台的 VIP 座位。

而现在这两张演唱会门票居然在第三排的中心位置，让宋知吱和唐佩佩激动得半夜睡不着觉，又相约一起去街边摊吃烧烤。

热衷于烤腰子的唐佩佩今天居然改了性，只吃了两串烤千叶豆腐就停了下来。

“你怎么回事啊？今天战斗力不行啊。”宋知吱狠狠地咬了口烤鱿鱼，含糊地问道。

“我最近胖了，不能再吃了。为了周六能塞进那条红裙子去看演唱会，我最近得节食。”唐佩佩停下手里的动作，喝了口凉开水。

“穿得再好看，叶楚也不会注意到你。”宋知吱翻了个大白眼。

“喂，你这话就柠檬精了。你怎么就觉得叶楚看不到我呢？”唐佩佩反驳道。

宋知吱“嗤”了一声，道：“人家有乔遇了好吧，而且叶楚是同性恋。”

唐佩佩不放弃道：“不过，我最近在想，万一我们都猜错了呢？”

“什么意思？”

“比如说，两个人根本不是你想的那样。”

“怎么可能！那天在停车场，我亲眼看见两人亲密地靠在一块儿的情景，就算亲眼看见有时候也是假象，那叶楚让我离乔遇远点儿总是真的吧？”宋知吱反驳道。

“那要是他们故意装作是一对呢？”

“什么？”宋知吱忽然一惊。

唐佩佩猜测道：“我是说假设哦，假设两个人故意装作是同性恋，却有别的目的呢？”

“那他们故意装作同性恋的原因是什么？”宋知吱追问道。

“你想想啊，乔遇在停车场有专门的停车位。那个地方别的车都要避让三尺，为什么恰恰狗仔能够进来呢？而且乔遇一点儿警惕性也没有，就和叶楚有了亲密的动作？”

唐佩佩的话让宋知吱也有了疑惑：“你这么说好像也没有问题，毕竟乔遇是那么谨慎的人。可是他为什么要跟叶楚假装同性恋呢？”

唐佩佩摇了摇头。宋知吱有点儿纳闷，自言自语道：“被狗仔拍到又有什么好处呢？”

唐佩佩继续摇摇头，道：“我也不懂，但你认为乔遇是异性恋还是同性恋，你会比较开心呢？”

“异性恋。”宋知吱不假思索道。

“哦？”唐佩佩意味深长地盯着宋知吱。

宋知吱咳了两声，慌忙解释道：“我的意思是，异性恋就证明他和叶楚不是一对啊。我只是在乎叶楚。”

唐佩佩的目光里满是怀疑。

“看我干吗呀。”宋知吱猛喝了一口可乐，道，“虽然今晚你没吃什么，但今天的烧烤还是你请客！”

说完，宋知吱起身，大步往前走，道：“因为我请你看演唱会，你还不请我吃个烧烤？”

唐佩佩无奈地埋了单，将手搭在宋知吱的肩膀上，道：“你不觉得乔遇对你特别好吗？”

“你也对我特别好啊！”宋知吱冷冷地白了唐佩佩一眼。

唐佩佩点点头，表示赞同：“也是，要不然我们谈恋爱也不错啊！”

“做梦，我喜欢男人，喜欢男人，知道吗？”

“别那么大声，全世界都要知道了！”

转眼就到了周六，宋知吱一身黑T恤、牛仔短裤打扮，T恤前还印着偌大的“华丽盛宴”四个字。“华丽盛宴”正是叶楚这次巡回演唱会的主题，也是最新专辑的主题曲。

唐佩佩按照计划穿着一袭红裙。到了现场，两人排队入了场，安静地坐了片刻。唐佩佩四处张望了一圈，对着宋知吱问道：“少东家今天会来吗？”

“应该会吧。”宋知吱也不确定。

等待片刻，叶楚演唱会进入最后的倒计时，这时候，他们正前方的位置才姗姗来迟两个人。其中一个人，宋知吱认识，正是乔遇。他难得穿着一身白色西装，身材挺拔修长，骄矜异常，俨然梦幻中的白马王子。而跟在他后面的女人，二十五岁上下，穿着一袭白色连衣裙，款式简单，却衬得她身材窈窕，楚楚动人。

自从二人入了场，宋知吱就有点儿无法移开目光了。

“知吱，叶楚出场了。”

“叶楚，叶楚！知吱，你发什么呆啊？”唐佩佩推了推宋知吱。

宋知吱好不容易才把眼神收回来，看向璀璨的舞台上。可她还是心不在焉，胡乱挥动着荧光棒，喊道：“叶楚，叶楚！”

坐在乔遇旁边的女生，就是他口中用来迷惑大众的女主角吗？

叶楚的开场曲是一首劲歌，伴随着热舞把现场气氛炒到沸腾，而宋知吱却没来由地又把眸光放在了坐在前面的一男一女身上。

女孩先是靠乔遇越来越近，后来女孩干脆单手掩唇，在乔遇耳边窃窃私语，而乔遇侧脸回了一抹美好的笑容。

宋知吱感到浑身难受，百爪挠心。她忽然觉得乔遇是不是故意给她这两个位置的，让她们的位置就在他的身后，好看他和这个女孩撒狗粮！

开场曲结束，宋知吱挥着荧光棒，目光却不在舞台上，始终盯在乔遇的身上。

唐佩佩发现了她的不正常，问道：“你怎么了，全场心思都不在？”

宋知吱目光闪烁道：“没有啊，第二首是什么？”

“《黯淡》啊，你最喜欢的那首歌。”

宋知吱不断提醒自己，不要再被乔遇吸引注意力了，不管他是不是在演戏，还是真的在假戏真做，和自己有什么关系呢？

这可是千载难逢的机会，好不容易在偶像的演唱会上可以坐到这么好的位置，她可得好好珍惜这次机会，不能再因为任何人破坏这次的心情了。

她挥动着荧光棒，轻轻和现场歌迷一起唱起这首《黯淡》。

“我们曾经的闪光点，忽然黯淡，留下的是黑夜……”

全场大合唱让在场歌迷热泪盈眶，而前方的女孩也在擦拭眼眶，乔遇贴心地递上纸巾。

宋知吱还是不自觉地被座位前的一对男女吸引了注意力，她边唱着歌边走着神。

三分多钟的歌很快到了高潮部分，坐在前方的白裙女孩身体微微往乔遇身上倾靠，下一秒脑袋就要枕到乔遇的肩膀上。

宋知吱瞪大眼睛，干脆把手中的荧光棒全塞到唐佩佩的怀里，凑上前轻轻地拍了拍乔遇的肩膀。

乔遇猛地回过头。女孩放弃了靠肩的举动，迅速直起了身子，也转过身看着身后的人。

宋知吱笑靥如花地盯着二人，问好道："乔总，这么巧啊。"

演唱会是在申市最大的体育馆举行，立体环绕的歌声加上歌迷的欢呼声，气氛吵到了沸腾点，使得周遭有些吵。乔遇摊了摊手，做了个"侧头倾听"的表情，皱了皱眉："你说什么？"

"我是说，怎么这么巧，乔总坐我的前面，也来看演唱会，这位漂亮的女孩是你的女朋友吗？"

奈何音乐声太大，乔遇还是没听清，他摸了摸耳垂又问："啊？你到底说什么啊？"

"我说这位漂亮的女孩是你的女朋友吗？"宋知吱继续追问道。

乔遇认真地沉默了两秒，挠了挠耳朵，回了三个字："听不见！"

说完，他转过身继续和身旁漂亮的女孩窃窃私语了。

宋知吱面红耳赤，气鼓鼓地咬着牙，她莫名其妙地有些恼，更气的是不知道恼的原因。

差不多四个小时，叶楚的演唱会进入尾声，现场的观众不断地叫着"安可""安可"。

叶楚碍于现场歌迷的热情，又回场唱了一曲。唱歌的见隙，乔遇和白裙女孩先行离场。

宋知吱看过很多场叶楚的演唱会，这次算是位置最佳，视野最好的一次，本该最兴奋的一个晚上，她居然有点儿郁结难舒。

想来想去，原因居然是乔遇！

演唱会结束，宋知吱和唐佩佩从会场走出，外面燥热未散，有风袭来的时候还卷着热意，散场的人络绎不绝，宋知吱在人群中搜索了一会儿，还是没有找到乔遇的身影。

宋知吱出了演唱会现场后还是心不在焉，身为闺密的唐佩佩忍不住问道：“你今天怎么回事，一直魂不守舍的？”

“没有啊，我今天很高兴啊！”宋知吱诡辩道。

“是吗？我看你全程都盯着前面那两个位置。”

“有……有吗？”宋知吱支支吾吾。

“你知道乔遇身旁的女孩是谁吗？”

“谁？”宋知吱追问道。

“好像是叶微宁。”

“叶微宁是谁啊？”虽然这个名字很好听，但宋知吱并未听过这个人。

“你不看漫画就不懂了，她是一位挺知名的漫画家。”唐佩佩解释道，“她不仅人美，漫画作品还很出色，经常代表国漫去国外参加比赛。”

唐佩佩对叶微宁赞不绝口，宋知吱倒是有些柠檬精了，酸酸道：“有那么优秀吗？”

“嗯，不信你上网查一下。”唐佩佩又道，“对了，你拍照了吗？”

“拍照？拍叶楚演唱会上的表演吗？你不是都拍了吗？”宋知吱漫不经心地说道。

“不是啦，是拍乔遇和那个女孩啊。总裁给你的工作不就是这个吗？”唐佩佩激动道。

宋知吱嘴角微动，道：“那只是乔遇的障眼法，有什么好拍的。”

“你现在的工作还得分析他真正的恋爱对象是谁吗？”唐佩佩一本正经地问道。

宋知吱：“……”

乔遇同叶微宁一起看演唱会的照片不必宋知吱拍，已经登上了各大网站和新媒体的热点新闻。宋知吱虽然在乔遇身边不久，但也从他身上学到了点儿皮毛。乔遇告诉过她，媒体最喜欢寻找能够满足受众猎奇心理的部分，这是媒体的心理共性。

而乔遇是夺耀传媒的少东家，身价不可估量，这样的一个天之骄子感情生活一片空白，实在难以满足大伙的好奇心。特别是，少东家的相亲史都能写成一本书了，居然还没找到最佳伴侣，这也太不可思议了。

而这时，突然有了传闻，说少东家和叶楚是一对，奈何没有实质证据，大家的心里都觉得不过是些边角料。

不想叶楚演唱会上，乔遇竟然带了一名女孩一起观看演唱会。很快，女孩的身份就被扒了出来，她就是唐佩佩口中的漫画家叶微宁。

网上很快分成了几大阵营。一部分网友对乔遇的恋情毫无兴趣，另一部分网友对夺耀传媒少东家找到真爱表示祝福，还有一部分网友正是叶楚的粉丝，都长长地松了一口气。因为乔遇和叶楚“锁”了太久，新闻愈演愈烈。现在，粉丝终于能确定自家的偶像跟乔遇扯不上关系！

宋知吱看到乔遇上了热搜，心情却不太痛快。

他真的是答应自己为了撇清和叶楚的关系，所以随便找了个女主角吗？还是乔遇和叶楚在停车场亲密的那幕，根本就是他别有用心地让人拍到？

她心里有许多困惑，想找乔遇当面问清楚。这天，她在二十楼的自动售卖机前来回踱步，就为了等乔遇。

仍然没等到人，她最后决定去乔遇的私人办公室碰碰运气。站在门前，她踌躇片刻，倏然间，门忽然打开，宋知吱有些猝不及防。她正想问个好，找个借口，没想到走出来的人是阿戴。

“知吱，你找乔总吗？”阿戴问道。

宋知吱点头问道：“对，乔总不在吗？”

“你在外面的茶水间等他吧，他十分钟后就回来了。”阿戴说道。

宋知吱微微颔首，顿了一下，阿戴也没有走的意思，跟着宋知吱一同去了茶水间。

“你刚刚在乔总办公室里干吗呀？”宋知吱问道。

阿戴四处张望了一下，回道：“唉，乔总最近不是在风口浪尖上吗？他和漫画家叶微宁一起去看叶楚演唱会的消息都上热搜了。你知道吗？”

宋知吱简短道：“知道。”

“你知道乔总和叶微宁有多甜吗？”阿戴显然来了兴致，想要长篇大论一番。

宋知吱大手一挥，及时阻止了他，道：“我不想知道！”

“哦，那算了。”阿戴有些遗憾地道。

宋知吱给自己倒了杯开水，见阿戴真的不再聊叶微宁，淡淡地说道：“乔总不就是一钢铁直男吗，谈恋爱能有多甜啊？”

她看似漫不经心，实质上是在试探。阿戴听到终于有人想听，激动异常道：“乔总真是太让我刮目相看了，你知道夺耀传媒在二环中心有个最大的广场叫耀意广场吗，现在广告牌上循环播出的就是叶微宁漫画展的宣传。”

“不就是花了点儿钱吗。”宋知吱翻了个白眼。

“这还不算什么？那乔总为了叶微宁而追星呢？”阿戴反问道。

“追星？”宋知吱疑惑道。

阿戴喝了一口水，继续道：“叶微宁特别喜欢日本的一位漫画家，叫什么……”阿戴皱眉细细地想了一遍，还是没想起名字，放弃道：“名字不记得了，反正吧，乔总特地飞去日本，就是想促成叶微宁和这位大神漫画家的合作，是不是特别宠女友？”

宋知吱撇撇嘴，不以为然道：“还是花钱可以解决的问题啊。”

“那……乔总特地为了叶微宁学画画呢！”阿戴又道。

这回宋知吱终于有了反应：“他特地为了叶微宁学习画画？”

“嗯，乔总特地让秘书给他报了个基础绘画班。”

宋知吱不屑地“嗤”了一声，喃喃自语：“不就是做戏吗？需要玩这么大吗？”

“知吱，你在说什么？”阿戴困惑地抬了抬眼镜，问道。

她这才回过神来：“哦，没什么……”

“可你还没告诉我，你在乔总办公室里干吗呀？”宋知吱又问道。

“乔总让我把他的办公室收拾一下，他准备在办公室住几天，躲避媒体的追踪。”阿戴解释道。

“这不是秘书做的事情吗？怎么成你的工作了？”宋知吱疑惑道。

阿戴清了清嗓子，道：“乔总的秘书被乔总派去应对媒体提问了。”

也是，乔遇的绯闻闹得沸沸扬扬，确实需要一个身边人来帮忙应对媒体的提问。宋知吱若有所思地道：“那你收拾完了，还在这儿干吗？”

“乔总让我倒杯红茶放在他办公桌上。”阿戴又道。

“我来吧。”宋知吱接过阿戴手中的马克杯，道，“你刚刚说乔总十分钟后回来，我等五分钟后再做。这样红茶不至于凉了，变了口味。”

阿戴点点头，笑道：“还是知吱贴心。”

宋知吱算准时间，起身去沏了杯红茶，她端着红茶，推开了乔遇的办公室门，把茶放在了办公桌上。之后，她环顾了一圈办公室。这个办公室刚装修不久，整体是黑白色调，简单又显得一尘不染。她来回踱步，忽然看到了书柜上摆放的相框里的照片。

那是一张一个十几岁男孩的单人照，照片上阳光正盛，男孩站在足球场上，穿着一身白色足球服，手上抱着一个足球，目视着前方，眸光灼灼地带着对未来的希冀。

宋知吱微微有些失神，准备从书柜上取下那个相框细看。不想手机铃声突然响起，她定了定神，发现办公桌上放着乔遇的手机，他应该只是去了附近，所以没带手机。

她好奇地看了一眼来电显示，居然是叶楚。

手机响了一会儿后，突然停了下来，紧接着传来敲门声。

“乔遇，你在吗？”

宋知吱有些震惊，来人竟然是叶楚的声音。她有点儿慌乱地躲在了办公桌底下，这时，门忽然被推开。

叶楚徐徐走进办公室，见办公室内空无一人，最后坐在了沙发上。

躲在办公桌底下的宋知吱有点儿局促，刚刚怎么回事？

为什么要躲在办公桌下，这下怎么办？要是叶楚一直待在办公室，她岂不是要躲一个下午吗？

正当她发愁的时候，办公室的门再次被推开，来人正是这间办公室的真正主人乔遇。

乔遇刚进办公室，就看到了沙发上坐着的熟人。叶楚双手搭在黑色的真皮沙发椅背上，脸上没有表情，显然是在等他。

他站定，又望了望右手边的办公桌，除了放着文件和手机，还有一杯香气袅袅的红茶。

显然还有人来过他的办公室。

“我的秘书就这么让你进来了？”乔遇有些不悦地说道。

叶楚笑了一声：“乔遇，你的几位秘书都忙着应付那些媒体，哪有空守着你的办公室？”

乔遇站定片刻，往沙发方向走去。

躲在办公桌下的宋知吱微微松了一口气。

“你出门怎么不带手机？”叶楚又问道。

“哦，是魏总找我有事，我只是上个楼，没必要带手机。”乔遇回道。

叶楚冷笑了一声：“魏总？你还是改不了称呼。”

“在公司还是分清上下级关系比较好。”乔遇公事公办地解释道。

“忽然有了恋情，她老人家应该很开心吧？”叶楚淡淡地说道。

乔遇淡漠道：“只是烟幕弹，她看得清。”

“她可是希望你真真正正地谈场恋爱。”叶楚又道，“不过我看那位叶微宁确实是一个不错的女孩。”

“你想说什么？”乔遇不耐烦地问道。

叶楚耐人寻味地笑了一声：“你不会真的喜欢她吧？”

叶楚的反问，让躲在办公桌下面的宋知吱倒吸了一口气，现在叶楚是因为吃醋所以来找乔遇兴师问罪的吗？

“我不喜欢她。”乔遇口吻不容置疑。

“那我更加不明白你的做法了。”

“我只是改变主意了。”乔遇轻飘飘道。

“那我们的计划呢？”叶楚问道，“我们明明已经计划好了一切事情，为什么你中途反悔，改变主意？”

“为了你的粉丝。”乔遇笃定地回道。

躲在暗处的宋知吱心潮澎湃，乔遇口中的粉丝就是她吧，她没有想到乔遇真的是为了她，不惜和叶楚翻脸改变他们之间的计划。

可是，他们之间的计划又是什么呢？

“乔遇，你知道自己在说什么吗？”叶楚愤怒地质问道。

“为了你的粉丝，我不能配合你演这出戏。”乔遇一字一顿，嗓音冷淡。

叶楚骤然起身，厉声道：“我们不是说好了吗？如若我们是情侣的新闻公布了，魏云就会同意我无条件解约，我们到时候再澄清是场误会就好了！”

“你现在在做什么，没同我商量，又对着大众说你有女朋友了？”叶楚尖锐地反问道。

“所以你没有出柜？乔遇也没有，你们不是一对？”

陡然响起的声音让乔遇和叶楚大惊失色，他们没有想到办公室里还有第三个人。

第五章
负负得正

两人都直直地盯着站在办公桌后面的宋知吱。宋知吱僵在原地，解释道："我……我，我不是故意偷听你们的对话的。我……"

"你什么都听到了？"叶楚急步走到办公桌前，双手搭在办公桌上，阴森森地注视着宋知吱。

宋知吱有点儿害怕，咬着唇点了点头。

叶楚的脸色很难看，他深吸了一口气，回头看着乔遇道："乔遇，你该不会告诉我，就是因为她改变了主意吧？"

乔遇没有说话，宋知吱也保持沉默。叶楚眉头紧紧皱着，带着几分隐隐的戾气。宋知吱从未感觉到时间如此难熬。

最后，是乔遇打破了这尴尬的气氛，他淡淡地说道："叶楚，我会处理好这里的事情。"

叶楚回身看向乔遇，眸光毫无温度："乔遇，但愿你可以。"

叶楚打开办公室的门，决绝地离开。宋知吱情绪起伏了半天，难以平静。她双手紧紧攥着衣服的下摆，心里百转千回，却有点儿委屈。

乔遇踱步到宋知吱的跟前，他看着办公桌上已经凉了的红茶，问道："红茶是你沏的？"

宋知吱回过神来，转身去端那杯红茶，低着头道："乔总，我去帮你换一杯，红茶凉了。"她路过乔遇身旁的时候，偏偏被乔遇拉住了手，手中的马克杯掉在了地上，发出刺耳的碎裂声。

红茶洒了一地，她想要低头收拾，迅速被乔遇拉回身："不需要你收拾。"

"你为什么会在这里？"乔遇冷冰冰地质问道。

"我——"宋知吱莫名其妙有些难过，缓缓解释道，"我本来想找你问清楚你和叶微宁的关系，后来碰到了阿戴，我就代他倒了杯红茶，没想到叶楚这时候进来了……"

"你是关心我和叶微宁的关系？"乔遇目光清凉，直勾勾地盯着宋知吱。

宋知吱却意外地有些心虚，支吾了半天，岔开了话题，道："这……不重要了。”顿了一下，她继续道：“今天的事情我会当作什么都不知道的，你放心，乔总。”

“宋知吱，你在生气？”乔遇扬起声调，问道。

宋知吱吸了一口气，道：“乔总，我为什么要生气？我只是有很多困惑。”

“困惑？”

“你故意制造你和叶楚是男同，这就是你的公关手段？”

“不是。”乔遇淡定地回道，“相反，这会给夺耀传媒带来巨大的公关危机。”

“那你为什么要配合叶楚演这出戏，只是为了帮助他解约吗？”宋知吱又问道。乔遇深吸了一口气，眸子里有黑色的暗潮在涌动：“知吱，叶楚和夺耀传媒签的是终身合同，如若毁约，他将面临巨额的违约金。”

“所以呢？你们故意设计了这出戏？”宋知吱反问道。

“只有这个办法，只有让我妈认为他的儿子出柜了，而对象是叶楚。一时半会儿，她根本无法接受，恨不得让叶楚消失在她的眼前，这样才会无条件地放他走。”

“乔总，你知不知道这样会伤害你妈妈的心？”宋知吱情绪有些激动。

“明明你是总裁最信任的人，你为什么要骗她，伤害她？”宋知吱深吸了一口气，问道。

“你永远不会理解我和她的关系的。”乔遇的眸光十分漠然，如寒冰。

宋知吱确实不理解这对母子之间的关系为什么会到冰点，一个派私家侦探时时刻刻监控自己的儿子，而一个却已经很久没有同母亲说过家常话了。

他们还是母子吗？这样的母子关系太深奥了，宋知吱理不清。

乔遇神色坦荡道：“只有这样，我才可以摆脱控制。”

宋知吱看着乔遇，继续道：“也对，这样你可以逃出总裁的控制。当她知道儿子的性取向，她就不会再安排那些无聊的相亲。你也就解脱了，对吗？”

乔遇敛了敛眼角，微微颔首。

“你是不是觉得魏总特别容易骗啊？”宋知吱尖锐地问道。

“她不好骗，但至少可以让叶楚解约。”乔遇淡淡地回道。

“你是夺耀传媒的少东家，你让叶楚离开夺耀传媒对你有什么好处？”宋知吱根本不能理解乔遇的做法。

“因为他不只是夺耀传媒的艺人，还是我的朋友。”乔遇郑重其事地说道。

“朋友？”宋知吱冷冷地笑了一声，“所以夺耀传媒和魏总就得被抛弃，被伤害吗？”

乔遇抬头看着宋知吱，眼前的女孩眼里有着浅浅的光芒，她很较真，也很委屈。他又道：“不管你怎么想，这场危机没有发生。”

宋知吱立在原地，嘴角隐隐抽动，心里掀起了巨大的波澜，今天她听到的信息量太大了，一时之间她还无法理清。她望了望书柜上的那张照片，那张似曾相识的脸庞，她想她永远不会忘记。她带着叶楚和郝乔上山去玩，两人很高兴，说有机会带她去他们家玩，没想到没过几天，他们私自上山，却在途中被绑架了。她担心了一周，后来得知他们被解救了，才松了一口气。

宋知吱伸出手，指了指书柜上立着的相框，问道：“照片里的人是你吗？”

乔遇望向那张照片，毫不犹豫地点头。

那个微胖的小男孩瘦了，成了现在的乔遇。宋知吱咬了咬牙，脸色涨得绯红：“原来，乔总从小就是个撒谎精。”

话落的瞬间，宋知吱就从办公室出了门，徒留下神情不佳的乔遇。

他望着相框里的相片，很是不解。他从小就是个撒谎精？

宋知吱早退了，她离开夺耀传媒大厦，一个人漫无目的地在大街小巷里瞎逛。唐佩佩今天要上班，她约不到人，只能去菜市场找蔡云。果然在蔡云经常逛的菜市场找到了她。宋知吱突然发现，不知从何时开始，她妈妈的身材已经走样，背部微微佝偻，却还是喜欢和商贩讨价还价。

宋知吱接过商贩刚刚剖好的鱼，蔡云见是自己的女儿，有点儿惊讶：“你今天怎么回事，这么早下班？”

宋知吱随口找了个借口："过节啊。"

"过什么节？这不是刚过完中秋吗？"蔡云困惑道。

宋知吱不耐烦地回道："重阳节，九九重阳节，懂吧？公司让我们早点儿回家陪老人过节。"

蔡云仔细想了想，疑惑道："今天是重阳节吗？我怎么觉得重阳节已经过了呢？而且我像老人吗？"

"妈，我早下班陪您，您怎么还那么多意见！"

"我是担心你逃班，天天上班不专心可不行的，年轻人啊……"

蔡云絮叨个不停，宋知吱迅速打断了她的话，撒娇道："妈，假如我换份工作，您觉得好吗？"

"为什么换工作啊？魏云对你不好吗？"蔡云不经意地问道，顿了一下继续道，"你在夺耀传媒，有人照顾你不好吗？"

宋知吱忽然停住脚步，认真地问道："妈，您老实说，为了让我进夺耀传媒花了多少钱？"

"没花钱啊！"蔡云紧张地岔开话题，"你晚上还想吃什么，香辣蟹吗？"

"妈，那您为什么不让我辞职？"宋知吱抬高音调道，"而且您怎么知道我们总裁叫魏云？"

"我刚刚有说魏云吗？"蔡云别过脸，目光闪烁，"魏云又是谁啊？"

"妈，您别骗我了。否则我明天就辞职。"

宋知吱的威胁让蔡云只好投降，她坦诚道："好啦，好啦，我坦白，我在夺耀传媒确实有认识的人，但你被录取，还是你自己有本事。你要是没通过面试官的考核，是见不到她的。"

这话说得云里雾里的，宋知吱对蔡云最后的那个"她"很好奇，追问道："她是谁啊？"

蔡云清了清嗓子，解释道："其实吧……你们总裁魏云是我初中同学。"

"什么？"宋知吱十分震惊，嘴都合不拢了。

蔡云继续道："初中的时候，我们同班，因为我和她名字里都有一个'云'字，所以关系很好，升高中后，她去国外留学了，我们就断了联系。"

"那你们是怎么联系上的？"宋知吱好奇地问道。

蔡云清了清嗓子，道："你十二岁那年，你爸爸苦心经营的酒店倒闭了。"

"这个我知道，可是这和你跟初中同学相认有关系吗？"

蔡云深吸了一口气，继续道："十一年前发生在怡和山庄的绑架案，因为舆论的压力，导致我们苦心经营，正蒸蒸日上的酒店倒闭了。"

"后来魏云找到了我，她是看了报道才知道我是酒店老板的妻子，她的孩子虽然受到了伤害，但回家后依然表示对酒店的喜欢，还为你爸爸申冤。所以当她得知我是她的老同学时，也很抱歉让我失去了酒店，然后她说以后有什么需要她帮忙的可以找她。"

"所以，因为我的工作，你去求她了吗？"宋知吱问道。

"也不算求吧。她得知你的职业后，想让你去夺耀传媒试试，她觉得你很合适。"蔡云继续道。

"知吱，魏阿姨很信任你。"蔡云继续道。

"妈，这不是信任。"宋知吱无端地叹了口气，"这份工作不适合我。"

蔡云看着有些消沉的女儿，夺耀传媒的福利待遇确实比其他公司的好上几倍，但如若女儿做得不开心，她也不开心。

"你要是做得不开心，就在家里歇歇吧，放个假。"蔡云建议道。

虽然蔡云没有同意她辞职，但让她在家放大假已经算是退让，宋知吱慌忙答应了下来："妈，谢谢您理解我。"

"但是房贷还是你还。"蔡云又补充了一句。

"妈！我那么穷，您还这么对我……"

"那你就少花点儿钱在那个叫叶楚的男人身上！"

饭后，宋知吱心事重重地回到房间，找出那张三人合照的旧照片。照片上，她站在中间，两个男生站在她的两旁，一个是叶楚，另一个是郝乔。

郝乔就是乔遇。当时他为什么骗她，说他叫郝乔呢？

宋知吱没有料到自己和乔遇还有这样的缘分，原来十一年前他们就认识了，现在却以这样的方式相见。

多年前的隐情，大概只有当事人可以解释，宋知吱收起照片，看了看各大网站的娱乐新闻，很快被叶楚的新闻吸引。

不一会儿，“叶楚解约”这个话题很快登上了微博热搜。据知情人士爆料，叶楚因不满经纪人的安排，将在巡回演唱会结束之后同公司解约。

楼下的网友开始盖楼：

如果是真的就太好了，请放过叶楚。

过度消费哥哥这么多年，哥哥只想好好唱歌，他们不仅让他演戏，还让他参加综艺赚钱，也是够了！

大家都理智“吃瓜”吧，别乱爆假料了，哥哥跟经纪人天哥不要太好。

……

宋知吱微微吸了一口气，叶楚想解约的消息到底是谁放出来的？因为叶楚单方面解约要赔偿巨额的违约金，所以才会想到和乔遇装作恋人，让魏云主动放弃他。所以叶楚不到万不得已，不该主动解约才对。

这应该是个假料，可到底是谁知道叶楚要解约？

宋知吱关了手机，准备睡觉。她知道，以乔遇的专业能力，他完全有办法解决这个小小的公关危机。

第二天，是周六。宋知吱在家睡觉，一大早就听到客厅有说话声，蔡云在喊她：“知吱，佩佩来找你了。”

她紧紧裹住厚厚的被子，懒懒地回道：“妈，你跟她说我不在家。”

话落的瞬间，客厅的说话声忽然小了，宋知吱得到了片刻安宁，她又钻回被子里，刚进入梦乡，忽然觉得有人在拉扯被子。

拉扯了好几次，她终于大叫道：“妈，您干吗呀，我好不容易过个周末，能别吵我睡觉吗？”

“知吱，是我。”

宋知吱揉了揉惺忪的双眼，定睛一看，坐在床边的不是别人，正是她的好闺密唐佩佩。

“不是跟我妈说别放你进来了吗？”宋知吱瘫在床上丧气道。

“你知道现在几点了吗？你还在睡！”唐佩佩看了看手表，认真道。

“今天是周末啊，姐姐。”宋知吱翻了个身，没好气道。

“我带你去一个好玩的地方，去不去？”唐佩佩凑到宋知吱的耳边道。

“去哪里？”宋知吱打了个哈欠问道。

“带你去东临市看漫展。”

听到“漫展”两个字，宋知吱又倒在了床上，闷闷道：“我又不喜欢漫展，凑什么热闹啊！”

“你去不去？”唐佩佩催促道，“我好不容易请了年假，就是为了去看熊猫神。”

“熊猫神是什么？”宋知吱一点儿兴趣也没有，又道，“要看熊猫去动物园就好了，干吗要跑到东临市去！”

“包吃！”

“不去！”

“包住！”

“不去！”

“包找男朋友！”

宋知吱瞪大眼睛，看了看唐佩佩。唐佩佩又笑了笑，道：“别瞪我，男朋友可比熊猫还珍贵。”

“那你到底去不去啊？”唐佩佩催促道。

“去！包吃包住，再加上叶楚代言的限量款 × 牌 BB 霜！”宋知吱得意地扬了扬唇。

“成交！”

东临市距离申市不算远，开车就两个小时的车程。两人在东临市安顿下来后，去景区随便逛了逛，第二天才去了漫展。

宋知吱对漫展没有概念，唐佩佩喜欢的熊猫神是最近兴起的一个漫画家，擅长画熊猫，一系列的漫画得到了不错的反响，在网络上迅速走红。宋知吱也是去了漫展才发现，现场密密麻麻的打扮成二次元的粉丝。唐佩佩也打扮成了熊猫神在漫画中的一个少女人物，只有穿着简单休闲装的宋知吱跟其他人显得格格不入。

她在漫展逛了大半天，有些无聊，便在休闲区休息了一会儿。而唐佩佩跟熊猫神的粉丝们一起排队等待熊猫神的真身到来。

干坐着也有点儿无聊，宋知吱打算去漫展的其他会场看看。

会场的正门口挂着这次参展的漫画家的介绍，她一个个看过去，忽然看到了一张熟悉的照片，居然是叶微宁。照片中的她穿着一套汉服，妆容清新，让宋知吱有些移不开目光。

原来叶微宁也参加了这次的漫展。看了下面的介绍，宋知吱才知道叶微宁是擅长古风的漫画家，获得的奖项数不胜数。

怀揣着好奇的心情，她跟着人群找到了叶微宁所在的C3区，她今天在这里举办新出版的《大唐少女》的签售会。

宋知吱挤进了C3区，粉丝正有秩序地排队等候。她透过层层叠叠的人群，似乎看见了正在专心签售的叶微宁。

迟疑了一会儿，宋知吱还是转身准备离开。她手上没有书，也不是叶微宁的粉丝，再待在这里显然有些奇怪。

转身的瞬间，她余光一瞄，忽然看到一个穿着黑衣黑裤的男人。来参加漫展的粉丝打扮得都有些浮夸或者十分有记忆感，唯独这个男人低调地戴着黑色鸭嘴帽和黑色口罩，拿着一个数码相机有目的地拍照。

看起来好像是粉丝拍周遭的场景，却只是往一个方向有目的地在拍摄。

她顺着照相机望去，捕捉着他在拍什么。目光所至，她看到人群里有个熟悉的身影，那个骄矜挺拔的男人不管在哪里都无比夺目。

剪裁完美的裤装勾勒着他匀称的腰身，上身是一件精致的米白色衬衫。

宋知吱确定这狗仔受雇于乔遇，现在出现在这里，是故意拍摄乔遇为叶微宁的签售会捧场的场景。

之前，乔遇和叶微宁一起去看叶楚的演唱会，现在，乔遇又来为叶微宁的签售会捧场，这确实是立证恋情的好机会。

宋知吱已经想到接下来的通告会取怎样的标题："夺耀传媒少东家低调出席漫画家女友签售会"又或者是"乔遇现身漫展，甜蜜为女友捧场"。

宋知吱把注意力从乔遇身上转了回来，她抱着双臂，饶有兴致地打量着这个手持相机，戴着黑色口罩的男人。虽然他戴着黑色口罩，但她从他的体型和眉眼中差不多猜出了此人的身份。

她迅速从回忆里搜索了一会儿，猛然间，她想起，他就是上回在停车场偷拍乔遇和叶楚的狗仔！

上回，她差点儿被他撞伤，想到就气恼不已。

宋知吱迈着快步，直接站到了他的跟前，直勾勾地盯着他看。

面前的男人心理素质也很好，准备当作不认识宋知吱，转身走开。偏偏宋知吱也不是省油的灯，不依不饶地拦着他。

这么来回几次，男人终于停下脚步。

"做狗仔还心虚了？"宋知吱冷冷道。

"我不认识你，这位小姐。"男人收起相机，背着挎包快步逃离。

"走这么快干吗？可是我认识你啊！"她迅速拦住男人，不让他有逃脱的可能，幽幽道，"你就是我上次在停车场里遇到的那个狗仔！"

"喀，小姐，你真的认错人了。"他开始心虚，目光游离，急于澄清道，"哪里有什么狗仔，我就是来漫展拍几张照片的。"

"别解释了，上次在停车场，你差点儿撞到我。"宋知吱厉声道。

眼前的男人摘掉了黑色帽子，反驳道："喂，小姐，我根本没想要撞你，我怎么知道你为了那几张照片，连命都不要了。"

"哦？那你承认了？"宋知吱扬了扬嘴角，得意道。

这会儿，男人才意识到自己刚刚一着急就失言暴露了身份。他拍了拍自己的嘴，很是懊恼。

过了几秒，他干脆直接认了："宋小姐，说实话，那天我也受了不少惊吓，我打听了你的伤势，得知你并无大碍，这才安下心来。"

"你还有理了？我要是调监控的话，到时候怎么判定责任方还指不定呢。"宋知吱淡定道，"我得算算你得赔偿我多少钱。比如医药费啊，精神损失费啊，误工费……"宋知吱捏起手指细细地算了一遍。

男人终于无奈道："宋小姐，我也是拿钱办事的，那天是情急之下的行为，我很抱歉，也很愧疚，你需要多少赔偿，只要在能力范围之内，我都算给你。你就饶过我吧。"

宋知吱扬了扬下巴，道："我不要钱，我就想和你聊聊。"

"聊聊？"男人有点儿吃惊。

"你请我吃个饭吧？"宋知吱又道。

男人显然有点儿纳闷，口气里带着疑惑："仅此而已？"

"又不是鸿门宴，你还怕我一个女生会拿你怎样？"宋知吱反问道。

男人只好应了下来，同宋知吱在漫展附近找了家餐厅用餐。

宋知吱确实饿了，一大早为了跟唐佩佩赶到漫展，根本没来得及吃早餐，现在饥肠辘辘，简单的鸡肉比萨都显得格外美味。

"你叫什么啊？"宋知吱边吃比萨边问道。

面前的男人看上去也就二十来岁，和她的岁数差不多大。他清了清嗓子，道："杨在。"

"羊在？羊还能跑了？"宋知吱暗自觉得这个名字有趣，"你父母帮你取的名字还真有趣。"

“和我父母没关系，是我爷爷取的。”杨在解释道。

顿了一下，杨在好奇道：“我刚刚头上戴着帽子，脸上戴着口罩，身上穿的衣服和停车场截然不同，你是怎么认出我的？”

“工作使然啊。我是娱乐数据标注师，入行的首要条件就是拥有超强的认脸技术。”宋知吱不以为然。

杨在显然不信，哼笑了一声：“有多强？你还能靠个背影认出谁？”

“承让承让，鄙人前段时间就通过臀部弧度认出一人。”宋知吱拍了拍胸脯，骄傲不已。

杨在瞪大眼睛，彻底折服了，问道：“能问问你是认出了哪家明星吗？”

“就是你刚刚拍的照片的男主角啦。”宋知吱轻描淡写道。

“乔遇？”杨在有点儿惊讶，身体微微前倾，低声问道，“能请教你怎么通过臀部辨认一个人吗？”

宋知吱咳了一声，尴尬道：“这是……独门秘方，要是告诉你，你抢了我的饭碗怎么办？”

杨在显然半信半疑，最后换了个问题：“宋小姐，你找我到底要跟我谈什么啊？”

宋知吱吃完手上的比萨，喝了口果汁，问道：“你的老板是不是乔遇？”

杨在怔了怔，说：“你在说什么？乔遇请我去拍他自己？开什么玩笑？”

“那我问你，你是受聘于哪家媒体？”宋知吱继续追问道。

杨在不打算回答，摇了摇头，道：“宋小姐，这是个人隐私吧，我没必要告诉你吧。”

“要是光明正大的工作有什么不好说的呢？”宋知吱反问道。

杨在靠在椅背上，哼笑了一声，道：“我签了保密协议。”

见杨在打算死不承认到底，宋知吱吸了一口气，道：“那么，你的雇主到底给了你多少钱？让你这么严守秘密？”

“宋小姐，你就别逼我了……做我们这行的，也很不容易。”杨在很为难。

“好，我问你，你的消息为什么会那么敏锐？你是从何得知乔遇和叶楚在停车场有亲密行为的？而今天你又怎么得知乔遇会来漫展支持叶微宁？”宋知吱不依不饶。

杨在淡定地回道：“两次都是运气。第一次我是拍叶楚，谁想拍到了乔遇和叶楚；第二次，既然网上都曝光了乔遇跟叶微宁谈恋爱，我来漫展守着，也很正常。”

杨在是个聪明人，话说得有条不紊，宋知吱竟然一时半会儿找不出破绽。

“谁知道能拍到这样的猛料。”杨在又说道，“我觉得最多可以归功于我对八卦新闻的洞察力高于其他的记者吧。”

宋知吱一时语塞，点点头道：“我突然觉得你们的老板很幸运，拥有你这样的员工。”

杨在淡定地靠在椅背上，扬唇笑了笑，得意道：“也可以这么说吧。”

“但是我有一点不明白。你在停车场拍到乔遇和叶楚的亲密照片，这明明是个大新闻，你们为什么不曝光？这让我很难理解。”宋知吱不动声色地继续道。

杨在眸光微敛，道：“照片能不能曝光，不是我可以做主的。”

“那么谁可以做主？”宋知吱继续追问道。

杨在脸色深沉地盯着宋知吱，没有吭声。

“是你的幕后金主对吗？”宋知吱站起身，双手撑在桌面上俯身看向杨在，“你老板到底是谁？他明明手握着一个可以让娱乐圈翻云覆雨的大新闻，却迟迟不曝光。这也太令人匪夷所思了。”

“你不用猜了。”

宋知吱微微抬起头，看到乔遇面无表情地站在杨在的背后，一双冷清的眼睛深深地凝视着她。

杨在终于等来救星，搁下刀叉，跟乔遇打了个招呼：“乔总，我这后续还有工作安排，就不打扰你们聊天了。”

乔遇点了点头，杨在迅速撤退。等杨在走远，乔遇坐到了宋知吱的对面，四目相对的时候，二人之间有奇怪的暗流在起伏。

宋知吱轻轻啜了一口果汁，问道：“叶微宁的签售会结束了？”

乔遇淡淡地摇了摇头，道：“还没。”

“那你为什么来这里？”宋知吱问道。

“我看到你和杨在一起离开漫展，我想你需要我一个解释。”乔遇笃定道。

虽然心中有了种种猜测，但得知乔遇真是自导自演的那个人，宋知吱还是有些难以接受。

“所以……你真的是杨在的老板？”宋知吱讷讷道，“一直以来你都在自导自演？”

乔遇点点头，他看着面前女孩受伤的眼神，她应该对他很失望。

可他该说什么？他并不想欺骗她，他精心准备了很久的计划都被眼前的女孩打乱了。

“乔总，我一直不明白，你为什么改变主意了？”宋知吱忽然问道。

乔遇沉默不语。宋知吱继续问道：“既然你安排了所有的事情，精心布下了每一个环节，你不可能中途改变计划。”

“对。只差一步，叶楚就可以顺利解约。魏云对性取向很保守，她不会希望我有一个同性伴侣。”乔遇淡定地回道。

顿了一下，他继续道：“但我没想到你会来停车场找我。”

“是我打乱了你所有的计划吗？如果我没有在停车场撞见那一幕，也没有去你家里找你商量你和叶楚的事情，你会按照原计划进行吗？”宋知吱深深地凝视着眼前的男人，问道。

他点了点头，眼尾微垂，眼瞳里有种深藏已久的情绪。

“对，我是因为你改变了主意。”沉默了一阵，乔遇道，“但不是因为被你撞见，也不是因为你来求情，而是一个很单纯的原因。”

“是什么？”

“知吱，我只是不想让你失望和难过。”

宋知吱微微一怔，她盯着眼前的男人看，他的目光缱绻，薄唇微动，似乎在很刻意地笑，眼角眉梢里的情绪却出卖了他，他并不快乐。

“你喜欢叶楚，你希望他的演艺生涯永远平稳向上，不要出现波澜。如果你所爱的偶像不如你心中想的那般完美，你会难过，会失望。”

两人面对着面，却意外地沉默了。乔遇看着面前的女孩，他怎么会知道，他的人生在遇到这个女孩开始，就偏离了原本设定的轨道。

他可以为她改变原则，改变计划，改变既定的人设。

乔遇动了动喉咙，目光深深：“我不想看到那样的你。”

话音落下，宋知吱心里的感觉很奇怪，像是那天她莫名其妙地同乔遇吻在一块儿一样，她内心起起伏伏，仿佛有电流快速通过。

那种百转千回的感觉，是真心还是假意，并不分明。她生出了拨开浓雾探个究竟的好奇心。

“我的难过或者失望和你有关吗？”宋知吱又问道。

乔遇沉默了，他深深地凝视着宋知吱。毕业后，他供职于全球最大的公关公司，很快就成为业内知名的公关策略师。他处理过的公关危机的案例多不胜数，面对的客户形形色色，危机其实是事物中一种不稳定的状态，具有不确定、不稳定性。乔遇觉得一切都在自己的可控范围之内，却没想到如今遇到了人生最大的危机。

“当然有关系。”乔遇笃定道。

顿了一下，他继续道：“虽然不愿意承认，但我的情绪会因为你的起伏而变化。你说这是因为什么？”乔遇漆黑又沉静的眼眸直直地盯着宋知吱。

听到这句话，宋知吱一阵脸红，不自觉地咬了咬指甲盖。她怎么会知道？

“你可能是我人生中最大的危机。”他忽然开口道，“我如今的人生因为你，忽然出现了一种很不稳定的状态。”

宋知吱动了动喉咙，眼睛眨了眨，一知半解地看着乔遇。

他说的话，太教科书化，让她很难理解。

“我自以为可以处理好所有的公关危机，现在离我最近的危机，我却无法迈过去，而这个危机只是因为你。”乔遇继续道。

宋知吱的脑子很乱，她不知道乔遇表达的到底是什么意思。

最后，她只能无辜地眨了会儿眼睛。

半晌，乔遇继续道：“我可能会走。”

宋知吱震惊道：“走？”

“嗯，我会离开夺耀传媒。”

乔遇留下这句话后便转身离开了，宋知吱还没从震惊中回过神来。

他留下的信息量实在太大了，她一时无法消化。

就这么愣愣地坐了一会儿，直到唐佩佩的来电让她忽然回了神。唐佩佩在电话那头焦急地问道：“知吱，你在哪里啊？”

宋知吱悠悠地回道：“我在附近的餐厅。你等下，我去漫展找你。”

因为接近中午，漫展上的人少了大半，大家都散了场准备去餐厅吃饭。唐佩佩挥了挥手中的漫画书，激动地道：“我跟你说，知吱，我是上午最后一位排到熊猫神签名的粉丝，否则就要等到下午重新排队了……”

“哦——”宋知吱无精打采道。

“你今天怎么回事啊？”唐佩佩奇怪地问道。

宋知吱摇了摇头，又郑重其事道：“没什么事。佩佩，我问你个问题。”

“什么啊？”

“如果有个男人跟你说，你是他人生中最大的危机，是什么意思？”宋知吱认真地问道。

唐佩佩毫不犹豫地回道：“那还不明白吗？那就是讨厌你的意思！”

“……讨厌？”

“不然怎么会说是人生中的危机啊？这话好严重，应该是非常非常讨厌你了！”唐佩佩叹气道，“你前男友对你说的话吗？”

“不是啦……”宋知吱嘬了嘬嘴，走了几步。

唐佩佩打开手机刷了下今天漫展的消息，说：“有人说在现场看到了乔遇来支持叶微宁的漫展，不知道是不是真的。”

“真的。”宋知吱淡定道。

“真的？”顿了一下，唐佩佩又问道，“所以，他们是真的恋爱了？”

“明天新闻就会曝光乔遇来看漫展的照片了。娱乐圈真真假假扎堆，也许只有当事人才知道吧。”宋知吱意味深长地道。

“知吱，你有没有发现，你最近特别深沉？”

见宋知吱有心事，唐佩佩笑着把手搭在她的肩上，道：“这样吧，下午我们就不来逛漫展了，反正我的签名要到了，熊猫神的真人也见着了。接下来，姐姐带你去浪。”

“真的？”宋知吱怀疑道。

“真的，东临市的海边超美，晚上我们还能去夜市一条街吃个爽。”

说走就走，两人去吃了个午饭就直奔景区。东临市是座沿海城市，游客很多，两人去海边晒了会儿日光浴，傍晚夕阳西下时，又看了场海边的日落，然后直奔东临市最出名的夜市一条街。

宋知吱和唐佩佩在夜市上逛到了深夜才出来，二人都换上了刚在夜市上买的露脐小背心和短裤，趿着拖鞋，一人捧着一杯珍珠奶茶，夏风阵阵，十分惬意。

逛街确实是可以忘记很多复杂的问题，可是问题也会主动找上门。宋知吱和唐佩佩刚刚吃烤串时，兴致高涨，连喝了几瓶啤酒，这会儿脑子有点儿蒙。看到显示屏上“乔遇”两个字的时候，宋知吱还有点儿回不过神来。

“谁啊，大半夜给你打电话？”唐佩佩凑过身，好奇地问道。

宋知吱连忙收起手机，解释道：“没有，是我妈，担心我的安全。我去接个电话，你先去店里逛逛。”

支开了唐佩佩，她接起电话，轻轻地“喂”了一声。

可是回应她的并不是乔遇的声音，而是另一个声音："请问您是宋小姐吗？您能来我们酒吧接一下乔先生吗？"

乔遇居然又醉了。

宋知吱跟唐佩佩说东临市有老同学找她叙旧，得先去赴宴，然后按照酒保给的地址找到了乔遇醉倒的酒吧。

酒吧不大，这个点也差不多要打烊了，她一眼就看见了倒在吧台上，穿着白色衬衫的男人。

她轻轻地拍了拍乔遇，对方毫无反应。酒保见她到来，问道："您就是宋小姐对吧？乔先生喝了三杯鸡尾酒就醉了……"

宋知吱有些无奈，问道："是乔先生让你打给我的吗？"

酒保点点头，道："对，乔先生喝酒之前就说他等下要是醉了，让我打电话给您。"

宋知吱深吸了一口气，无奈地问道："他还交代了你什么事吗？"

"哦，对了，他让我给您这张酒店的名片。"酒保又道，"我想他应该住在这家酒店。"

宋知吱彻底无语了，身旁这男人喝酒之前的准备工作还蛮多的！

可是为什么每次都是她把他挪回窝呢！

虽然有些气恼，但她也只能按照名片上的地址，把乔遇带回酒店。宋知吱扶着乔遇进了酒店的电梯，等找到房卡打开门后，她累得快要虚脱了。

如果下次乔遇再喝醉了，她一定不来接他了！都怪自己心太软。

打开门，里面黑洞洞的，房间里没有一丝光亮。宋知吱把乔遇扶进门，房门刚被男人的手随手一带，猝不及防地合上了。

宋知吱本就有点儿夜盲，在幽暗的客房里不自觉地有点儿紧张，她着急地在光滑的墙上摸索，寻找插卡槽，准备把房卡插好。

可是越紧张越找不着插卡槽。

倏然间，身旁的男人正面向她倒下，所有的重量全部往她的方向倾倒。

她的身体猛地晃动了一下，才扶住了男人。

黑漆漆的房间里，宋知吱仿佛只听到彼此的呼吸声。她有些紧张，想把男人摆正。乔遇呼出温热的气息，声音有种压制已久的喑哑："知吱，你今天怎么穿得这么少？"

宋知吱才反应过来，她身上还穿着夜市上买的露脐小背心和牛仔短裤，接到电话后，她匆忙赶去酒吧，连拖鞋都没来得及换呢。

而现在，男人温热的手掌握在她腰的两侧，又热又痒。

宋知吱心里像一团乱麻，她想乔遇是不是该醒了，他虽然醉得快，但也醒得快啊。往常到了半路，他的酒就醒了，不知今天怎么回事……

该不会是装醉吧？宋知吱清了清嗓子，努力保持冷静，双手要掰开乔遇的手掌，郑重其事地道："乔总，请自重。"

可乔遇不依不饶地把她抱得更紧，他靠在她的耳边，吹着热气，带着微醺的果酒的香味，并不难闻。

"知吱，不要推开我。"他的声音微哑，"我很孤单。"

"我很孤单"这四个字虽然轻飘飘的，却在宋知吱的心里掀起了波澜，她忽然很想去了解这个男人。他和他母亲的关系一团糟，这几年甚至没说过几句话。他好像也没有朋友，可能称为朋友的人只有叶楚。而他们彼此利用对方，一个为了解约，一个为了摆脱母亲的监控。他条件优越，却迟迟没有恋爱，他外表看着虽是钢铁直男，内心却温热柔软，处理起公关事件雷厉风行，看似绝情，又永远留有余地。

宋知吱的双手在空中僵持了很久，黑暗中，她看不清他的表情和动作，但她通过声音，听到了他又重又沉的呼吸声。

他有很多烦恼吧，却没有人给他安慰。

她徐徐地放下右手，一下又一下地轻轻地拍在他的肩上，轻声道："我可以开灯吗？"

"不可以……"

“为什么？”

“不想你看到我的难过。”乔遇道。

宋知吱醒来的时候，天已经亮了，晨曦从白色的窗帘内钻了进来。她正准备转个身看看手机，忽然发现全身无法动弹，被一个大大的力量牵制着。她揉了揉惺忪的眼睛，才发现自己瘦小的身体正贴着一个男性的身体。

她微微仰头，看到了乔遇的脸庞，他紧闭着双眼，薄唇微抿，神情宁静，睡得很熟。

宋知吱深吸了一口气，想慢慢从乔遇的怀抱中抽身。昨晚二人最后躺在了床上，具体聊了什么她也记不清了，最后又是怎么窝到了乔遇的怀抱中，她也忘了。

宋知吱仔仔细细地回想了一遍，确定两人是在床上聊着聊着然后睡着了。

她小心翼翼地从男人的怀抱中逃离，蹑手蹑脚地下床，赤着脚刚走几步，正准备找鞋。不想背后的男人忽然说道：“你的鞋在玄关。”

宋知吱僵着身体，想保持冷静，回头看了看乔遇，道：“乔总，你醒了？”

“嗯。你好像准备逃跑？”乔遇坐在床上，一双黑森森的眼眸盯着她看。

宋知吱微微动了动喉咙：“那个，我要回去了，我朋友等我一晚上了，她会担心我的安全。”

乔遇点了点头，忽然从床上下来，迈着一双大长腿踱到宋知吱跟前。

她不自觉地滚了滚喉咙，低着头，心里乱成一团麻。

乔遇轻轻地拨了拨她的刘海，轻声道：“回到申市一起吃饭吧。”

宋知吱松了口气，还以为他要说什么，原来只是吃饭。

她忙不迭地点点头：“好的好的。”吃一百次都没问题啊。

“毕竟，你要为我负责啊……”

宋知吱猛地抬头看着乔遇，不明所以：“负责？”

“睡了一晚，不要补偿我吗？”

乔遇揉了揉肩膀，眉心微微蹙了蹙，又道："我的肩膀都被你枕酸了……"

"再加个推拿吧……"

宋知吱瞪大眼盯着乔遇："……"

"有意见吗？"乔遇又问。

"不敢不敢。"宋知吱秒回。

宋知吱出酒店后，慌忙给唐佩佩回了电话。唐佩佩给宋知吱打了一晚上的电话，她都没有回复，这会儿该担心死了。

她回到酒店，刚打开客房的门，唐佩佩正要出门。

宋知吱忽然出现，把唐佩佩吓了一跳。她气急败坏地伸出右手臂困住宋知吱的脖颈，埋怨道："宋知吱，你昨晚到底去哪里了？你要是出了什么事，我要怎么跟你爸妈交代啊？我差点儿要报警了好吗？"

"你要掐死我啊。快……快松手啊！"宋知吱尖声大叫。

唐佩佩松开手，道："快坦白从宽！"

宋知吱松了口气，道："我昨晚不是跟你发了微信，说不回来吗？"

"谁让你不接我电话的？"唐佩佩古怪地看了看宋知吱。

"……不方便接电话。"

宋知吱被唐佩佩打量得浑身不自在，问道："干吗这么盯着我？"

"我总觉得你今天有点儿不对劲。"唐佩佩拉着宋知吱，上下打量了一会儿，道，"你身上的气味不对劲。"

宋知吱目光闪烁，有些心虚地坐在沙发上，换了个话题，道："你昨天从夜市出来后去哪里了？"

一提到这个，唐佩佩就来气，坐到宋知吱的旁边埋怨道："昨晚你突然去赴同学的约，我一个很久没有联系的高中同学看到我的朋友圈，知道我来东临市了，也邀我出去一起聚聚。"

"后来呢？"

"后来吧，还来了一个读书时我就特别讨厌的女同学。"唐佩佩顿了一下，继续道，“你知道她昨天吹牛吹得多么不着边吗？”

“吹了什么？”

“她说她前几天约会了一个长相特别像叶楚，连体脂率都和他一样的男人……”

“开什么玩笑，体脂率都能一样！她是用双眼测定的吗？”宋知吱也忍不住附议道。

“可不是吗，她怎么不天方夜谭地说她和夺耀传媒的少东家睡在一块呢。”

“……这也不是天方夜谭吧。”宋知吱压低了声音，自言自语，“我昨晚就睡了……”

“什么？你睡了？”唐佩佩震惊地叫道。

“我昨晚就睡了……睡了两个小时。”宋知吱心虚得舌头直打结，半天才捋平了，“老同学好久没见，就聊了一晚上的天。我现在补补觉，再回家吧。”

话落，宋知吱就故作疲惫地打了个哈欠，准备上床。唐佩佩忍不住感慨道：“真羡慕你有这样一位无话不谈的老同学。”

谁让这该死的“老同学”是乔遇呢！

从漫展回来，宋知吱的工作有条不紊地进行着，而乔遇要离职的消息却在夺耀传媒广为流传。宋知吱以为乔遇只对自己说过，可现在楼道里、电梯里、洗手间里，到处传得沸沸扬扬。

她倒了杯水，回到位置上，阿戴滑着办公椅到了她的旁边，问道：“知吱，如果乔总走了，你觉得谁会是我们的头啊？”

宋知吱捧着水杯看着阿戴，道：“谁说乔总一定会辞职？”

“整幢夺耀大楼都传得沸沸扬扬的小道消息，你没听到吗？”阿戴惊奇道。

宋知吱淡定道：“你不是都说是小道消息了？有可能是假的啊。”

“我还以为你深受乔总器重，会比我们更快得到消息呢！”阿戴有些失落，又对着南晞道，“南姐，你做乔总的助理那么久，乔总要是离职了，你会不会跟着乔总走？”

南晞顿了一下，笃定道：“假设乔总走了，我肯定跟乔总走。”

“那我也跟乔总走。”阿戴举起手附和道。

南晞轻“嗤”了一声：“乔总要不要你还不一定呢。你这么擅长偷懒。”

阿戴灰溜溜地滑着办公椅又回到位置上。

南晞把目光转向了宋知吱，问道：“知吱，你呢？”

“我？”宋知吱清了清嗓子，道，“乔总要我干吗？我本就不是做公关的，我只是个程序员，是乔总让我在这里帮忙的。”

顿了一下，宋知吱又补充了一句：“乔总要是裁员的话，第一个裁的就是我！”

话音刚落，乔遇忽然走进了办公室。宋知吱慌忙钻到电脑前，也不知道刚刚说的话，他听到了没。

乔遇穿着黑色正装，脚下生风，从宋知吱的身旁经过时故意停顿了两秒，很淡定地说了一句：“早啊。”

声音又轻又柔，让宋知吱的耳边不自觉地飞起一抹绯红。

打过招呼后，身旁的男人不再停留，脚步不疾不徐地往身后的独立办公室走去。直到办公室的门“嘭”的一声合上，阿戴才八卦道：“知吱，乔总只和你说早啊。”

宋知吱窘得面色滚烫：“是和大家说的。”

“是吗？可是他是站在你身旁说的哎。”阿戴又探究似的说道。

南晞忍不住把抱枕扔到阿戴身上，道：“阿戴，你上辈子是女的吗？”

“为什么呀？”阿戴双眼懵懂，不明白地问道。

“不然怎么那么八卦！”

宋知吱心虚地喝了一口开水，见到电脑右下角的工作 QQ 忽然闪烁，她点开那个熟悉的头像，QQ 名为“Steve 乔”在对话框内留下了一行字：“裁员也舍不得裁了你。”

宋知吱的双手僵在键盘前，竟不知该回什么好。

只见对面显示“对方正在输入”，不一会儿，一条消息又从对话框处跳了出来：“所以……今晚要补偿我了吗？”

宋知吱猛地被水呛到，咳了好几声后，迅速关了对话框，谁想对方不依不饶地又发来一条消息：“晚上请我吃饭吗？”后面还配上了一个“微笑”的表情。

那个微笑的表情怎么看都有些诡异。乔遇果然不适合卖萌。

她连忙回了三个“吃”字，这才松了一口气。

下了班，宋知吱和乔遇约好去公司停车场的私人停车位见面，她到的时候，乔遇已经在蓝黑色的跑车前等她了。

“你今天要请我吃什么？”乔遇双手交叉在胸前，问道。

宋知吱打开车门，不动声色地坐到驾驶位上，对着站在车旁的乔遇道：“今天我开车。”

乔遇有些奇怪，迟疑了几秒，坐到宋知吱的身旁，问道：“你已经有计划了？”

宋知吱看着乔遇，她不确定他是不是从第一眼见到她时，就认出了她是他儿时在怡和酒店认识的那个女孩。

而今天，她想听身旁的这个男人亲口承认他的身份。

怡和山庄距离申市要差不多一个小时的车程，度假山庄周遭群山环绕，竹海茂密，气候宜人，不只申市本地的旅客，还有很多外省的旅客喜欢来怡和山庄避暑。

车程开到一半，夕阳的余晖渐渐消散，夜幕徐徐降临，乔遇已经察觉到行驶方向不对劲，他忽然问道：“你要去的方向是怡和山庄那边吗？”

宋知吱点了点头，侧头看着乔遇道：“你去过吗？”

乔遇目光深沉而复杂，若有所思道：“很久之前去过一次。”

“我也很久没去了，但听说那边有一家高分餐厅评价不错。”宋知吱故作淡定道。

到达怡和山庄，找到那家高分餐厅之时，天已经黑透了，餐厅有一面巨大的落地玻璃，灯光晕黄，外头是一片竹海，仿佛巨幅泼墨山水近在咫尺。

两人在位子上坐定，宋知吱显得很开心，乔遇却很沉默。宋知吱接过菜单，低头看了看菜品，道："这家餐厅临时来都订不到位子，还好我爸爸认识这家餐厅的老板，所以特地给我留了位子。"

宋知吱得意地笑了笑，抬头看了看乔遇，而乔遇若有所思地望着外头层峦叠嶂的黑暗，那双明亮的眼睛里藏着几分深深的心事。

"这里的景色很美吧？"宋知吱顿了一下，继续道，"现在天黑了，很多景色看不清了。到了白天，你就会发现这里真的是世外桃源。"

乔遇不动声色地点了点头。宋知吱继续道："你看看菜单，有什么想吃的吗？"

"你点吧。是你请客。"乔遇淡笑。

宋知吱只好自己做主，对着服务生道："来两份三文鱼套餐吧。"

服务员接过菜单，宋知吱托腮望着窗外，两人不自觉地保持着一种契合的沉默。半晌，乔遇才开口道："这里本来不是这家餐厅吧？"

宋知吱忽然侧头看着乔遇，道："这家餐厅开了有十年了。你说的是什么时候的事情？"

"十一年前。"乔遇眉头轻蹙道。

"十一年前这里是个酒店。"宋知吱眼睛盯着乔遇，双手交叉搁在桌上，一字一顿道，"那家酒店，曾经是我爸爸开的。"

乔遇一瞬不瞬地盯着宋知吱，那种深沉难测的目光把她看得心虚和沉默。

她咽了咽喉咙，忽然觉得他那种震慑感应该不是骗人的。

在这一刻之前，他并不知道她是十一年前他在酒店里认识的那个女孩。

餐厅里放的是英文歌，轻音乐优美舒缓，理应让人平心静气地感受窗外大自然的景观，可宋知吱这一刻不自觉地紧张起来。

乔遇嘴角微微扬起一丝笑意，他靠在椅背上，问道："今天，你是特意带我来这里的，对吗？"

宋知吱点点头，道："我以为你早就知道我是谁。"

"你是谁？"乔遇冷笑了一声，道，"你不是我认识的宋知吱吗？"

顿了一下，他又问道："你还能是谁？"

她知道乔遇现在猜出了她的身份，但他偏偏还在明知故问，他在生气她故意带他来这里，故意试探，故意隐瞒。

她忽然有些害怕，害怕他生气的模样。

他想要隐藏的往事，她却自私地再次提起。

"我爸在我五岁的时候，在怡和山庄开了个酒店，做得有声有色，就这样不知不觉过了七年。那年山庄来了两个男孩，我跟他们岁数差不多，就经常带他们去爬山，其中一个男孩叫郝乔。"宋知吱咬着唇，不敢看乔遇，"郝乔……就是你吧？"

乔遇沉默了很久，才道："你是什么时候知道我是郝乔的？"

"那天我在你的办公室等你，看到了书架上的那个相框，你穿着足球服，我一眼就认出了你。"宋知吱坦白道。她顿了一下，继续道："还有，我还知道，我妈和魏总原来是……初中同学。"

乔遇点点头，有种忽然恍然大悟之感："我本以为魏云招你，只是觉得你单纯可靠，没想到原来她早就知道你的身份。"

宋知吱咬咬唇，又道："抱歉，其实我也不比你知道得早多少。"

"十五岁那年，我和叔叔婶婶来到怡和山庄度假，那是我人生中最黑暗的时光，我不想再提起那段往事。"乔遇语气冷淡道。

"对不起，我不是故意提起这件事的，我只是想确定……"宋知吱欲言又止。

"你只是想确定我是不是郝乔？"乔遇打断了宋知吱的话，继续道，"现在你确定了我是郝乔，在今天之前，我根本不知道你的身份。你满意了吗？"

宋知吱不知道为什么乔遇的情绪忽然那么激动，她有些沮丧地解释道：“我照着你们给的地址写过信。可是从来没有回复。”

“地址是假的。”乔遇冷冷地说。

宋知吱咬着唇，不自觉地有点儿失望：“当年，你跟我说的名字是假的，地址也是假的。乔总是那么小就擅长说谎了吗？”

“对，现在也是。”乔遇面不改色地看着她。

乔遇眸光冷漠，口吻又冷又淡，让宋知吱很不舒服。

“现在我说的每句话都可能是假话。”乔遇又道。

“我知道你在说气话。”宋知吱低声道。

“我没有！”乔遇的声音微微抬高。

宋知吱忽然有点儿难过，她为什么要惹这个男人生气？为什么要故意带他来这里，故意设局试探他？

她没有考虑过他的感受，他才是十一年前受伤的那个人。

“对不起，我没想到会来夺耀传媒上班，也没想到会遇到你，我想魏总，她……”宋知吱低头，欲言又止道。

魏云为什么独独聘用了她？仅仅是因为她和她妈妈是同学吗？

“她想补偿你。”乔遇接下了宋知吱的话头。

宋知吱怔了怔，乔遇继续道：“她一定是知道了老同学是那家酒店的老板娘后开始后悔的，当年的舆论压力一定是有人在背后推波助澜。舆论可以杀人，当然也可以让一家酒店轻轻松松地倒闭。”

“而这个推波助澜的人，就是我母亲。”乔遇语气森森。

……

一桌子的菜，两人却吃得索然无味，再往外看时，外面飘起了零星小雨，接着越下越大，豆大的雨点噼里啪啦地打在落地窗上。

沉默了很久，宋知吱才开口道：“有个问题，我……我不知该不该问。”

“你带我来这里，不就是让我为你答疑解惑的吗？”乔遇冷冷地反问道。

宋知吱松了口气，鼓起勇气道：“和你一起去的男孩叫叶楚，他是我认识的那个叶楚吗？”

乔遇眼底沉沉道：“不是。”

十分肯定，没有丝毫犹豫，宋知吱不再追问，可内心还在隐隐不平，怎么可能不是叶楚？

难道她看到的都是假象，这世上有另一个一模一样的叶楚？

“你失望了？”乔遇忽然问道。

宋知吱猛地回过神，解释道：“我没有……”

半晌，她又换了个话题：“怡和山庄的温泉不错，你上回不是说肩膀有些疼吗，要是时间允许的话，泡个温泉，做个推拿？”

“不必了。”乔遇冷冷地打断了宋知吱的话，道，“我送你回家吧。”

“好吧。”

宋知吱有些自责，是自己把好好的一餐饭弄得一塌糊涂。她坚持埋了单，转头的瞬间，乔遇已经不见踪影。

她往外头看去，才看到乔遇冒着大雨已经到了车边，昏黄的车灯在雨中影影绰绰，不一会儿，她又看到乔遇撑着一把黑色的大伞从轿车的方向向她走来。

她望着昏黄路灯下的那个身影，幽暗中，有个人撑着一把黑色雨伞迎着大雨向她走来。他像是黑暗中的一道光，照亮了这晦暗的夜空，可她的内心涌起的感觉越发复杂。

男人到了跟前，而她还在发呆。面前男人的衬衫已然湿漉漉的，短发上也挂着几颗晶莹的水珠。

“走吧。”乔遇开口道。

她想到了什么，急急地从包里找出纸巾想递给他，可是男人没有接。

被拒绝的尴尬，让这段从饭店到轿车的路显得特别漫长，他们在互相无声地赌气。

本来这把大伞可以遮挡两个人，而她却故意和乔遇拉开了一些距离，半边身子落在伞外。可不过几秒，她就被一个大力拉进了大伞中。她仰头看着身旁的男人，而他没有看她，只是目视着前方，口吻又淡又冷漠："我不想让你因为我的疏忽而生病。"

宋知吱微微呼了一口气，坐到副驾驶位上，乔遇沉默地启动车子，她干脆小憩了会儿。

轿车在雨中摇摇晃晃，宋知吱很快就打了个瞌睡，再次醒来，车子已经停到了她家小区门口。

因为下雨，路况并不好，在途中多花了一些时间，现在已经晚上十一点多了。她得赶紧回家了，不然蔡云的夺命连环电话马上就要来了。

"醒了？"乔遇淡淡地问道。

宋知吱点了点头，又道："谢谢乔总送我回家。"

"嗯，早点儿回家吧，家人要担心了吧。"乔遇口吻淡淡地说道。

顿了一下，乔遇递过来那把黑色的大伞，嘱咐道："虽然雨小了些，但从小区门口到你家门口还有一些距离，这把伞你拿着吧。"

宋知吱点点头，接过伞，和乔遇道了别，依依不舍地回头看了看坐在驾驶位上的男人。

而乔遇也摇下了车窗，似乎有话和她说。

宋知吱有些奇怪地往回走了两步，微微躬身。乔遇的脑袋从车窗里探出，落下的雨滴迅速打湿了他的短发。她慌忙举起大伞为他挡雨，她看着面前的男人，睫毛微微潮着，覆上了一层水汽。

"宋知吱。"

外头的雨声有些吵，她本能地微微靠近，想听清男人的话。

"我说过很多假话……"乔遇眼神微沉。

宋知吱也很懊恼，她咬了咬唇，道："今天是我的错，对不起……我……"

"你不要说话。"男人生生打断了她的话。

“我？”

“你只要听我说。”

宋知吱有些紧张，不自觉地咬了咬唇。男人靠近她的耳边，道：“我喜欢你，宋知吱。”

雨声滴滴答答，空气里还沁着潮湿的味道，而近在咫尺的男人好似也有种独一无二的味道。

心里猛地“咯噔”了一声，宋知吱又惊又臊。

她想要直起身子，离开车窗的瞬间，她的后脑勺忽然被一股力量扣住，她只能向着乔遇的脸庞挨近，车窗外是一个世界，车窗内是另一个世界。

她白皙的脸颊飞上淡淡的绯色，男人沉沉的眸光里有种蛊惑，让人深深地被吸引住。她躲闪不及，也根本不想躲开这种吸引力。

他微弯嘴唇，扬起满意的笑意。

他喜欢这个女孩，所以不应该迟疑，不应该放弃，连生气都会浪费时间。这刻，他就要亲吻她。

宋知吱当晚失眠了，她一直在回想着刚刚在雨里的那个吻，车上的男人一只手扣着她的后脑勺，深深地吻了她。

她差点儿忘了自己曾经有接吻障碍，却一次又一次破功，而让她破功的那个男人是乔遇。

雨下了一整夜，第二天清早才停了。宋知吱心情很不错，给大家带了三明治早餐，谁想她到得太早，只有阿戴和南晞两个人正在办公室里对着电脑说着什么。

宋知吱道了一声“早安”后，又晃了晃手中的三明治，道：“我给你们带了三明治，你们应该还没吃吧？”

阿戴和南晞两人专心致志地盯着电脑屏幕，根本没有注意到宋知吱来了。她看着两人紧张的神情，潜意识里觉得应该发生了什么事，她不动声色地移步过去，问道：“发生了什么事？”

两人这才被宋知吱的动静吓了一跳，阿戴面露难色，望了望南晞，道：“还是南姐说吧。”

“你们神秘兮兮的，是谁的事情？”宋知吱问道。

南晞操作鼠标把贴吧的页面翻到了第一页，道：“是乔总的事情。”

“乔总？是他的绯闻吗？”

宋知吱潜意识地以为是昨天他们两人相处的情景被狗仔拍到了照片，可凑到屏幕前一看，脸色变了变。

这则帖子的标题是“谁还记得十一年前的少年绑架案？”。

宋知吱迅速地浏览了一下帖子的内容，帖子上的人名、地点都匿名了，但对其中被绑架的男一号描述得很清楚，是某娱乐文化公司的少东家。明眼人都能猜到这个主角是乔遇。整篇帖子洋洋洒洒，有一千多字，主要讲述了十一年前那个绑架案的整个过程。

但让宋知吱无比震惊的是，虽然两个男孩最后都被解救了，但其中的男二号因为这件事在几年后去世了。

“胡说八道！”宋知吱气愤道。

即使乔遇不承认，但她坚持那人便是叶楚。叶楚明明活着，这些贴吧博主怎么能胡说八道呢！

阿戴以为宋知吱反驳的是帖子的另一层真实性，也愤愤不平道：“对啊，从来没听说乔总被绑架过，可是这帖子里就差指名道姓了，明眼人一看就知道是乔总。”

宋知吱还是很纳闷，问道：“这篇帖子为什么突然被炒热了？”

“因为绑架这两个孩子的那个绑匪刑满释放了。”阿戴握着一支签字笔转了转，又道，“因为他在狱中表现良好，得到了减刑。”

听到这条消息，宋知吱皱着眉头，很是怨恨：“明明是人渣，关一辈子都不为过。”

阿戴有点儿不理解宋知吱为何如此气愤，解释道："重点不是这个，而是整个楼主的言辞，明显把所有责任推给了男一号。"

南晞分析了帖子当中的几个段落，道："第一，提到男一号提议爬山，两人才会被绑架。第二，两人曾经商量过逃命，但男一号想自己先跑。第三，男二号的郁郁而终和男一号的疏于关心密不可分。"

"有人在故意抹黑乔总？"阿戴皱眉，意识到问题的严重性。

"关注帖子的人越来越多，得在事情发酵之前想办法删了。"南晞皱眉。

"已经来不及了。微博上了热搜，营销号的爆料层出不穷。"阿戴打开另一台电脑，搜索信息道。

宋知吱的心情很复杂，难道她昨天和乔遇的谈话被狗仔偷听到了吗？否则为什么有人如此清楚整个绑架事件，又是谁要黑乔遇呢？黑乔遇就是要黑整个夺耀传媒，夺耀传媒的负面消息越多，竞争对手就越有利。

除了竞争对手，还有谁最有利呢？

"联系上乔总了吗？"南晞问阿戴。

公关部在乔遇的领导下一直井井有条，但今天登上热搜的人是乔总，公关部的几个同事都慌了神，只能暂时由南晞掌控大局。

阿戴一大早接连打了十几个电话，但乔遇好似凭空消失了一样，没有任何回电和信息。

阿戴失望地摇摇头，问道："这件事要汇报给总裁吗？"

"魏总已经知道情况了，她安排了律师准备对那些造谣的营销号发律师函。如今我们只能尽量控制舆论发酵。"南晞担忧道，"得尽快想办法。"

宋知吱的脑袋"嗡嗡"直响，她思忖了片刻，忽然想到了什么："我知道谁可以帮忙。"

公关部的同事们齐齐把目光看向宋知吱，宋知吱没有吭声，火急火燎地出了办公部。

她下了电梯，迅速打了个电话给萨姆哥："萨姆哥，我是知吱，你知道叶楚在哪里吗？”

“叶楚？满世界的人都在找乔总，你在找叶楚？”电话那头的萨姆哥有些惊讶。

“对，你跟天哥那么熟，一定知道叶楚在哪里。我必须要找到他，求你帮帮忙。”宋知吱恳求道。

“艺人的很多私人行程我们是不能对外公布的，何况他不是我负责的艺人。”萨姆哥无奈道。

“可是只有他知道事情的真相，只有他能帮乔总。”宋知吱笃定道。

萨姆哥焦急地问道：“你在说什么？”

“只要你给我叶楚的电话，我就一定能帮上乔总。”宋知吱很有信心道。

萨姆哥犹豫了片刻，道：“好。”

不一会儿，宋知吱的手机就收到了一条微信，是萨姆哥发的叶楚私人公寓的地址。这个私人公寓只有天哥和叶楚少数几个贴身助理知道，但涉及乔总的事情，天哥也不敢再隐瞒。

宋知吱迅速出了夺耀传媒大厦，打车找到了叶楚的私人公寓。叶楚的私人公寓位于某知名高档小区内，在小区的保安处，保安帮宋知吱打了个视讯电话给叶楚。

还好叶楚在家。

这几次见面，叶楚对她的印象并不是很好，宋知吱有点儿担心叶楚并不会见她。

“宋小姐，叶先生说你是他的朋友。叶先生所在的公寓从这条小路直走左拐就看得到了。”保安礼貌地叮嘱道。

宋知吱点了点头，按照保安的指点，找到了叶楚的公寓。叶楚的公寓在顶楼，她在公寓门口按了会儿门铃，才等到了姗姗来迟的他。

叶楚穿着休闲的帽衫和同色的运动长裤，他淡淡地看了宋知吱一眼，道：“进来吧。”

叶楚的公寓装潢得很简单，黑白两色相间，透着些冷清孤寂，唯独灰色沙发旁的矮几上放着一盆绿植，显得有些生机。

宋知吱小心翼翼地换了拖鞋，跟在叶楚的身后，小声道："不好意思，打扰你休息了，叶楚。"

他应该半夜才结束工作回家，如若不是因为乔遇的事情，宋知吱也不想打扰他休息。

叶楚趿着拖鞋去吧台倒了杯白开水递给宋知吱，道："我刚搬到这里，没有饮料，你就将就着喝些白开水吧。"

宋知吱忐忑地接过玻璃杯："谢谢，白开水就好了。"

叶楚点了点头，靠在沙发背上，问道："我这个公寓很少人知道，是天哥告诉你的吧？"

宋知吱点点头，解释道："我是通过萨姆哥找天哥要的地址。"

"天哥他竟然把地址给了萨姆哥？"叶楚眉头微蹙，显然有些不开心。

"你不要怪天哥，也不要怪萨姆哥，要怪就怪我吧，我不会耽误你很长时间的。"宋知吱有些紧张地喝了一口水。

"你可以说了。"叶楚冷冷道。

"你看微博了吗？乔总……乔总因为以前的绑架案登上了热搜。"宋知吱开门见山道，"网上有很多人误解了他，我想你是当事人之一，你肯定可以替他澄清一切。"

"无聊的帖子也没指名道姓，你们会不会太小题大做了？"叶楚不以为然地说道。

"这篇帖子讲得很详细，明眼人一看就知道是在说乔总。"宋知吱解释道。

"这和我有什么关系？应该让公关部赶紧处理啊！"叶楚骤然起身，有点儿不耐烦地说。

宋知吱紧紧地咬着牙关，道："你是当事人，你可以帮他解释，可以证明当年的真相并不是营销号所说的那样。"

叶楚眸光微动，冷漠道："什么绑架案，我根本不知道！而且这件事我已经解释过了，我不是你认识的叶楚。"

宋知吱不解道："叶楚，为什么到了今天，你还是不肯承认你的身份？"

叶楚冷冷地回道："我不喜欢一直重复地解释一件事。这是我最后一遍告诉你，我没有被绑架过，和乔遇一起被绑架的人不是我。"

"可是照片不会骗人啊。你小时候的照片和我认识的儿时的叶楚几乎一模一样。"宋知吱很有信心道，"因为职业的关系，我认人从来没有出过错。"

"那么，抱歉，这次你错了。"叶楚笃定道。

"如果不是你，那么还有谁能和你小时候长得几乎一模一样？"宋知吱不放弃地问道。

叶楚没有回答宋知吱的问题，而是道："即使被绑架的那个人是我，你怎么知道那些报道都是谣言，你又为什么认定我会帮乔遇做这个解释？"

宋知吱微微抬头盯着叶楚，她以为叶楚一定会帮忙，可是现在看来他不会……

"难道……你和乔遇不是朋友吗？"宋知吱质问道。

"互相利用的朋友，不知道算不算朋友。"叶楚口吻沉冷地道。

宋知吱低着头，有些沮丧，半天没有说话。

"我是不是让你失望了？"

叶楚看着眼前的女孩，她黑漆漆的瞳仁里有些委屈的情绪，让人心疼。

"叶楚，我一直以来都很喜欢你，你出道的那年我还没有很多钱，没能力参加接机或者见面活动，只能在私底下为你做数据。"宋知吱咬了咬唇，抬头看着叶楚。

叶楚没有说话，他定定地看着面前的女孩。宋知吱继续道："刚开始的时候，只是不停地转发你的广告或者微博，让大家看到，叶楚很有流量。"

"我一直把你当成我的偶像，舞台上的你光芒四射，私下的访谈你幽默风趣，可是见到你的那一刻，我又在想，你是我认识的那个偶像吗？"

宋知吱的心里有无数的疑惑，她喜欢的偶像真的这么冷漠吗？

“你所想象的偶像和我真实的人生不一样。”叶楚微微启唇，淡漠道。

“十一年前的绑架案，给你和乔遇带来了特别疼痛的回忆。你不愿意提，他也不愿意提。可又是谁把这些发布在网上的？网上的言论，实际上在对乔遇造成二次伤害。我不想看到他再次受到恶意的伤害。”宋知吱一双黑眼直直地看着叶楚，语气诚恳又卑微。

“我想恳求你说出事实。”宋知吱继续道。

“事实就是，跟乔遇一起被绑架的人不是我。”叶楚骤然起身，眸色幽深，“而是我的哥哥。”

宋知吱很震惊，她徐徐起身，感觉全身在不自觉地发颤。

她的瞳孔骤然一缩，难以置信，半天才道：“你……你有哥哥？”

叶楚踱步到了吧台，为自己倒了半杯威士忌，他晃了晃杯中的液体，一饮而尽后才道：“这就是我的秘密。满意了吧？”

宋知吱怔怔地盯着叶楚，他的眸光里有着深深的伤痛，她开始懊恼刚刚对叶楚说的话，她不应该那么激烈，那么咄咄逼人。

叶楚脸色冷寒，失魂落魄地坐回沙发上，他轻轻地叹了口气，道：“十一年前，和乔遇一起去怡和山庄度假的人是我哥哥叶恒。我们是孪生兄弟。我不清楚他为什么要和你说他叫叶楚，可能这对于他来说是个很好玩的游戏。”

“叶恒？”宋知吱有点儿难以置信，所以她一直误会了叶恒是叶楚？

“你现在彻底失望了吧？”叶楚又道。

“失望？”宋知吱奇怪地反问道，“我为什么要失望？”

“你一直喜欢的偶像根本不是你小时候认识的玩伴。”叶楚淡淡地说道。

宋知吱摇了摇头，道：“叶楚，我的确很震惊。可是，我喜欢你跟你是不是我儿时的玩伴没有关系。只是因为你是台上熠熠发光的明星。”

叶楚有点儿失神，半天没有说话。

“抱歉，叶楚，我今天来不是想故意去揭那块你不愿意提及的伤疤。”

宋知吱很是惭愧。

叶楚摇了摇头，道："没有关系，已经过去很久了。当年我父母离婚后就断绝了所有的往来。如果不是因为我常年生活在国外，被绑架的人可能还会多一个。"

宋知吱低着头，双手捧着玻璃杯，似乎酝酿了很久，才问道："你哥哥……他真的……"

宋知吱欲言又止，难道帖子上说的都是真的？

"他死了。"

"他是怎么死的？"

顿了一下，宋知吱又觉得自己问太多了，很是抱歉："对不起，我……是不是不该问这样的问题？"

"没有关系，这不是秘密。"叶楚深深地吸了一口气，"那年，虽然我哥哥和乔遇都顺利地被解救出来了，但是我哥哥的创伤后遗症很严重。那几年，他夜夜做噩梦，不敢再和别人沟通，即使看了心理医生，也仍然无法彻底走出来。最后……"

"最后……"叶楚蹙了蹙眉，眸光很深，"他在书房中结束了自己的生命。"

叶楚眼睛微红，双手交握，道："那几年他过得很痛苦，根本无法走出那段经历。也许当时他只能想到这样的解脱方法了吧。"

"对不起，叶楚。"宋知吱有些心疼眼前的男人。

"已经过去了很多年，我已经走出来了。"叶楚的口吻很淡，眼神却不自觉地有些落寞。

宋知吱咬了咬唇，酝酿了很久，才开口问道："那么……真相真的是网上说的那样吗？"

"你想知道的真相是……我哥哥的死和乔遇有没有关系？"叶楚反问道。

宋知吱抬头看着叶楚，她既害怕又担忧乔遇就是网上说的那种人。

"对。"宋知吱点了点头。

“不是乔遇。我哥的死和乔遇没有关系。”叶楚笃定道。

顿了一下，他继续道：“当年抛下乔遇逃跑的人是我哥哥，可是他还是被绑匪抓了回来，遭遇了非人的虐待，因此他才会一直走不出来。”

传闻并不是事实，宋知吱有些欣慰。她又问道：“叶楚，你可以帮乔遇澄清这一切吗？”

叶楚眼神疏远，决绝道：“不会。我不会帮乔遇。”

宋知吱不解地看着叶楚，叶楚又道：“我就要和夺耀传媒解约了，我不想再提往事。”

两人不再说话，长久的沉默后，宋知吱骤然起身，对着叶楚道：“对不起，今天打扰你了。我先走了。”

说完，宋知吱径直往门口走去，叶楚紧随其后。宋知吱换好鞋子，对叶楚道：“再见，叶楚。”

叶楚薄唇微动，没有说话。

宋知吱继续道：“叶楚，我还是很喜欢你，只是粉丝对偶像的喜欢。我希望你无论是否跟夺耀传媒解约，又或者签约新的东家，你都能有更灿烂的星途。”

“谢谢你，这是我收到的最好的粉丝祝福。”叶楚微微勾唇，眸光闪烁如星。

走出叶楚的私人公寓，阳光仿佛镶着金边，闪耀的光芒从两边的梧桐树叶间筛下，宋知吱立在树下，莫名地有些释然。困惑她多年的问题终于得到了答案。

和她童年有过短暂相处的人原来是叶楚的孪生哥哥叶恒。因为他们长得太相似，她才会误解那个少年是叶楚。

走了几步，她又重重地叹了一口气，问题还是没有得到解决。

她本想找叶楚帮忙，但现在叶楚不肯帮忙，那还有谁知道真相？

宋知吱站在路边，打开了手机微博，想看看新闻。

微博的热搜话题发生了变化，“微澜国际 绑架案”登上了热搜。

宋知吱微微有点儿吃惊，点开那则消息一看，是个微博大V，揭露了十一年前的绑架案。

宋知吱微微一怔，微澜国际一直是夺耀传媒最大的竞争对手。“祸水东引”确实是个很好的引导舆论的办法，那么到底是谁想到的把祸水引到微澜国际身上去的呢？

宋知吱打了辆的士，坐在车上仔细地看了那个大V的爆料。原来当年绑架案的消息，是微澜国际最早曝光的。由于微澜国际造势，这件事传得沸沸扬扬，虽然最后二人被解救了出来，但是乔遇的爷爷没有等到孙子回家，就去世了。

评论一边倒，大家都在骂微澜国际是黑公关，是杀人的刽子手。

宋知吱托腮，不自觉地蹙了蹙眉。她觉得这件事情太奇怪了，莫名其妙地怎么会有人旧事重提当年的绑架案，而现在又将祸水东引去了微澜国际？

这个契机实在太微妙了。

宋知吱总觉得哪里不对劲，她着急地打了几个电话给乔遇，可乔遇都没有接。她收起手机的瞬间，南晞打来了电话。

宋知吱连忙接通电话，着急地问道：“联系上乔总了吗？乔总找到了吗？”

南晞犹豫片刻，道：“知吱，乔总……他……他回公司了。”

“乔总回公司了？”宋知吱愕然不已。

“嗯，他一回公司，就直奔总裁的办公室。”

是要同总裁商讨这次的危机吗？宋知吱疑惑地想。

“嗯，你快回来吧！”南晞着急地催促道。

宋知吱从南晞的口吻里察觉到有些不对劲，她急急地回到公司，发现南晞和公关部的同事正在开会。南晞也看见了站在会议室门外的宋知吱，她长话短说，迅速结束了会议。

散会后，众人出了会议室，只剩下阿戴和南晞。宋知吱走进会议室，看到白板上正在分析这场舆论战，而最后的箭头都对准了微澜国际。

“这次的事件其实是……黑微澜国际吗？”宋知吱困惑道。

这么看来，事情的走向确实扑朔迷离，本来以为是在黑乔遇，继而打击夺耀传媒，谁能想到最后竟然是针对微澜国际？

南晞解释道：“本来我们以为突然提及十一年前的绑架案，还给乔总胡乱泼脏水是为了黑夺耀传媒。现在看来，居然是为了黑微澜国际。”

“我还以为是你们的公关战术，在把祸水东引。”宋知吱讷讷道。

南晞摇摇头：“不是我们。而是有另外一个专业的公关团队在做。”

“南姐，你觉得他们是敌还是友？”阿戴问道。

南晞抱着双臂，望着白板上层层深入的线索，意味深长地道：“从现在的情况看，舆论导向对我们有利，那么就应该是和我们同一个战线。”

“为什么这个时候会有人黑微澜国际？”阿戴困惑不已。

南晞分析道：“叶楚想和夺耀解约的传闻，外面传得沸沸扬扬，这个时机爆出这样的新闻，明显在阻止叶楚和新东家微澜国际合作。”

“叶楚想签的新公司是微澜国际？”宋知吱有点儿惊讶道。

南晞点点头：“据我所知，微澜国际那边已经有人背着天哥跟叶楚见过几次面了，很明显是想争取到叶楚的合约。”

“可是叶楚跟夺耀签的是长约，毁约需要赔偿很大一笔违约金吧。”阿戴又道。

南晞叹了一口气：“我也只是这么猜测。具体的，乔总可能会给我们答案吧。”

“乔总还没从总裁办公室出来吗？”宋知吱追问道。

“乔总看起来很生气，来公司后直接上了六十六层，至今还没回来。”阿戴诡秘地低声道，“他们母子一年说不上两句话，只要见面就是火山撞地球。”

“阿戴，你的消息可真广，我怎么觉得你才是公司的老人，而我才是新人啊？”南晞猛翻了个白眼道。

阿戴尴尬地笑了笑，道：“南姐，这都是公司众所皆知的秘密了。我打包票，等下就有他们母子俩的实时八卦从六十六层传到地下一层。”

南晞猛拍了一下阿戴的后脑勺，道：“传到地狱你听不听啊？”

“南姐，别这么凶啊。我除了八卦点儿，没有别的缺点啊。”阿戴摸了摸后脑勺，憨憨地笑了笑。

“知吱，你找到叶楚了？”南晞问道。

宋知吱点了点头，道：“嗯，找到了。”

“他……可以帮忙？”南晞试探道。

宋知吱顿了一下，摇了摇头，道：“在这件事上可能帮不上忙。”

阿戴难以按捺住八卦的心情，又问：“知吱，你有打听到叶楚为什么要解约吗？”

宋知吱遗憾地摇了摇头。阿戴深吸了一口气，道：“叶楚是夺耀传媒一手捧红的，说实话，我不明白他为什么想离开夺耀传媒，夺耀传媒把最好的资源都给了他，总裁也把他当成亲生儿子啊。”

宋知吱若有所思，或许魏云也觉得亏欠叶楚吧。叶恒的离世，让叶楚一个人孤零零地生活在世上，如果如报道所说，爬山是乔遇提出的，那么叶恒上山也是受乔遇邀约的，乔家人肯定抱有很大的愧疚。

宋知吱半天没说话，阿戴困惑道：“知吱，你想什么呢？”

“我想……可能乔总也是支持叶楚的吧。”宋知吱又道。

阿戴和南晞面面相觑了一会儿，两人都不再说话。

宋知吱坐在办公室里心不在焉，给乔遇发了几条微信留言也没得到回复，她不知道乔遇是不是已经从六十六层出来了，可是如果出了总裁办公室，为什么不回公关部？又为什么不回她的信息？

她胡思乱想了一会儿，就被南晞和阿戴叫去吃午饭。

三人端着餐盘找了个角落坐下，南晞看了看手机，道：“微澜国际已经发了律师函，驳斥网上的不负责言论，澄清自己根本没有请黑公关。”

“有用吗？”宋知吱问道。

“不知道，我们只能看戏吧。”南晞道。

阿戴也掏出手机，刷了几下，然后激动地搁下汤勺，道：“六十六层传来的一手消息，你们听不听？”

“你倒是说啊。”南晞催促道。

“据六十六层可靠情报，母子俩在办公室里大吵了一架，连总裁的文件都撒了一地，有几张还飘出了窗外。莉莎太惨了，还得坐电梯下去，到马路上捡文件。”阿戴“啧啧”了两声，感叹道。

“乔总的脾气和魏总一模一样。”南晞不以为然道，“不奇怪了。”

阿戴和宋知吱对视了一眼，宋知吱首先捕捉到了什么，追问道：“南姐，你是不是知道些什么啊？”

“你们看我干吗？”南晞喝了一口汤，故意转移话题，“这汤也太咸了，我去买瓶饮料。”

“南姐，别走啊。乔总为什么和魏总的关系那么差，你一定知道。”宋知吱起身拉住了南晞的手臂。

南晞迟疑了一会儿，坐了下来，道：“好吧，我把你们当成信任的人，这件事千万不能让其他人知道。”

宋知吱和阿戴用力地点了点头，南晞才继续道：“乔大总也就是乔总的父亲，很多年前已经把市场转移到海外，负责夺耀的总公司，基本在国外办公。但是他们每次都会在固定的时间出现在大众面前秀恩爱，以保持良好夫妻形象，也是为了夺耀传媒企业的形象。”

“坊间确实是说夫妻两人的感情很好。”阿戴附议道。

“其实是假的，两个人早就貌合神离多年了。”南晞压低声音道。

宋知吱陷入沉思，想起乔遇那晚在酒店抱着她说的那句“我很孤单”，那句话多么让人心疼。她仿佛可以微微洞悉到他的内心，他的嘴硬心软，他的直男本色，他看似不解风情，偏偏醉酒后又很感性。而这些都是他的保护壳。

阿戴和南晞喋喋不休了好一会儿，宋知吱却心不在焉，她看着手机微信里她发给乔遇的信息，还是没有得到回复。

她犹豫了一会儿，又发了一条微信："你就不能回一条吗？"

没想到这一次，对方回复了："哦。"

她发了那么多消息，他居然就轻描淡写地回复了一个"哦"字。宋知吱很生气，发微信问道："你在哪里？"

过了一会儿，乔遇才回复了一句："下班后见。"

下午的时光，宋知吱有些走神，整个事态的发展实在太快。虽然微澜国际发了律师函，立证自己当年并没有请黑公关介入十一年前的绑架案，但很快就有人爆出当年微澜国际合作的公关公司。不过半天，微澜国际就被打脸，企业形象一落千丈。

这么看，夺耀传媒才是最后的赢家。

好不容易熬到下班，宋知吱坐在办公室里等了半天也没等到乔遇的消息，只好又发了一条微信给他："下班了，你在哪里？"

"在你家。"

宋知吱惊愕不已，乔遇居然没有征得她的同意，就自己先去了她家？

不是说下班后见吗？结果……其实是回家见吗？还是……回她的家！

宋知吱拎着随身的包包，迅速出了夺耀传媒，马不停蹄地往家赶。到了家门口，她还没找出钥匙，门先从里面打开了。

她抬头一看，开门的人正是乔遇。他对着她盈盈一笑："哦，你回来了？"

"嗯，我回来了……"

等等，这不是她家吗？为什么刚刚的口气显得乔遇是男主人似的。

宋知吱换了鞋进门，小声问道："你为什么会在我家？今天的新闻主角是你哎，你不怕有狗仔跟踪吗？万一我们家成了明天的头条新闻怎么办？"

乔遇耸了耸肩，有些不以为然地道："我换了辆车，也戴了口罩，不会有人跟着的。"

“可是……”宋知吱欲言又止。

乔遇接着道：“即使被拍到了，也没什么。”

“我去女朋友家探望未来的岳父和岳母很奇怪吗？”乔遇微微挑眉，笑得意味深长。

宋知吱瞪大双眼，三步并作两步，直接跳了起来，急急忙忙地捂住乔遇的嘴，低声道：“你别乱说话，被我爸妈听到就不好了。”

“嗯嗯——”

“小乔啊，你晚上想吃什么菜啊，阿姨让你点……点菜。”蔡云探出身子，就看见宋知吱一只手捂着乔遇的嘴。

宋知吱迅速地松开捂住乔遇的手，心虚地看着蔡云道：“妈。您开始做饭了啊，需要……需要我帮忙吗？”

“不用，你好好陪陪小乔吧。”

“哦——”宋知吱意味深长地看了看乔遇，道，“乔总，你陪我去便利店买瓶醋吧？”

“家里有醋，还去便利店买什么？”宋直光从厨房里探出身来，提醒道。

“那我去买个饮料……”宋知吱又找了个借口。

“喝什么饮料，不健康，等下让你妈给你榨新鲜果汁。”

宋直光讨好地看向蔡云，蔡云气得不行：“你这人怎么那么榆木脑袋，人家就想下楼买东西，碍着你了吗？”

宋直光还是不理解，又道：“我这不是让女儿和小乔别多走一趟吗？”

“年轻人就爱多走走路，你管好你的厨房，然后……闭嘴！”

蔡云把宋直光推回厨房，看了看站在玄关处的两个年轻人，笑眯眯道：“去吧，两个人逛久一点儿。没事，晚饭晚些吃，买东西比较重要。”

宋知吱开始怀疑，这真的是亲妈说的话吗？

秋日的傍晚，斜阳的余晖配上落叶，晕红搭配着橙黄是属于秋日独有的厚重色彩。宋知吱和乔遇并肩走在梧桐树下，半晌没有说话。

乔遇穿着黑色套衫，脸上戴着个黑色口罩，把自己伪装了起来。宋知吱东张西望，全程和他保持着一段距离，提防着有狗仔跟踪。

谁想下一秒却被乔遇拉到了身边，宋知吱正想挣脱，他已经摘掉了口罩。

“你……快戴上口罩，戴上口罩！”宋知吱紧张地催促道。

“我又不是明星，你害怕了？”乔遇蹙眉反问道。

“我害怕什么？我只是担心你会受到不必要的困扰……”宋知吱解释道，“虽然总裁应该不会派人再跟踪你，可是你现在是话题人物，难保不会有人正好在跟着你的新闻。”

“我不担心。拍就拍呗。”停了几秒，乔遇有意问道，“除非，你害怕被人误会成我的绯闻女友。”

乔遇顿住脚步，笃定地盯着宋知吱看。宋知吱被乔遇专注的眸光望得有点儿心虚，她伸出手摸了摸滚烫的耳垂。

“乔总不担心，那……我也不担心……”宋知吱支支吾吾道，脸庞热得很，“都说是绯闻女友了，即使拍了也没铁证。”

乔遇挑了挑眉，嘴角不自觉勾起一抹笑：“那么，你是期待铁证吗？”

宋知吱傻眼了，嘴唇张了张，解释道：“乔总，我的意思是……”

“不重要啊，你不是不害怕吗？”乔遇故意道。

宋知吱觉得自己就是一道奥数题，真是太难了！

她只好义正词严道：“我不害怕，乔总。”

乔总轻笑了一声，嘴角微扬，眉眼都镶着璀璨的笑意。

既然再也不避讳狗仔，二人坦坦荡荡地走进了小区对面的便利店。宋知吱这才问道：“我们真的要带瓶醋回家吗？”

“要不然呢？是你说的要买醋。”

宋知吱随手在货架上拿了一瓶白醋，乔遇挑了两瓶果汁。结完账出来，天色已经暗下来，暖色系的天空渐渐蒙上迷雾，迷雾里绯色的余晖忽明忽暗。

二人靠在一起，在便利店门口的高脚椅上坐下。

宋知吱看着夕阳下行色匆匆的人群，拧开瓶盖，随手递给了乔遇："我知道你不喜欢拧瓶盖。"

乔遇接过那瓶果汁，笑了一声："我不是不喜欢拧瓶盖，只是喜欢看。"

"看什么？"宋知吱有点儿不解，"你是有怪癖吗？喜欢看人拧瓶盖？"

乔遇看向宋知吱，嘴角溢出一抹浅笑："我只是喜欢看你帮我拧瓶盖的模样。"

话毕，四目相对，宋知吱感觉到那灼热的眸光，正一瞬不瞬地盯着自己。

她心虚地转开头，道："万一……我拧不开瓶盖怎么办？"

"那我帮你啊。"乔遇一脸平静地看着她。

宋知吱脸色微微渗出一丝绯色，好似这微醺的余晖也染红了她的脸颊。两人默默地坐了一会儿，便利店窸窸窣窣地有客人进进出出。

她咬着吸管，啜了一口果汁，问道："所以这也是暖色系的饮料吗？"

"胡萝卜苹果汁，是暖色系的。"乔遇点点头。

"暖色系的饮料搭配暖色系的天空，暖色系的天气和暖色系的心情……"宋知吱扬了扬唇，喃喃自语。

"还有——"

"什么？"

"暖色系的女孩。"

乔遇话落的瞬间，宋知吱忽然觉得这座城市也是暖色系的，远处的灯火隐隐约约，近处的路灯也渐次亮起来。便利店雪光似的白炽灯下，好似有很多颗粒沉浮，而透过这些光柱，她看到了乔遇眼中的自己。

她心虚地转过脸，咬住吸管，忽然觉得心跳猛地加速。

"怦——"

"怦——"

"怦——"

一下接着一下，仿佛要跃出喉咙。

“现在有种减压的音乐，你知道吗？”乔遇忽然问道。

宋知吱缓过神，猜测道：“是不是大自然的白噪音？像浪潮、雨声、风声啊这种的。”

“嗯……”

乔遇不否认也不肯定，又道：“有种更神奇的声音。”

“多神奇？”宋知吱问道。

“听听看？”乔遇问道。

“好啊。”

宋知吱接过乔遇递过来的耳机，眼睛看向那些匆忙回家的人，到处都是烟火气。过了十几秒，耳机里还是没有声音传来。

“我这个耳机是不是坏了？”宋知吱小声问道。

“嘘——”乔遇伸出食指，贴住薄唇，认真地“嘘”了一声。

宋知吱又戴上耳机，可是右耳根本没有听到丝毫音乐，她不信邪，又把耳机塞进左耳，依旧没声音。反反复复几次，她开始怀疑自己的听力出现了问题。

“没声音啊。”

宋知吱伸出手想去摘乔遇左边的耳机，骤然出手的瞬间，被乔遇拽住了手腕。他目光缱绻，徐徐开口道：“不用戴耳机，也听得见。”

乔遇摘掉她右耳的耳机，四目相对之时，他的眸光里有星光在闪烁。

“听到了吗？”

“什么？”宋知吱很认真地问道。

“怦——”

“怦——”

乔遇顿了一下，目光清凉如水，嘴角的笑意夺目：“这是暖色系心跳的声音。”

声音低缓又深沉，偏偏如秋风轻轻地拂面，她仿佛在那一刻真的听到了所谓暖色系的心跳声。

今天是怎么回事？乔遇今天的直男属性有点儿怪。

两人坐了十几分钟，才开始往家走。

一路上，二人都没有说话。宋知吱忽然打破了沉默："刚刚，我爸妈应该让你见笑了吧。他们一直这样，爱斗嘴。"

"说实话，我很羡慕你。"乔遇不动声色地回道。

"我听说，你在六十六层跟魏总吵架了？"宋知吱小心翼翼地问道。

乔遇淡淡地看着宋知吱，道："危机都解决了，我为什么还要和她吵架？"

宋知吱侧头看了乔遇一眼，觉得他的神情里藏着很深的心思。

乔遇边走边自嘲了一声："大家都羡慕我有个和睦的家庭，其实他们不懂，我父母连互相说句话都觉得多余。家里太过冷清，我才会想要搬出来住。"

宋知吱沉默了一会儿："魏总和你爸，他们？"她欲言又止。

乔遇心事重重，继续道："十五岁那年我被绑架，爷爷在等我回家的那几天，没有熬住。"

"那一刻，我才知道原来这世上不是只有实物的杀人工具，还有无形的杀人工具。"乔遇继续道。

"爷爷他……"

宋知吱不忍心再开口，往事重提，对当事人将会造成又一次伤害。

"他本来就有心脏病，在我们被绑架的那个星期，无良的媒体天天守在我家门口，不断地追踪报道。那段时间，什么失真的新闻都有。爷爷承受不住压力，最后……"

乔遇深吸了一口气，才道："最后，心脏病复发，抢救无效。"

"从十五岁开始，我就失去了这世上最疼我的人。"乔遇安静清凉的眼眸里，有深不可测的疼痛。

夜色如同浓墨，近处一幢又一幢的居民楼烟火气十足，而乔遇这些年孑然一身，他应该从失去最爱自己的爷爷的那刻开始，就失去了他心中唯一的庇佑。

“对不起，乔遇。我不该提起。”

“和你没有关系。”顿了一下，乔遇才道，“即使过了这么久，我依然会记得那天。”

她轻轻靠近眼前的男人，低低地说：“以后……我想和你一起面对那些危机。”

乔遇看着面前的女孩，她低着头，白皙的耳朵烧得通红，他为什么会喜欢上她呢？是因为她抱着目的闯进他的世界，却把他按部就班的生活搅得妙趣横生？还是因为她陪他一起去解决那些公关危机？或者因为她不懂装懂，却始终坚持自己，有一颗还原故事真相的心？

总之，她的单纯，让他找回了他的初心。

乔遇很喜欢宋知吱家里温馨的氛围，吃完饭后又陪着宋直光去书房下棋，而蔡云使唤着宋知吱去厨房帮忙洗水果。

宋知吱摘了几颗葡萄直接放到嘴里，蔡云猛瞪了她好几眼，道：“这是给小乔吃的，你怎么这么迫不及待。”

“这么大串呢，他吃不完的。”说话的瞬间，她又吃了好几颗葡萄。

顿了一下，她有意问道：“妈，您喜欢乔遇吗？”

蔡云抬头看了宋知吱一眼，道：“喜欢啊，小乔的性格很好，比我那个老同学好多了。”

“妈，您说的是魏总吗？”宋知吱又问。

蔡云点了点头，道：“初中的时候，很少有人能受得了她的脾气，可能是因为我跟她名字中都有个‘云’字，所以才有些缘分吧。”

蔡云随手擦了下手，陷入往事当中：“那时候，老师老念错名字。有次我和她的作业本拿错了，她特地冒着大雨送到我家，我才对她的印象有所改观。

她这人吧，看似外表固执难相处，但内心温热，只是不懂得表达。”

“妈，如果……”宋知吱犹豫了一会儿，又问，“如果爸的酒店倒闭她有着不可推卸的责任，你还会把自己的女儿送到夺耀传媒去上班吗？”

蔡云看了一眼自家的女儿，笑了一声，道：“你是听到了什么吗？”

“妈，如果当年不是乔遇被绑架，媒体把矛头对准他们所住过的酒店，爸的酒店很可能就不会倒闭啊。”

宋知吱既担心，又很想知道蔡云对这件事真实的感受，她生怕母亲知道真相后会反对她和乔遇在一起，可她又不想隐瞒母亲。

“酒店早就出现问题了，否则一场舆论战不会掀翻一艘巨轮，只会让一艘摇晃的破船坠落。”蔡云回道。

“因为我们确实有错。我们酒店当时对客人的登记手续不完善。”蔡云又道，“我当时很自责，两个孩子因为我们的疏忽而被绑架，如果我们留下了那个绑匪的真实信息，警察或许可以更快地找到那两个孩子。”

“妈，您别太自责了。乔遇不是好好的吗？”宋知吱揽着蔡云的肩膀道。

蔡云叹了一口气，道：“终究留下了阴影。”

宋知吱没有吭声，想起叶楚疼痛的目光，叶恒的离世对他来说应该是最大的伤害。

顿了一下，蔡云忽然道：“可能因为当年的事情，我内心里想对乔遇这孩子好一些。即使，他说要租我们家的新房住。虽然吧，我们才刚装修好的，还没住上一次……”

“妈，您说什么啊？”宋知吱怔住了，忽然意识到哪里不对，“乔遇要租房？”

“你不知道吗？”蔡云觉得奇怪。

宋知吱摇了摇头，道：“乔遇有那么大的房子，为什么要租我们家的新房住啊？而且，妈！您不是说那个房子是给我的吗？我可是每个月还要还房贷呢。”

宋知吱满腹委屈。

蔡云道："乔遇是我老同学的儿子，人家找我租房，不租的话说不过去吧。"

"妈，正因为您和魏总是老同学，更不能支持他离家出走啊。"

"他没有离家出走啊，他本来就是自己住啊。"蔡云不以为然道。

宋知吱被蔡云的话堵得有点儿急，冷静了几秒又问："妈，魏总知道乔遇要租我们家的房子住吗？"

"知道啊。"蔡云简短道。

"……"宋知吱目瞪口呆。

"老同学说了，要是乔遇搬到个陌生的地方，她更不放心。租我们家的房子住，她会放心很多。"蔡云得意地眯着眼睛道。

宋知吱气急败坏，她的新房子自己都还没住过一天，居然要租给别人了。

"不行，那可是我的嫁妆！"

蔡云不慌不乱道："那你更放心吧，说不定……"

"说不定什么？"宋知吱追问道。

蔡云目光闪烁，故作若无其事，耸了耸肩："没有啊，你也没那么快嫁人啊。"

宋知吱双手叉着腰，气得不行，见蔡云还在准备其他的水果，她径直端着一盘葡萄就要离开厨房。

身后的蔡云喊道："喂，知吱，你去哪里？"

"给下棋的两位送葡萄！"宋知吱脚下不停，气鼓鼓道。

"这儿还有西瓜，一起端过去啊。"

"他们吃不了这么多！"

宋知吱还没推开书房的门，宋直光的朗朗笑声就传了出来。她推开房门，矮几上的棋盘里摆着一盘下了一半的象棋，宋直光手里握着几颗棋子，正思忖着下一步。室内气氛融洽。

宋知吱低头看了看棋局，不解道：“爸，您都输了，还笑得出声？”

宋直光顿住笑声，道：“你不懂，你爸年轻的时候所向披靡，现在棋逢对手自然是很开心啊。”

看着乔遇微扬的双眼，想到自己的新房子就要被乔遇霸占，宋知吱不得不拉拢亲爸，她走宋直光的旁边，低声道：“爸，我有些话想和您说。”

“这边不能说吗？小乔又不是外人。”宋直光道。

“爸，妈要把我那套新房出租了，您知道吗？”既然如此，宋知吱只好直接问道。

“知道啊，不是说要租给小乔吗？”

“你有空去帮忙做个卫生。”

“我？”宋知吱难以置信地指了指自己。

“嗯，不然让你爸妈做吗？”宋直光又道。

乔遇淡淡地笑了一声，道：“不用了，叔叔，我到时候请个保洁阿姨就行了。”

“请什么保洁阿姨，浪费钱，就让知吱去，反正她很闲！”

“……”她哪里闲了？她的脑门上写着“闲”字吗？

怎么爸妈都向着乔遇，他到底给他们灌了什么迷魂药啊！

乔遇陪着宋直光下了好几盘棋，到了快十点，才被宋知吱催着回家。

两人下了楼，秋风阵阵，深色的天幕上点缀着繁星点点，满地清凉月色，地上拖着两道长长的影子。

“你……为什么要搬出来住啊？”宋知吱终于问出了憋了好久的问题。

“那幢公寓是夺耀传媒的房产，我都辞职了，自然要从房子里搬出来啊。”乔遇耸耸肩，轻描淡写道。

宋知吱大吃一惊，问道：“你辞职了？”

虽然乔遇说过要离开夺耀传媒，可宋知吱总觉得没这么快。

“今天我回公司就是去递辞呈。”乔遇淡淡地回道，“所以实际的情况并不是你们传闻的那样，我和总裁吵了一架。”

“你从夺耀传媒离开，要去哪里？”宋知吱困惑地问道。

夜如浓墨，黑暗中乔遇的眼眸熠熠发光，他淡定地回道：“我要创立自己的危机公关公司。”

“可在夺耀传媒的公关部，你一样可以发挥自己的实力啊。”

宋知吱有些不解，乔遇为什么要放弃温床，却去外面另设公司？

“我的理想不是只在夺耀处理娱乐圈的公关问题，我有更广阔的蓝图。”

宋知吱有片刻的失神，眼前的男人话语笃定，似乎早已有了坚定的人生目标。她微微有点儿失落，觉得自己好像不在这个男人构思的蓝图当中。

“我希望你可以加入我的公司，成为技术团队的一员。”乔遇忽然又道。

宋知吱猛地抬头，今晚的月亮又大又圆，像一盏白炽灯一样穿过树枝的缝隙，影影绰绰地照在乔遇的半边脸上，让这个气质出众的男人身上有种神秘感。

“我？”宋知吱觉得很奇怪。

“我希望你用你的专业配合技术团队建立一个舆情数据库和态势知识库，训练机器学习，运用数据预测公关事件发展。”乔遇看向宋知吱，目光灼灼。

宋知吱有些不自信，犹疑道：“我……可以吗？”

“有我在，你为什么不可以？”乔遇笃定地盯着宋知吱，双眸熠熠发光。

宋知吱差点儿被乔遇的话迷惑了，好不容易回过神，问道：“等等，那这跟你租我们家的新房子有什么关系啊……”

“你不愿意吗？”乔遇饶有兴致地盯着她看。

宋知吱有理有据地解释道：“是这样的，我们家的新房子其实特别特别小，环境也不是很好，我怕你住不习惯。”

见乔遇没有反驳，宋知吱继续道：“如果你不方便租房，我很乐意帮忙的，现在中介都特别懂客户的需求。像乔总你这样养了只猫，肯定得给小游一个好的家啊。”

“小游不会介意的。”乔遇淡淡地回道。

谁关心猫会不会介意，介意的是她好吧。

宋知吱见乔遇已经下了决心，又不甘心地问道：“乔总，你真的不考虑别的房子吗？”

“我还是喜欢住在你的新家。”

“为什么？”

“阿姨说了，你得照顾我啊。”乔遇笑得意味深长。

“我……我妈说了？”宋知吱惊诧不已。

“嗯。”

“乔总，那可是我的嫁妆，我以后要是嫁人了，被伴侣发现屋里曾经住过一个男人，恐怕会产生误会……”

“嗯……”乔遇点点头，蹙了蹙眉，认真道，“你说得好像有点儿道理。”

“是吧是吧。”

“可是，你不是没男朋友吗？”

“哦，好像还有接吻障碍？”乔遇愉快极了，笑意更浓。

“等等，你……你是怎么知道的啊？”

宋知吱记得自己没跟人提过这样的事情啊……除非……

“你闺密啊，泌尿科的那位，哦……叫什么来着？”乔遇微微闪了闪眼眸，细细思忖道，“唐佩佩。”

“她告诉你的？她跟你不熟啊，她怎么能……”

明明都说了是最好的闺密，怎么能把这个秘密随随便便告诉别人！

“你大概忘了，我认识泌尿科的主任，唐佩佩希望主任能关照她，就和我说了你很多优点，还有……”

“还有什么？”宋知吱紧张地问道。

“还有缺点。”

“不能怪她，她只是一不小心把你这个缺点说出了口。”乔遇尾音轻轻上扬。

此时，宋知吱白皙的脸上飞上淡淡的绯色，慢慢地蔓延到了脖颈。她清了清嗓子，道："那……也不能算缺点吧。"

"哦，那算什么呢？"

乔遇忽然凑近，她眸子清亮，额头光洁，白玉般的皮肤慢慢浮出一抹红色。而他的双眸里闪起了只有她能看到的星光，道："有个问题，为什么……你对我没有障碍呢？"

"……"

为什么呢？宋知吱不是没想过这个问题，可她自己也没找到答案。

可男人紧紧地盯着她，好像不得到答案就不会放弃。

"为什么呢？宋知吱？"乔遇继续追问。

宋知吱仰头看着乔遇，而身旁的男人倾下身来，微凉的手指轻轻地触碰到了她的耳畔。她猛地一惊，连连后退了好几步。下一秒，她的手就被乔遇拉住，她想要松手说没事，却被他拉入怀中。

近在咫尺的距离，她闻到了他身上淡淡的薄荷味和夜风夹杂的花香。

他的怀抱冷硬结实又温暖，宋知吱紧张到睫毛微微颤抖。她缩得越紧，他却抱得更紧。她一颗心更是"怦怦怦"跳得厉害，所以今天想不到理由，就逃不开了吗？

"你想到原因了吗？"乔遇不依不饶。

宋知吱语塞了半天，才道："可能……负负得正？"

"你有障碍，我也有障碍。凑在一起就没有了？"

她好不容易想出了这么一个理由，却得到乔遇的一声冷笑："你是不是觉得我该夸夸你？"

"……"这么难的问题都想出来了，难道不应该夸夸吗？

第六章
一出好戏

第二天，宋知吱刚醒来，手机里的微信群就嘀嘀响个不停。这是她和南晞还有阿戴三人建立的“不吐槽老板不快乐”群。

阿戴：“我的天，乔总今天正式从公关部卸任了。”

南晞：“以为乔总只是随口说说，没想到他来真的。”

阿戴：“所以你真的要被乔总挖走了吗？”

南晞：“暂时不，还得管着你啊。”

阿戴又问知吱：“你呢？要追随乔总吗？”

宋知吱随手发了个“困”的表情，起了床。

“今天整个夺耀传媒最大的新闻大概就是少东家的离职吧。”

宋知吱到达夺耀传媒后，先去二十层的自动售卖机前买了一瓶叶楚代言的阿怡兰咖啡，心里却莫名有些失落，毕竟从今天开始，她再也不会在二十层遇到乔遇了吧。

“好像乔总也挺喜欢喝这款咖啡。”

宋知吱侧头望去，发现说话的人是南晞。她长叹了一口气，看起来也有些沮丧。

宋知吱连忙拉着南晞往长廊的角落里走，她四处望了望，见没有摄像头，也没人，才问道：“乔总和魏总的关系到底差到什么地步呀？”

南晞欲言又止。

宋知吱又问道：“南晞，你是不是知道什么秘密？快说呀。”

南晞犹豫片刻，才道：“我怀疑，这次是总裁在做事。”

“什么？”宋知吱有些纳闷，“你说的总裁在做事是什么意思？”

“以我的经验来说，现在的舆论是偏向于夺耀传媒的，针对的是微澜国际。这说明了什么？”

“说明这个公关团队是为夺耀传媒做事的啊。”南晞笃定道。

南晞的猜测好像毫无破绽，可宋知吱总觉得哪里不对劲，她忍不住道：“你的意思是，总裁为了打击微澜国际，所以重提了自己亲生儿子的绑架案？”

“不可能，总裁不是那样的人。”宋知吱笃定道。

南晞双手交握，深吸了一口气，道：“但愿是假的吧，如果不是的话，那么就是微澜国际得罪人了。”

宋知吱神情恍惚地回到办公室，还没坐定，阿戴就低声道：“知吱，总裁有请。”

宋知吱早有预料，乔遇离职，魏云肯定会向她打听情况吧。阿戴做了一个“自求多福”的表情。

她独自一人登上了前往六十六层的电梯，出电梯后，莉莎早就等在那里。她径直把宋知吱引进了总裁办公室。今天魏云穿着一身黑色衬衫、黑色西装裤，站在巨大的落地窗前，手里捧着一只白色的咖啡杯。

等宋知吱走近了，魏云才徐徐回身看了看她，道：“知吱，坐吧。”

“总裁，您……找我有事？”宋知吱站在远处，怯怯地问道。

魏云示意宋知吱坐到对面的位子上，宋知吱忐忑不安地落座。魏云开门见山道：“乔遇已经正式从夺耀传媒离职，你应该早就知道吧？”

宋知吱点了点头，道：“昨天，他跟我说了……其实我也就比您早知道一会儿。”

“乔遇是我的儿子，他要单独创业，我会支持他的。但他应该不会接受我的帮助。因为这次微澜国际的事情，他一直以为我是幕后操控者，他对我的误会又加重了……”魏云眸光深深，重重地叹了口气。

宋知吱抬头看了魏云一眼，没敢说话。

“知吱，你该不会也以为这次的事情是我操控的吧？”魏云问道。

宋知吱摇了摇头，道：“魏总，这事我不方便发表意见吧……”

“乔遇以为我为了打击微澜国际，请了公关公司，还利用他当年被绑架的事情造势。”魏云神色郁结，“可是我并没有这么做。”

“我知道那年的绑架是乔遇内心的一道伤疤，而他最爱的爷爷也因此去世。我怎么可能为了打击竞争对手，就再提往事？”魏云叹了口气，道，“知吱，恐怕你也不信我的话吧。”

“魏总，我相信您说的话。只是乔总他可能不能理解吧。”宋知吱犹豫片刻道。

“乔遇对我提了一个要求，他想带走一个人。”魏云定定地看着宋知吱，又道，“那个人就是你。”

宋知吱有些意外，乔遇竟然直接向魏云提了带走她的要求。

“我也希望你跟在他的身边。”魏云又道。

宋知吱咬了咬唇，试探性地问道：“魏总，那我是不是还得做之前的工作？”

“之前的工作？”

“就是标注乔总的亲密照片或者视频……”宋知吱清了清嗓子，道。

魏云轻笑了几声：“自从你加入了公关部，我就没有再请那些人跟着乔遇了。”

顿了一下，魏云继续道：“之前我是担心他孤家寡人，但你在他身边后，他变得不一样了。何况，后来他告诉了我一件事，让我觉得我之前担心他的想法是错的。”

宋知吱抬头，迷惑不已：“乔总说了什么事？”

“他说，他已经有了喜欢的女孩。”魏云笑道。

宋知吱微微一怔，咬了咬唇，心里莫名有些悸动。

魏云欣慰地笑了一声，道：“得知这个事情，我很开心。”

宋知吱心乱如麻，晃神片刻发现魏云盯着她看，欣慰地说：“能被他喜欢是一件让人欢喜的事情。”

宋知吱脸庞滚烫，双手不自觉地摩挲着。好似对面的魏云早就洞悉了一切，而她还在装糊涂。

她半天没吭声，魏云又道：“至于你愿不愿意跟随乔遇离开夺耀传媒，你自己决定。”

宋知吱点了点头，匆匆离开了总裁的办公室，一路上还在想着魏云的话。

微澜国际和夺耀传媒的舆论战还在博弈，虽说如今微澜国际处于劣势，可乔遇在这风口浪尖上离职，不免让人怀疑这场舆论战中，夺耀传媒是否有过失。

各种自媒体消息传得沸沸扬扬。南晞临时取代了乔遇的位置。宋知吱决定暂时留在夺耀传媒临危受命，协助南晞处理这场危机。

中午，宋知吱同阿戴、南晞一同吃饭，阿戴感慨万分，道：“没想到乔总就这么离职了，我还想着追随乔总到生命的尽头呢。”

“你现在也可以追随乔总在家休假啊。”南晞没忍住，翻了个白眼。

阿戴笑眯眯道：“南姐，我不能让你孤军奋战啊。而且看现在的情形，这场舆论战恐怕要成为超长连续剧，连载个几百天了吧。”

宋知吱托腮，小声揣测道：“如果乔总的绑架事件不是微澜国际曝光的，也不是魏总让公关公司造势的，那么是谁选择在这个时机爆出这些往事呢？第三个竞争对手吗？”

阿戴和南晞面面相觑。南晞顿了一下，道：“知吱，你在说什么啊？”

“不对。我知道了。”宋知吱骤然站起身。

阿戴和南晞两人感到莫名其妙，阿戴问道：“知吱，你知道什么啊？”

宋知吱不确定自己的猜测对不对，但这应该是第一步，接下来应该有更大的舆论危机，而她忽然觉得事情不会那么简单。

如果运气好，应该能在夺耀传媒遇见叶楚。

或许叶楚知道些什么，但并未告诉她。

她打电话给萨姆哥，想打听叶楚的行程，但萨姆哥这次显然不愿意再帮她的忙，态度冷冷地道：“叶楚不是我负责的艺人，就算是我负责的艺人，我也不能把艺人的行程随便告诉别人。上回你找到叶楚的私人住处，叶楚已经向公司反馈了，你再让我去找天哥打听叶楚的下落，岂不是让我被公司责骂……”

“可是，萨姆哥，我确实有事……”

“每个向我打听艺人行程的粉丝总是有这样那样的借口，我知道你是叶楚的粉丝，但也不能公器私用，在公司追星啊。”

宋知吱觉得自己的理由确实不充分，但她急于解释：“萨姆哥，这次不一样……”

这时，电梯门徐徐打开，宋知吱猛然间抬头，看见电梯里只站着一位身着黑色套衫、牛仔裤的男人。他的刘海微卷，是浅浅的蓝黑色，脸上戴着口罩，但那双深邃的眼睛已经暴露了他的真实身份。

眼看电梯门就要合上，宋知吱迅速按住了电梯按钮，进了电梯。

她站在那个男人的身边，目视着前方，看着电梯显示屏上的楼层数字慢慢变小，有些忐忑不安。

电梯里十分安静，两人的手机默契地响起了推送的声音。叶楚掏出手机，看了看新的推送新闻，嘴角莫名地上扬。

宋知吱手忙脚乱地点开一条新闻，看到新闻标题的同时，已经脸色大变，再看看标题下的配图，她更是倒吸了一口冷气。

她的猜测没有错。

犹豫了数秒，她开门见山道：“叶楚，是你吗？”

叶楚根本不看她，他身上无形的气场让宋知吱倍感煎熬。

“你为什么要这么做？”宋知吱追问道。

叶楚还是默不作声，徐徐移动到电梯门处。眼见电梯停在十二楼就要打开，骤然间剧烈地晃动起来，头顶上的灯忽明忽暗。宋知吱还没回过神，电梯突然失重一般迅速往下落。

倏然而至的意外，让宋知吱本能地扶着电梯壁。她没有心理准备，一个趔趄就要摔倒，叶楚及时伸出手扶住了她。

宋知吱有些慌张，脸色发白。电梯终于在半途中停下，但两个人根本不知道此时电梯到了哪一层。

叶楚反应迅速，立即按住了紧急呼叫按钮，不一会儿那头传来了声音。

叶楚淡定地把情况向听筒对面的人详细讲了一遍后，电梯又恢复了安静。可宋知吱越发有些着急："怎么这么久维修工还没来？"

"才过去两分钟。"叶楚抬起手腕，看了一眼手表，神情淡然。

宋知吱紧紧地靠着电梯壁，呼吸急促不安。叶楚望了她一眼，道："你要是害怕，就握住我的手。"

宋知吱仰头看了看叶楚，滚了滚喉咙，道："我没有，我只是担心……"

宋知吱儿时有被电梯关住的经历，那时候年纪还小，一个人被关在电梯里，根本没有主意，只知道抱头大哭。那段童年的经历很不好，所以不论电梯发生什么故障，她总是忍不住紧张。

叶楚抓住了她的手臂，语气依然淡漠："靠我近一些，就不怕了。"

"不用不用……"

宋知吱嘴里说不用，但身体无比诚实，不自觉地朝着叶楚的方向挨近了一些。两人并排站着，过了好久，还是没等到维修工人。

"怎么还没来人啊？"宋知吱忍不住嘟囔了一句。

她急得像热锅上的蚂蚁，可是身旁的男人竟然淡定地闭目养神了。宋知吱想找些话缓缓这里的紧张气氛。

她清了清嗓子，问道："你最近都在拍戏，应该行程很忙，所以很累吧？"

"嗯。"叶楚依然闭着眼，轻轻地回了一声。

"刚刚……我的问题，你还没回答我。"宋知吱吞吞吐吐道。

这回，叶楚睁开眼睛，轻轻地哼笑了一声："都这个时候了，你还不忘这件事。"

"我只是想证明自己的推断。叶楚，你是不是在报复微澜国际，想为你哥哥报仇？"宋知吱认真地追问道。

“现在的舆论对夺耀传媒有利，你在担心什么？”叶楚冷幽幽地反问道。

“可是你拉乔遇下水了。”宋知吱着急道。

叶楚哼笑了一声，道：“是他先违背诺言，不能怪我。”

叶楚眼神淡漠，他双手插在口袋里，懒懒地看着电梯顶。

宋知吱道：“当年的绑架事件，乔遇费了很多力气才走出来。我不想再因为这样的事情影响他的人生。”

叶楚微微颔首，他向宋知吱走了一步，忽然问道：“所以……你喜欢乔遇？他可是有绯闻对象了。”

“我……”宋知吱踌躇道。

“你不是对我说过，你是我的粉丝，我的任何决定你都会支持吗？”

叶楚骤然出手抓住了宋知吱白皙的手腕，倏然而至的力量让宋知吱忽然怔在原地。

就在这时，电梯门徐徐打开，久违的光亮照了进来。

“所以，你说的喜欢都是假的吗？”叶楚紧抿着薄唇，眼里毫无温度。

电梯门打开的同时，宋知吱看到了乔遇的身影。

乔遇紧紧蹙着眉，眸光里含着深深的愠怒，让宋知吱瞳孔突然紧缩了下。

她想从叶楚的手中收回手腕的时候，乔遇骤然出手，把她扯到自己的背后。

“叶楚，你在做什么？”乔遇的声音十分冷厉，让人不寒而栗。

叶楚轻巧地笑了一声，漫不经心：“保护我的粉丝啊。”

乔遇肩膀微颤，他迅速抓过叶楚的衣服推搡了一下，叶楚重重地磕在了电梯壁上，声音之大，吓了宋知吱一跳。

“你最近到底在做什么，我们不是好朋友吗？”乔遇愤怒道，眸光里是深深的失望。

叶楚棱角分明的侧脸上满是疏离和冷漠，他开口道：“我不知道你在说什么。”

“为什么让叶微宁也无辜受牵连？”乔遇又问道。

宋知吱微微吸了一口气。就在刚才，叶微宁和微澜国际总裁徐峰的照片已经在各大网站疯传。徐峰大叶微宁将近三十岁，二人一起购物、吃饭，深夜出入徐峰公寓种种亲密行为都让人怀疑二人的关系。而在此之前，叶微宁和夺耀传媒的少东家乔遇还有段绯闻，整个舆论导向都在骂叶微宁不知廉耻，脚踏两大娱乐巨头。

叶楚侧眸看了宋知吱一眼，又看向乔遇道："我还以为你是因为她而生气，原来是因为另外一个女人？"

乔遇嘴角抽动，眸里闪着浓浓的怒火，无处宣泄。

"你一定要在电梯里跟我聊天的话，我不介意明天和你一起上新闻。"叶楚不疾不徐道。

乔遇重重地吸了一口气，闭上眼，平复了很久，还好这里是夺耀传媒的四楼，平时四楼只是作为仓库，鲜少有人在。

"我想和你谈谈。"乔遇努力平复情绪，冷静地对叶楚道。

叶楚点点头，道："好，我也想和你谈谈。"

宋知吱跟着两个男人一起上了夺耀传媒大厦的顶楼天台。她还没来过这里，今天是阴天，乌云蔽日，但一点儿也不影响站在这幢楼最高层的天台上俯瞰整座城市，有种一览众山小的感觉。

"为什么要重提当年的事情？"乔遇深吸了一口气，道，"一直以来你想和夺耀传媒解约，和微澜国际偷偷接触的原因就是为了策划这次事件吗？"

叶楚点了点头，眸光凉薄，道："舆论在十一年前杀死了一个男孩，我只是在以牙还牙。"

"叶楚，你明知道我们都是受害者，为什么还要这么做？"乔遇眼里全是失望的情绪。

"至少这场舆论战，你也获益了。"顿了一下，叶楚轻轻地扬扬唇，道，"乔遇，你没有损失什么。"

“叶楚，如果我必须被你拉下水，我不介意。那么其他人呢？”乔遇又道。

叶楚双手搭在栏杆上，望了望不远处的风景，淡淡地吸了一口气，道：“我管不了其他人了。”

“叶微宁是无辜的。她本来就只是配合我演戏，你为什么要把她卷入这场舆论危机战？”乔遇追问道。

叶楚眼底仿佛凝着一层寒冰，缓缓道：“你也说了，她是配合你演戏，是你先违背了诺言。”

“如果我顺利和夺耀传媒解约，如计划般进入微澜国际，我就不会发现叶微宁的秘密。”叶楚斜着唇，冷笑了一声，“其实我也很想知道徐峰和叶微宁的关系。”

看着这座城市的高楼大厦，车水马龙，行色匆匆的人们，乔遇又看了看身旁的男人，他们从小一起长大，却永远读不懂对方的心。

“当年……当年的事情，你是不是在怪我？”乔遇眉眼中的难过散不开。他和叶楚面对面地站着，如两棵冷漠孤傲的树。

如果当时不是他提议去爬山，如果当时叶恒逃跑的时候，他也跟着，是不是可以和叶恒一起分担更多的痛苦？

如果他早一点儿察觉到叶恒的情绪问题，并和他一起走过那段黑暗的时光，是不是叶恒就不会那么容易走进死胡同？

“乔遇，我是怪我自己。当年如果和你们一起去度假村，我是不是可以帮哥哥和你分担多一些？”叶楚的眸光里有晶莹的泪花在闪烁，他嘴角隐隐颤抖着，“我只是恨自己当年不在那里，无法体会他的害怕，他的不安，他的黑暗……”

倏然而至的雷声，让站在不远处的宋知吱猛地一惊，天上的乌云越来越厚，明明是白昼，却如黑夜将至，一场大雨就要来了。

“当舆论蜂拥而至，终于击溃哥哥最后一丝希望的时候，我却无能为力，不能帮助他，哪怕拉他一把也好。”

苍穹如墨，仿佛末日将至，大雨倾盆而下，噼里啪啦地打在身上。

不一会儿，两个对立的男人已经全身湿透，他们仍保持着死寂般的沉默。

凌厉的风声呼呼而过，宋知吱想走近拉他们，却觉得自己在这样的情景里好似只是一个局外人。

过了很久，叶楚才冷着张脸，步履匆匆地从宋知吱的身旁经过。他的脸上毫无血色，本该孤傲耀眼的他在大雨中成了个冷清悲凉的背影。

乔遇还立在原地，任由大雨冲刷着自己。

那个立在大雨中的背影，让宋知吱很是心疼。

她慢慢踱步到了乔遇的跟前，看着面前的男人，全身湿漉漉的他有一种失意的落魄感。

她咽了咽喉咙，道："乔遇，你……你没事吧？"

乔遇没有说话，眼眸低垂，他从未有过这样强烈的失败感，那张冷如寒铁的脸毫无生机。

宋知吱有些害怕，又问道："乔遇，我们回家吧？"

乔遇摇了摇头："回家？"

"虽然你说我的鸡汤土得掉渣，但是我还是要说，我们可以爬很高的山，但不要迷失了回家的路……"

宋知吱声音软糯，眼睛里缀满盈盈光泽。

她忽然觉得自己很白痴，她会说的鸡汤实在太少了，这句还是她妈常挂在嘴边的。

她觉得自己很无能，连怎么安慰人都不懂。

"我小时候成绩不好，很难过，觉得自己碌碌无为。我妈就安慰我，人的一生会翻越很多座高山，遇到很多困难，会失望透顶，即使如此，有了家就有了温暖的港湾。"

宋知吱咬了咬唇，看到乔遇无动于衷的表情，隐隐有些紧张。

她这个鸡汤，真的土得掉渣了吧！

可乔遇忽然笑了，十一年前，眼前这个女孩为了尽地主之谊，带着他和叶恒爬山时也说过这样的话。

那时，她还是一个骄傲的小女孩，站在山顶，对着他们道："我妈说了，我们可以爬很高的山，但不要迷失了回家的路。"

突然而至的鸡汤，让他感到莫名其妙。

顿了一下，女孩继续骄傲地发表宣言道："而怡和酒店就是你们温暖的家！"

原来真正的中心思想是这句话。

猝不及防的酒店广告！

"你们要是回家了，记得帮忙宣传宣传怡和酒店啊！"女孩巴掌大的脸蛋白皙透明，笑着露出雪白的牙齿，"只要是你们推荐来的客人，我都打九折哦！"

那时，他暗自觉得好笑，这个比他小的女孩，扎着双马尾，黑眸清亮，明明还是个小鬼，居然这么精明。

"那你准备给我多少抽成？"他忽然问道。

女孩显然没有料到乔遇会忽然问出这句话，这完全超出她知道的大纲范围。抽成？是什么？

她愣了愣，挠了挠眼皮，很烦恼："我妈没告诉我这个哎。"

顿了一下，她又问："抽成很贵吗？一块巧克力可以吗？"

女孩娇羞地立在原处，脸颊浮现浅浅的红晕，身后的漫天云彩也是橘粉色的，好似那一天就是暖色系的一天。

他的父母在生意场上雷厉风行，他耳濡目染，也略懂一些专业名词，但这是他第一次听说，原来抽成可以是一块巧克力。

时间漫漫，没想到她还保留着当年的单纯和幼稚。

这些年，他一直在处理各种危机，说起来就是在解决各种各样的问题，只知道和时间赛跑，不断前行，却没有人告诉他原来他也可以回头，可以回家。

乔遇终于把失焦的眸光转向了她，他忽然向她倾身，声音低又哑："知吱，我们回家吧。"

大雨没有停下的趋势，宋知吱伸出手轻轻拍了拍乔遇的肩膀。

宋知吱打开新房子大门的时候，发现本来空荡荡的客厅和卧室都已经塞满了家具和电器，仿佛她进的不是自家的新家，而是另一套新房。

乔遇兀自一个人去了浴室，走之前留下一句话："我去洗个澡，你慢慢参观。"

她点了点头，独自一人去卧室参观了一遍，又摸了摸餐桌，然后直接去了厨房。

厨房的台面可以自由升降，配合洗菜，切菜。宋知吱叹为观止。她随手点了个按钮，隐藏在台面下的液晶显示屏就跳了出来。

"我的天，乔遇到底花了多少钱？"

宋知吱"啧啧"了两声，对着遥控器喊了句："我想做宫保鸡丁。"不一会儿，显示屏自动播放出宫保鸡丁的制件视频。

"我的天哪！所以我是缺少一个智能厨房，而不是好厨艺吗？"宋知吱瞪大眼睛，感叹不已。

"你缺少的可能是一位给你做饭的人。"乔遇意味深长道。

宋知吱猛然回身，发现面前的男人只披着白色的浴袍，头发湿漉漉的，而修长的双腿露了大半。

她不自觉地咽了咽喉咙，道："会做饭的男人不好找吧……"

"难吗？"

乔遇站在宋知吱的面前，饶有兴致地看着她。宋知吱被望得有点儿心虚，眼眸转了转，深深地吸了一口气，道："难啊。挺难的。"

"我就会做饭啊。"乔遇又道，这话显然是对着宋知吱说的。

她紧张地清了清嗓子，不再说话。

乔遇淡淡地笑了笑，随手将一条干浴巾递给宋知吱。

宋知吱略微有些疑惑：“给我浴巾干吗？”

“你也去洗个澡吧，刚刚淋了雨，容易感冒。”乔遇解释道。

“不好吧……我又没衣服换。何况……”宋知吱吞吐了好久，摇摇头，道，“算了吧……”

就在这时，门铃忽然响起。宋知吱微微一怔，正觉得有点儿奇怪的时候，乔遇开了门。屋外是一个年轻的女孩，她将两个名牌购物纸袋给了乔遇。乔遇接过纸袋，然后关上了门。

“为你准备好了衣服，还有一些女孩沐浴的必需品。”乔遇把纸袋递给宋知吱。

宋知吱微微一滞，乔遇为了让她在这里洗澡，真是煞费苦心。

“别多想，我只是还有一些事要和你谈。所以不想你穿着湿衣服。”乔遇眸光平静地说。

宋知吱只好接过两个纸袋，纸袋里有两套裙子，还有沐浴露、洗发水和一整套的护肤品。可见乔遇想得很周到。

她洗完澡，换了身干衣服，刚走出浴室，就看到矮几上放着一杯热茶。

“喝点儿热茶吧。”乔遇又道。

宋知吱点点头，接过了茶杯，发现电视上正在播放最新的娱乐新闻，大标题便是“娱乐圈大佬婚内出轨，恋上小三十岁漫画家”。

宋知吱轻轻咳了一声，道：“说实话……你看到这个新闻是什么感受？”

乔遇微微侧脸看了看宋知吱，困惑道：“什么感受？你觉得我该有什么感受？”

宋知吱微微动了动嘴角，眨巴眨巴眼睛，道：“会不会不是滋味？”

“为什么？”

“毕竟……叶微宁曾经是你的绯闻女友，你应该也有点儿吃醋或者……别的心情？”宋知吱支支吾吾，小心试探。

乔遇点点头，笑意愈深：“也是，毕竟传闻里叶微宁是我唯一一个高调带到大众面前的绯闻女友。”

宋知吱明明是酸柠檬，但是偏偏不说，她故作若无其事，道：“当然……也力证了你直男的身份啊。”

乔遇神色难测，忽然移了个位置，到了宋知吱的身旁。

他穿着白色的浴袍，浴袍微微敞开，可以影影绰绰地看到紧实的腹肌，上面还悬着几颗晶莹的水珠。他单手撑在沙发靠背上，倾身靠近，而坐在沙发上的宋知吱心慌地往后退了退。

她目光闪烁，眨了眨眼，面红耳赤：“那个……你要干吗？”

“她证明不了……”乔遇眸光越来越深。

宋知吱又往后缩了缩：“哈？”

“但是……你之前说你可以证明我是直的啊。”乔遇微微勾唇，兴致浓浓。

宋知吱白皙的脸庞一下子就烧了起来，她缩着脑袋从他的手臂下穿过去，在沙发的另一边坐了下来，声音紧张到颤抖：“现在……我感觉……我也很难。”

乔遇收起手臂，坐到宋知吱旁边，幽幽问道：“刚刚在电梯里，叶楚和你说了什么？”

宋知吱猛地侧头看了看乔遇，耸耸肩道：“说了挺多的，我怎么记得住？”

乔遇面无表情地说：“最后一句。”

“最后一句？”

“电梯门打开时的最后一句，他对着你说，‘你说的喜欢都是假的吗？’”

乔遇食指抵着太阳穴，目光死死地盯着宋知吱。

“当然不是啊，我对他的喜欢都是真的啊。”宋知吱毫不犹豫地回道。

乔遇倏然间沉下脸，眸光阴鸷：“真的？”

宋知吱怯怯地盯着乔遇，顿了一下又理直气壮道：“只是粉丝对偶像的喜欢，不行吗？”

乔遇的脸色稍微缓了缓，轻描淡写地“哦”了一声。

“你会帮叶微宁处理这次的舆论危机吗？”宋知吱问道。

乔遇漫不经心地回道：“微澜国际应该会帮她吧。”

宋知吱点了点头，又问道：“所以，他们的新闻是真的还是假的呢？”

“要不你做个分析，看看那些狗仔偷拍的照片是不是真实的？”

顿了一下，乔遇收到了一条微信，看了看内容，他又看向了宋知吱，道：“叶微宁希望我帮她处理这次的舆论危机。”

“她信不过微澜国际？”宋知吱又问。

乔遇沉默不语。宋知吱又道：“那你还不赶快帮她。”

“你希望我帮她？”乔遇目光深深地问道。

宋知吱点点头：“虽然不知道她和微澜国际的总裁徐峰是什么关系，但在这个契机，照片曝光，明显是趁着之前微澜国际腹背受敌的情况，再制造新的危机。叶小姐是无辜的，她不该成为受害者。”

乔遇笃定道：“所以，你要帮我。”

叶微宁和徐峰一同回家的照片曝光后，微澜国际采取了冷处理的方式，不回应也不否认。徐峰本身是有家庭的，有一位相濡以沫三十年的夫人刘莉，两人从当经纪人时就相识，最后一起投资影视，签约艺人。几轮融资后，徐峰成了娱乐圈大老板。如今叶微宁和徐峰同回公寓的照片曝光，显然让微澜国际不只深陷十一年前黑公关事件，还陷入总裁出轨丑闻当中，微澜国际的股价一泻千里。

叶微宁本身并不是娱乐圈里的人，但和娱乐文化公司最高执行人的绯闻被曝光，还是很值得人深究的。不过几个小时，个人的社交账户、微博都被网友翻出，收到几万条的负面留言。

不是骂她是小三，不要脸，脚踏两只船，就是让她迅速滚出国漫圈。

这风口浪尖上，叶微宁也不敢出门。还好这段时间她住在朋友家里，没有回自己的公寓，所以还算顺利地躲开了记者的围攻。

宋知吱按照叶微宁的地址，找到了她所住的公寓。她谨慎地回顾了四周，生怕有狗仔跟着，见四周安全，才按响了门铃。

跟叶微宁一同开门的还有一只毛茸茸的萨摩耶，叶微宁见到宋知吱有些惊讶，问道："你是……"

"是乔遇让我来的。"

叶微宁皱了皱眉，又问："乔遇呢？"

"我在这里。"

叶微宁这才注意到宋知吱的背后还站着一个身穿黑衣黑裤，戴着黑色鸭舌帽的男人。

几人进了门，叶微宁给两人上了茶，她紧张地摩挲了一下双手，道："很抱歉，让你们跑一趟。但我也不知道应该找谁。"

她顿了一下，又说："还好我朋友的狗没人养，让我帮忙看几天，否则我可能会被那些狗仔逼得无家可归了。"

"徐峰不能帮助你吗？"宋知吱开口的瞬间，觉得自己是否太唐突了。

她转口道歉道："抱歉，叶小姐。我是不是多嘴了？"

"我是不是在哪里见过你……"叶微宁盯着宋知吱看了好一会儿。

乔遇解释道："她曾经是我的助理，但现在我已经从夺耀传媒离职了。确切来说，她是我真正的女朋友。"

宋知吱震惊地看着乔遇，叶微宁也有些难以置信。

"你们……那当初我确实是配合你演戏给大众看了吗？"叶微宁微微动了动薄唇，自嘲了一声。

"当初的安排，我确实抱有私心，还请叶小姐见谅。"乔遇道歉道。

叶微宁含笑道："我也不单纯。当时介绍人介绍我们认识，我不过是想看看夺耀传媒少东家有多么难相处。"

"那我们进入正题吧。"乔遇又道，"如果你请我帮忙，首先我想知道你和徐峰到底是什么关系。”

叶微宁目光微闪，盯着乔遇看了好一会儿，没有吭声。

“如果你不能诚实地告诉我你和他的关系，我恐怕没法帮助你。”乔遇又道。

“好吧。”叶微宁微微动了动薄唇，道，“我是他女儿。”

乔遇和宋知吱面面相觑，两人很是震惊。叶微宁叹了一口气，继续道：“虽然我知道你们不会相信，但我确实是他的女儿。”

“徐峰和刘莉结婚之前是个穷学生，他在家乡有段婚姻，而我是他第一任妻子生的孩子。”叶微宁又道，“我之前读书的学费、生活费和我母亲的医药费都是他支付的。”

“那既然是亲生女儿，一切就可以解释了。直接公开你们的身份啊。”宋知吱不解道。

“千万不要！”叶微宁打断了宋知吱的话，又道，“我不想狗仔去乡下找我妈妈，不想打破她宁静的晚年生活。另外，我也不想和刘莉产生交集。”

顿了一下，叶微宁又道：“在刘莉的施压下，徐峰恐怕更加为难，他自身难保，根本无暇顾及我。这就是我会找你的原因。”

“你能承受得住接踵而来的网络暴力吗？”乔遇又问道。

叶微宁迟疑了很久，才道：“我只希望我母亲不要听到这些。”

离开叶微宁的公寓，乔遇同宋知吱都很沉默。乔遇驾着车行驶在马路上，终于问道：“知吱，你为什么不说话？”

“其实……有句话不知当讲不当讲？”宋知吱犹豫道。

“你说啊。”

“你会不会有吃里爬外之嫌？毕竟你现在帮的是叶微宁，也是在帮微澜国际啊。”宋知吱忍不住问道。

“我只是为了保护叶楚。这还不是他的最后一步，最后一步，他会堵上自己的前途和徐峰斗。”乔遇深吸了一口气，道。

事件发生的前几个小时，往往各种传言四起。

“徐峰 渣男”“史上最牛小三 叶微宁”“忘年恋”……一连串关于徐峰和叶微宁的话题依然霸占微博热搜。

不一会儿，两人就到了乔遇一个月前成立的乔知公关公司。

宋知吱没有料到乔遇早就设立了这样一家公关公司，公司已经开始营业，大厅里十几个员工陆续向乔遇问好。

宋知吱跟在乔遇的后面，进入他的办公室。

“你这公司悄无声息地就开了，魏总知道吗？”宋知吱问道。

乔遇漫不经心地回道：“不知道。我还想拉到她的投资呢。”

宋知吱微微怔了怔，道：“你不是和魏总不合吗？”

“可我没有和钱不合啊。”乔遇微微耸耸肩。

这话好像毫无破绽……

“因为这次事情的特殊性，我决定找南晞帮忙。”乔遇又道，“她跟了我那么久，还是可信的。”

几分钟后，南晞走进办公室，身后还跟着一个熟悉的身影——阿戴。

两人一前一后进了门，阿戴先跟乔遇打了个招呼：“乔总，您有了这么大的公关公司，怎么不早和我说？我誓死都会跟着您啊。”

“你想跟，乔总还不一定想要。”南晞翻了个白眼。

南晞对着乔遇道：“乔总，阿戴是自己要跟来的。我甩不开他。”

“既然来了，就开始做事吧。”

乔遇带着他们进入一个小会议室，几人端坐后，乔遇开口道：“虽然你们现在还是夺耀传媒的员工，但我希望这次处理的公关危机，你们能保密。”

阿戴点头道：“乔总，您放心。今天的事情我会保密的。”

“夺耀传媒那边我已经请了假。放心吧，乔总，我跟了您那么多年，行里的规矩我还是懂的。”南晞也道。

“好，那我们进入正题。”乔遇在白板上画上一个个圈：第一个事件，十一年前的绑架案；第二个事件，徐峰出轨事件。两个事件绕了些弯弯，但最后的箭头都指向了微澜国际。

南晞分析道：“有人故意在给微澜国际‘点火’。”

阿戴敲了敲笔头，道：“看来，作为消防员的我们又得出马了。”

“通过舆情监测系统的数据，不过五个小时，情感属性图显示，舆论负面情绪较高，占比 49.67%。”宋知吱认真汇报道。

乔遇抬起手腕，看了看时间：“我们必须尽快做出方案。在危机出现的十二到二十四小时内，相关消息会加快速度传播，充斥着各种谣言和猜测。”

“所以这个不确定的信息真空时段，是抢占舆论的最佳时机。”南晞露出教科书般的笑容。

“最近有什么热门新闻可以转移视线吗？”乔遇问道。

宋知吱耸了耸肩，道：“最近娱乐圈风平浪静，除了叶楚还有谁的新闻可以爆呢？”

宋知吱话音刚落，就收到了乔遇的一记冷眼。她讷讷道：“除非……哪个流量明星爆出绯闻啊，或者哪个大牌明星接了新戏啊。”

“对，你说得对，路薇在接洽最新的女同电影《寒热》。”南晞接下话题。

“啊？路姐要接戏了？”阿戴懵懂地问道。

“阿戴，你忘了在做什么了吗？管她接不接，先做话题。”南晞催促道。

两人开始忙了起来，南晞和阿戴先围绕引擎、微博门户做了话题的稀释，并放出“路薇复出，接女同电影”等话题，削弱叶微宁的负面消息。

而乔遇走出了办公室，立在长廊上，形单影只。

宋知吱递过手中的热咖啡，道：“即使路薇的话题可以暂时转移视线，可如果有新料爆出的话，你有什么打算？”

乔遇看着宋知吱问道：“你是有话和我说吗？”

“其实我一直有个问题。我们一直在引导话题的导向，那么在看新闻的公众，他们会有机会知道事情的全貌吗？”宋知吱问道。

“即使现在，你知道的叶楚又有多少？”乔遇又道。

宋知吱沉默了一会儿，乔遇又道：“这个世界的全貌，不是你想看见就能看见的。”

“所以，你在做的是掩盖真相，让公众失去判断力吗？”宋知吱问道。

“不，我只是在保护这些人的权利。路薇没有伤害大家，叶微宁也没有做伤天害理的事情，她们不需要把自己最隐私的一部分曝光在光天化日之下让人评头论足。”乔遇的目光笃定，一字一句道，“如果舆论可以杀人，那么我只是借这双手把对一个人或者企业的伤害降低。”

宋知吱和乔遇的手机同时响起，宋知吱点开手机推送的新闻。叶微宁的微博发了张律师函，洋洋洒洒将近千字，主旨在于将追究已构成犯罪的造谣传谣者的刑事责任，但没有具体证实她和徐峰真正的关系。

“是你让叶微宁发声明的吗？”宋知吱问道。

乔遇点点头，道：“对。但这个声明的效果应该作用不大。”

乔遇现在的身份很尴尬，夺耀传媒和微澜国际一直是竞争对手关系，而他在徐峰眼里是夺耀传媒的人。

“其实我对徐峰这几年的新闻做过数据分析，他为人低调，新闻不多。‘慈善’是出现最频繁的关键词。”宋知吱又道。

乔遇蹙了蹙眉，猛然间想到了什么，道：“我要和徐峰见一面。”

一边说着，他一边往电梯处走去。宋知吱追着他问道：“你要以乔遇的身份约他吗？”

“那你有什么更好的主意吗？”乔遇问道。

宋知吱挑挑眉，诡秘地笑了笑，道：“你这样是找不到他的。”

两人上了车，宋知吱坐在驾驶位上，启动车子。乔遇还是不解道：“你知道徐峰在哪里？”

“我当然知道呀。”宋知吱耸耸肩道。

乔遇奇怪地看着宋知吱，宋知吱驾着车平稳地行驶在马路上，道：“其实徐峰有个微博小号，一直关注着叶微宁的微博。我顺藤摸瓜找到了他的 IP 地址。”

“所以，每个程序员都和你一样吗？”乔遇笑了一声，道。

“哪样啊？”宋知吱又问道。

乔遇微微扬眉，意味深长道：“特别敏锐。”

宋知吱把车往郊区开，此时是深秋，四周的田野荒芜，一片贫瘠，一路都是泥泞路，车子在小路上颠簸得厉害。

周遭有片油菜花地，油菜花没见到几朵，狗尾巴草倒是野蛮生长。

乔遇有些懊恼：“宋知吱，你到底要带我去哪里？”

“带你去见徐峰啊。”宋知吱淡定道。

“徐峰在这里？”乔遇有点儿不信。

宋知吱在一栋三层楼的红色砖房前停了车，乔遇紧随其后下了车。谁想刚下了车，一双锃亮的黑皮鞋就沾了黄色的泥。他好不容易抬起脚，走了两步，回身看了看身后的跑车，车身都是泥，本是很拉风的外形如今成了灰头土脸的黄包车，乔遇不由得有点儿郁闷。

“乔总，还不进门？”

“你要是告诉我要来这里，我就换辆车啊。”乔遇抱怨道。

“重要的是，我帮你找到徐峰啊！其他都不重要。”宋知吱耸耸肩道。

乔遇深吸了一口气，还是不信：“你怎么知道徐峰在这里？”

宋知吱扬了扬下巴，抬起头看了看三楼的天台，道：“看，徐总就在那儿啊。”

乔遇顺着宋知吱的眸光看向三楼天台，那里果然站着一位穿着朴素中山装的男人，他手中还提着一个黑色的喷壶，正看向楼下的二人。

乔遇嘴角一扬，冲着楼上的男人笑了笑。徐峰也点点头道：“乔总，好久不见。”

乔遇也问候道：“徐叔叔，好久不见。”

宋知吱跟在乔遇的身后，上了楼。平淡无奇的天台，毫无装潢，只有两条长板凳，中间的圆桌上摆着一个褐色的大茶壶。

“我这儿太简陋，乔总千万别嫌弃啊。”徐峰差不多五十岁，戴着副金丝边眼镜，斯斯文文的。

“徐叔叔太客气了。”乔遇在长板凳上坐下，又让宋知吱一起坐下，才介绍道，“这位是我的助理。还请徐叔叔对今天的会面放心。”

徐峰漫不经心地递过来一个大碗，道：“我这儿没有茶杯，只有碗，乔总不会介意吧？”

“怎么会？”乔遇接过大碗，“我猜徐叔叔应该是一个恋旧的人吧。”

徐峰手握茶壶的手一滞，音调冷了几分：“你这话是什么意思？”

乔遇接过徐峰手中的茶壶给宋知吱面前的大碗倒上茶，又给自己倒了碗，从容不迫地喝完，才解释道：“人是个矛盾的动物，明明现在鲜衣美食，但又开始怀念过去的生活。”

徐峰不动声色，乔遇继续道：“据我所知，徐叔叔少年时家境贫寒，一路摸爬滚打到今天的位置，一定很不容易吧。即使怀念过去单纯的生活，也舍不得放弃现在光鲜亮丽的生活。”

“这里的一切，应该和您曾经的家一模一样吧？”

“我……曾经的家？”徐峰的眸光有些动摇。

“就是和您曾经贫贱的妻子一起成立的家啊。”乔遇泰然自若地又扬了扬唇。

“不知道你在胡说八道什么！”

“叶微宁已经承认了和您的关系。”乔遇又道，“您躲在这里，让您的女儿独自承受各种舆论压力、网络暴力，这是一位父亲该做的事情吗？”

徐峰滚了滚喉咙，面色发白，但依然不松口：“这是我和她之间的事情，不需要劳烦一个外人。”

“可是您的夫人早已把矛头指向了您和前妻生的女儿。她的公关团队，要把您的女儿塑造成一个狐狸精，把所有的责任都推给您的女儿，而您浪子回头，皆大欢喜。”

徐峰瞪圆眼睛，难以置信地道：“你胡说什么？！”

“您难道没留意到网上的舆论吗？微澜国际的公关团队确实在做事，只不过是把火引到了您的女儿身上。”乔遇继续道。

徐峰脸色骤变，问道：“你是夺耀传媒的人，你为什么要帮我们？”

“我已经从夺耀离职，另外，我不是在帮您，”顿了一下，乔遇继续道，“我只是在帮您的女儿，因为我欠她一个人情。”

“当初，我并不知道她是您的女儿，跟她相过亲。”

徐峰沉默了一会儿，道：“你有办法解决眼前的问题？”

“开记者招待会，承认叶微宁是您的女儿！”

“开什么玩笑，刘莉不会允许这样的事情发生！”徐峰骤然起身，脸色大变。

乔遇徐徐抬头看着徐峰，淡淡地弯了弯嘴角，又道：“我所说的女儿，并不是传统意义上的女儿。”

两人从这幢三层民房走出后，乔遇心情愉悦地走在前面，宋知吱跟在身后，忍不住追问道：“你刚刚到底是什么意思呀？”

“什么呀？”乔遇故意问道。

“你刚刚说不是传统意义上的女儿，那是什么啊？我有点儿不懂你的意思……”宋知吱追问道。

乔遇顿住脚步，看着面前女孩忽闪忽闪的大眼，漆黑透着晶莹的光亮。他轻飘飘地挥了挥右手，让宋知吱靠近。

宋知吱缓缓靠近乔遇，乔遇眼尾微微翘起，身旁的女孩皮肤白皙透亮，耳朵微微晕着绯红。

他微微倾身，慢慢靠近那白里泛红的耳朵，压低声音轻轻道："宋知吱——"

"嗯？"她轻轻道。

"你踩到……"

"什么？"

"狗屎。"

乔遇淡定地继续往前走，而宋知吱"啊啊"大叫了几声，好不容易才抬起右脚看了看鞋子，又看了看左脚的鞋子，一块黄色黏糊糊的胶质物体沾在了左脚的运动鞋上。

乔遇从车上找出一包湿巾，往宋知吱的怀中一扔，道："记得擦干净，才能上车。"

宋知吱又气又恼，大声叫道："你明明看到了狗屎，怎么不提醒我一下？"

乔遇点点头，说："也对……"

也对？宋知吱气得咬牙切齿。

乔遇接着道："我这不是怕破坏你的狗屎运吗？你该好好谢谢我啊。"

谢谢你个大头鬼。

徐峰在个人微博发布了一则长微博，宣布在这周六召开记者招待会解释最近的传闻。宋知吱看到新闻的时候，正和唐佩佩一起观看叶楚的新剧。

这部新剧是叶楚拍的第一部仙侠剧，他在戏里扮演一个白衣飘飘的药王，戏份虽说不多，但因为人设讨喜，在网上话题度居高不下。

"你看看，叶楚又上热搜了呢。"唐佩佩激动道，"一连上了好几个呢。"

"一看就是有人在炒话题啊。"宋知吱嗑着瓜子，漫不经心道。

"什么呀，叶楚是不是你偶像，怎么这个反应？"

宋知吱淡定地解释道："你看徐峰前一个小时说要开发布会，刚上了热搜就被撤下。还不明显就是有人在利用叶楚的新剧转移视线？"

“原来如此。”唐佩佩恍然大悟，“那路薇复出的新闻，难道也是为了给徐峰和叶微宁的新闻转移视线？”

宋知吱淡淡地点头。唐佩佩朝着她靠近了一点儿，道：“要不你帮我扒一扒叶微宁？”

“宋小姐，现在话筒交给你，请问叶微宁和徐峰是什么关系？和乔遇又是什么关系？”唐佩佩握着拳头当话筒递到宋知吱的嘴边，问道，“还有和你是什么关系？”

宋知吱睨了唐佩佩一眼，道：“什么鬼，叶微宁跟我……有什么关系啊？”

“你们不是情敌吗？”唐佩佩蹙了蹙眉，认真问道。

“才不是呢！”

“那……你和乔遇是什么关系啊？”唐佩佩紧接着问道。

宋知吱喝了一口水，目光闪烁道：“就……老板和员工的关系吧。”

“哦，你老板对你真好，”唐佩佩意味深长道，“不仅给你加工资，请你看演唱会，陪你追星还发微博说要宠你啊。”

“什么乱七八糟的啊。”宋知吱面红耳赤。

“你不知道呀？乔遇发微博了呢！”唐佩佩把手中的手机递到宋知吱的面前。

宋知吱看了看乔遇的微博，许久不更新的他，竟然发了一则百来字的微博：“如果你喜欢一个女孩，要陪她吃喜欢的食物，看喜欢的电影，追喜欢的偶像，做想做的梦。最好的宠爱，便是认可她所认可的。”

“啧啧，你看看这句话，最好的宠爱，便是认可她所认可的。”唐佩佩冷不防地挑了挑眉，“说给你听的吧。”

“想多了，他不过是在工作，这样含混不清的微博可以转移大家的视线啊。”宋知吱一板一眼地解释道。

唐佩佩半信半疑，刷了下微博，又道：“乔遇又发微博了。”

“大晚上的，他又发什么了？”宋知吱有些紧张。

“他澄清了和叶微宁的关系。”唐佩佩又道。

“我看看！”

宋知吱迅速夺过手机，看了看乔遇发的微博。

“我和叶小姐从头到尾都只是朋友关系，请大家不要随便‘吃瓜’。PS. 上则微博是说给另一个女孩听的。”

宋知吱大吃一惊，望了望唐佩佩，才发现自己的手机也在呜呜振动。

唐佩佩眼疾手快地抢过矮几上宋知吱的手机，大声念道：“你可以当作我发的微博是为了转移公众的视线，但我说的话每个字都是真的。”

宋知吱迅速抢过手机，面色通红。唐佩佩啧啧道：“少东家表白了？”

“还不是在利用我！”宋知吱忍不住翻了个白眼。

徐峰开记者招待会前，几番热搜轮番轰炸，“路薇参演女同电影”“乔遇否认绯闻”“叶楚新剧”“叶楚真香”，舆论越发扑朔迷离。

第二天是周末，宋知吱本来要和父母一起去 X 市旅游，但她还是对徐峰的记者招待会好奇不已。所以，一早她就守在电脑前，准备刷新闻。

她为自己做了块鸡肉三明治，刚把牛奶放到微波炉里，就听到门铃响起。她以为是爸妈落下了什么东西，趿着拖鞋急急地去开门，却在门口看到了一个令人意外的人。

“杨在？”宋知吱有点儿惊讶。

自从确定杨在是乔遇请的狗仔，宋知吱已经好久没有见过这个人了。这时候在自家门口看到他，她有点儿紧张道：“你……你跟踪我？”

杨在大声道：“你有什么值得我拍的啊？”

宋知吱转了转眼珠子，又看了看杨在，道：“对啊……那你干吗跟踪到我家？”

杨在一时无语，冷冷地笑了一声，道：“我不是跟踪你啊，你的地址是乔总给我的。”

宋知吱一头雾水，依然站在门口拦住他。杨在吃了闭门羹，有些不甘：“再怎么说我们也算是朋友吧，不请我去家里坐坐？”

“我好像跟你……不算朋友吧？”宋知吱困惑地看着杨在。

他们不过有过两面之缘：一次在地下停车场，她还为了追杨在摔了一跤；第二次，就是在漫展上。

“好吧，既然如此，我也不绕弯了，”杨在深吸了一口气，“我是带你去参加记者招待会的。你想不想去现场啊？”

宋知吱瞪大眼睛，怔了怔，道：“你……你说的是徐峰的记者招待会？”

杨在环着双臂道：“除了他，还有谁值得去现场看看？”

“马上出发！”宋知吱有点儿激动，“等我换身衣服。”

杨在是这次记者会被邀请的记者之一，他虽然并没有提问的权利，但多带一个记者入场不是什么难事。宋知吱身上挂着杨在给的记者证，跟着众多的媒体记者和工作人员进入记者招待会的现场。

因为徐峰身份特殊，所以有很多媒体早早地到了现场。宋知吱和杨在找了个角落的位子坐下。

宋知吱环顾四周看了看，对杨在道：“乔总今天会来吗？”

“我也不知道。但今天可能有出大戏。”杨在意味深长地笑了笑。

宋知吱本就满腹疑惑，这回更是一头雾水：“乔总是设计了什么吗？那天他让徐峰承认叶微宁是他的女儿，难道徐峰真的会照做吗？”

宋知吱有点儿想不通，明明叶微宁自己不想公开和徐峰的真实关系。徐峰在刘莉的压力下，也不敢开诚布公。按道理，徐峰应该不敢在记者招待会上，光明正大地承认自己有女儿的事情。

“其实并不是叶微宁不想承认自己有个亲爹，只是徐峰舍不得微澜国际这一个王国。如今是刘莉控股整个微澜国际，如果两个人离婚，对谁都没有好处。”杨在解释道。

杨在的解释让宋知吱茅塞顿开，她又问道："那徐峰是想通了？"

"他怎么舍得。"杨在冷笑了一声。

"那……那今天？"宋知吱困惑了。

杨在看着宋知吱，笑了一声，道："看在你这么好奇的分上，我就告诉你一个秘密。"

杨在凑在宋知吱的耳边说了一通话，宋知吱猛地瞪大黑瞳，吃惊道："干女儿？"

"徐峰一直对叶微宁的学业和生活提供了很多资金上的帮助。但当年他为了掩人耳目，在赞助叶微宁的同时，也帮助了很多贫困生。"杨在又道。

宋知吱恍然大悟，道："原来乔遇想借势，借徐峰一直在做公益，来解释他和叶微宁的关系？"

"资助者和被资助者之间的关系，亲密得如亲人也不是不可能。"杨在顿了一下，继续道，"这样就能解释徐峰和叶微宁的关系了。"

此时，会场里已经陆续坐满了人。记者们窃窃私语，今天确实是各家媒体争先恐后抢新闻的好时机。

宋知吱起身和杨在打了个招呼，准备在记者招待会正式开始之前上个洗手间。她走出会场，找了一个工作人员问了下洗手间的位置。

她兀自转了几圈，还是没找到洗手间。正当她打算放弃之时，忽然听到长廊深处好似有人在说话。

"你来这里干吗，你疯了吗？"

"姑父突然要开这个记者招待会想干吗？他不会真的想公布自己和那女的是父女关系吧？"

"这和你有什么关系，我会阻拦他的。"

"当然有关系。姑妈该不会忘了十一年前的事情吧？"

宋知吱听到这句话，不自觉地放轻脚步，悄悄地靠近了一点儿，可此时声音忽然停下，她也猛地刹车，定在原地。

这时，一个身高一米七五左右，中等身材，穿着灰色帽衫、戴着黑色鸭舌帽的男人骤然从她身边经过，经过的刹那，还特地拉低了帽檐。

宋知吱猛地回身，看着身后那个急匆匆的背影，心头倏地一震。记忆来回辗转，她觉得自己好似在哪里见过那个男人。

宋知吱上完洗手间后，心事重重地回到了会场，神情恍惚地坐到了杨在的身边。

杨在奇怪地问道："你怎么了，脸色这么难看？"

"我好像见到了一个人。"宋知吱若有所思。

"谁啊？"杨在问道。

宋知吱眼底幽沉，许久才开口道："十一年前的那个绑匪。"

杨在面无表情，毫无波澜，显然早就预料到此事。

"你为什么一点儿也不惊讶？"宋知吱问道。

杨在轻松地耸了耸肩，道："等下台上会发生一件让我们更为惊讶的事情。"

杨在的话让宋知吱心慌得厉害，今天的记者招待会难道是乔遇设的一个局吗？

几分钟后，徐峰同两个工作人员一起坐到了台上。徐峰神情平静，波澜不惊，显然还没意识到接下来要发生的事情。

身边的工作人员先代其发言："感谢各大媒体朋友抽空出席这场记者招待会，在前几天，公众号为'鱼饵'的自媒体发布了一篇文章。这篇文章毫无根据地诽谤、中伤包括微澜国际的管理层徐峰先生的私生活。现如今徐峰先生亲自召开这场记者招待会，澄清这次事件，下面可以自由提问。"

一个报社记者率先提问道："徐峰先生，那您是要否认那个视频的真实性吗？"

徐峰淡定地接过话筒："我不否认我确实和叶微宁小姐见过面。"

现场嘘声一片，那位记者继续追问道："那么，您是承认了和叶微宁的关系吗？"

"什么关系？"徐峰反问道。

记者没吭声，其他记者窃窃私语："什么关系，徐总还不知道吗？"

"还需要我们再念一次新闻吗？"

现场有很多细微的声音，工作人员接过话筒道："等下徐总会解释这个问题的。"

徐峰清了清嗓子，继续道："其实从十几年前起，我就一直在做公益，资助了很多贫困的学生。当然这里面的学生不乏一些已经成长起来，成为一棵可以对社会做贡献的大树。"

一切都按照杨在所说的发生，徐峰确实澄清了自己和叶微宁的关系是资助者和被资助者。

"而叶微宁小姐就是其中一棵成长起来的大树，我很高兴，也很欣慰当年帮助了她。如今，她已经成为一位优秀的漫画家。"

现场嘘声一片，议论纷纷，各种声音充斥着整个会场，显然徐峰的发言不能让人信服。有个坐在最后一排的记者忽然举手，她起身，冷笑了一声，道："所以徐先生的意思是，叶微宁小姐深夜出入您的住处是为了报答您当年资助的恩情吗？"

现场瞬间沸腾了，这位看似瘦小的女记者犀利的提问让坐在台上的徐峰等三人十分震惊，徐峰的助理接过话筒，义正词严地道："请问你是哪家媒体的记者？你好像没有提问的权利。"

"所以，这里的记者都得按照徐峰先生给的台本提问吗？"女记者又嗤笑了一声。

全场喧哗，女记者的反问让徐峰和工作人员始料不及，这场记者招待会再继续下去显然会成为娱乐圈的一个巨大的笑话。

宋知吱也没料到事情会朝着这样的方向发展下去，而坐在她身旁的杨在环着双臂，泰然自若。

“你是不是早就知道今天会发生这样的情景？”宋知吱问道。

杨在转头看着宋知吱，道：“按照计划是这样。”

宋知吱微微一怔，又问：“那……那个女记者？”

“是我女朋友丁叮。”杨在得意地笑了一声，“优秀吧？”

台上的徐峰下颌紧绷，脸部肌肉隐隐发颤，表情早已失去管理，好似如鲠在喉。

宋知吱蹙了蹙眉，咬着指甲盖，自言自语道：“乔遇到底想干吗？”

徐峰接过话筒，声音气到颤抖：“请大家不要无端地猜测，我和叶微宁小姐的关系……是清白的。”

如今这句话显然毫无说服力，在场有些记者都忍不住笑了。

“居然是干爹？”

“原来是包养贫困女学生的脚本。”

“这反转真是始料不及……”

一阵又一阵的议论声在宋知吱的耳边响起，她起身一看，整个会场的记者都骚乱了起来，有的干脆在现场开始起草新闻。

这是一次彻底失败的记者招待会。

徐峰握着话筒，欲言又止：“我和叶微宁……”

“徐总，我们还是先离场吧。现在不是解释的时候。”

身旁的助理扶起徐峰就要离开，徐峰看着乱哄哄的现场，他说的话不会有人相信的，因为他说的的确是个谎言。

他根本没有承认叶微宁是自己女儿的勇气。

大家眼睁睁地看着徐峰被身旁的助理架走。宋知吱忽然看到人群中有个熟悉的身影，是叶微宁。她穿着素色的衣服，扎了个马尾辫，戴着黑色口罩，整个人很低调。

宋知吱没想到她会来到现场，她的视线穿过层层叠叠的人群，望着台上的徐峰。那一刻，宋知吱忽然明白叶微宁在撒谎，她还是希望父亲能承认她的身份的。

保安接到命令开始维护现场秩序，眼看这场记者招待会就要这样无疾而终，之后，叶微宁将永远甩不掉“不要脸的第三者”的标签。

就在这时，徐峰的女朋友丁叮忽然又喊道：“徐总，您今天要是这样离开会场，不解释清楚。那么，叶微宁将永远受到所有人道德的审判。”

徐峰忽然停住脚步，看着台下的记者，他的眸光有了动摇。

“您难道想让叶微宁成为众人口中的小三吗？”丁叮再次质问道。

“叶微宁不是小三！”

徐峰夺过话筒，那一刻他已然失去了理智。闪光灯不停地闪烁，他的眼眶里闪着隐隐的泪光，他的声音低沉又坚定：“她是我的亲生女儿。”

像是一个惊雷炸下，在场的记者们面面相觑。在几秒的宁静后，众多记者持着话筒往台上蜂拥而至。

场面已经彻底失控了，现场只有几个保安人员，哪里抵得过几十位记者的簇拥。

宋知吱彻底惊呆了。她从未看过这样场面失控的情景，提着包包对杨在道：“我们现在离开吗？”

“还没到最精彩的部分呢！”杨在轻飘飘地笑了一声。

“最精彩？”宋知吱咽了咽喉咙，瞪圆了眼睛，现在还不够精彩吗？

第七章
公关危机

“在场的记者朋友们，请你们安静一下。”

就在这时，一个中年女人抑扬顿挫的声音让记者们都往后退了退。宋知吱这才看到被几个保镖簇拥着上台的微澜国际的总裁刘莉。

她站在台上，宣布道：“刚刚徐总的话，请记者朋友们不要当真。”

“叶微宁一直只是徐峰资助的一个穷学生，这件事，我一直是知情的。至于女儿，不过是徐总的一句玩笑话。”

刘莉穿着一身白色的套裙，领口围着一条墨绿色的真丝丝巾，脸上化着淡妆，皮肤白到发光，保养得宜的她看着比实际年龄要小很多。

刘莉忽然现身这次的记者招待会，让记者们大为震惊，大家继续握着话筒提问。

“那么，刘总您是怎么看待这件事的呢？”

“网络上一直传言你和徐总貌合神离，是真的吗？”

“那么叶微宁和徐总的真实关系是什么？”

刘莉淡定道：“不用多加解释吧。叶微宁不过是徐总资助的一个穷学生。”

“那徐总刚刚说的话是假的吗？”记者穷追不舍道。

“有件事，其实是我们家的家丑，我一直不愿意公布。”刘莉长叹了一口气，神情怅然道，“从上半年开始，徐总一直在接受精神方面的治疗，他经常出现幻觉，意识模糊，所以刚刚说的那些毫无边际的话，希望记者朋友们能够理解，不要当真。”

“刘莉，你才胡说八道！”徐峰失控地喊道。

“徐峰，你不要因为个人的原因，造成微澜国际巨大的损失。”刘莉转过身，凶狠地看着徐峰。

“叶微宁是我的亲生女儿，”徐峰夺过话筒笃定道，“既然如此，我也有件事情要在现场对媒体朋友公布，我徐峰，即将和刘莉解除婚姻关系。”

“徐峰！你在说什么？”刘莉脸色煞白，尖叫道。

杨在安然地坐在位置上，鼓掌：“精彩，真是精彩！”

众多记者已经将刘莉和徐峰围得水泄不通，杨在却淡定异常地坐在位置上鼓掌。

“杨在，乔遇呢？”宋知吱问道。

杨在环顾四周：“可能躲在暗处看着这场戏。”

宋知吱今天来到现场，根本没有想到事情会朝着这样的方向发展，真是让人始料不及。她现在有点儿害怕，是不是有更加恐怖的事情要发生？

杨在看着手机屏幕，满意地笑了笑。

宋知吱紧张地打开手机，果然各大门户网站的推送蜂拥而至，各种精彩标题吸引眼球。

“少东家绑架案扑朔迷离”“迟到十一年的真相”“少东家绑架案主犯与刘莉关系异常”……

宋知吱大惊失色，点开其中一则新闻的照片，其中一张照片上，夜色深沉，是在一条偏僻的马路上，刘莉和一个男人站在路边说话。从体型、身高，还有模糊不清的五官来看，照片里的男人正是宋知吱去洗手间途中看到的那人。

她颤巍巍地递过手机，对着杨在喊道：“刘莉，她……她怎么会和那个绑匪在一起？”

“因为他们本来就认识。”杨在淡淡地回道。

“那……绑架案和刘莉有什么关系？”宋知吱又问道。

杨在沉默了一会儿，才意味深长地道：“你应该可以猜到些什么。”

这场记者招待会最后在闹哄哄中散了场，宋知吱回到家里瘫在了床上。手机里有阿戴、南晞，还有唐佩佩发来的微信。微信里密密麻麻的都是关于这次记者招待会的新闻推送，有刘莉接受警方调查与十一年前绑架案的新闻，还有徐峰正式承认叶微宁的身份，将在刘莉接受调查期间接管微澜国际的消息。

信息量实在太大，她感觉头痛欲裂。她没有再看手机里的新闻，她需要静一静。

什么是真，什么是假，她开始迷惑了。

她甚至迷惑乔遇是不是从头到尾就不想解决叶微宁的公关危机。

她辗转反侧了很久，还是睡不着。看了看手机时间，已经是深夜十二点钟，微信又有新消息进来。

“睡了吗？”

“你在生气吗？”

“我在你家门外。”

……

最后一条信息把宋知吱直接从床上炸了起来。乔遇现在在她家门口？

她内心有很多情绪，最后当作没看到信息，继续缩回被子里。乔遇没有再发微信，她却更加睡不着了。

思来想去，她打开微信回了一句：“你赶紧回家吧，我要睡了。”

“我在你们小区里赏花呢。”

这个季节哪有什么花？

宋知吱想了想，还是换了一身运动装，蹑手蹑脚地打开门。出了家门，走了几步，她果然看到枯黄的梧桐树下立着一个男人。

深夜的小区冷冷清清，偶尔传来几声流浪猫的叫声。暖黄色的路灯，带着柔光无声无息地笼罩在乔遇的身上。

他穿着单薄的衬衫和黑色长裤，宽肩窄腰，背影线条笔直。她无声无息地靠近那个男人，直到到了他身后，才喊了一声：“乔遇。”

乔遇徐徐回身，眼里闪着光：“我以为你不会出来见我。”

“有什么话快说，我要回去睡觉了。”宋知吱没好气道。

“你真的生气了？”乔遇小心地问道。

“我没有……反正我今天就是去看戏的啊。”宋知吱目光闪烁地望着别处，“只是没想到啊，意外收获这么多……”

顿了一下，宋知吱忍无可忍道："乔总，您的手段果然不一般，把大家都蒙在鼓里。"

"如果我说出来，我担心你会阻止我。"乔遇又道。

宋知吱愠怒难消，问道："乔遇，你为什么要让我在现场看到这样一出戏？"

"十一年前的绑架案，你想知道真相吗？"乔遇凝望着宋知吱。

宋知吱沉默了一会儿，开口道："我今天在记者会现场见到了那个……绑匪。"

"他叫何能，是刘莉托人在孤儿院找到的孩子。当时何能主动认罪，没人想到何能和刘莉有这样的关系。"乔遇解释道。

"他们……"宋知吱小心地揣测道。

何能难道是受刘莉的指使才绑架乔遇他们的吗？

宋知吱百思不得其解，刘莉为什么要绑架两个孩子，为了钱吗？刘莉是微澜国际的总裁，位居高位，手握大权，根本不缺钱。为了商业竞争吗？绑架孩子这么大的罪，也犯不着。即使绑架了孩子，也根本影响不了两个股份公司之间的竞争。

那么真正的原因是什么？

"可刘莉为什么要绑架两个小孩？"宋知吱困惑道。

"因为……叶恒知道了徐峰的秘密。"顿了一下，乔遇平静地说道。

夜色撩人，染着微暖灯光的夜色中，宋知吱仿佛看到了乔遇低垂的眼眸中有着深深的伤痛。

"什么秘密？"宋知吱问道。

乔遇眼神晦暗不明，清瘦的下颌仿佛藏着心事。十一年前的那场绑架案，仿佛是他生命里致命的黑暗，他好不容易才走出来，却得知他的好友最后没能跨过那道门槛。

叶恒年纪轻轻却离开了这个美好的世界，而绑匪在十一年后却还能大摇大摆地获得自由。

所以乔遇做出了这样一个决定，他要让幕后黑手付出代价。

“叶微宁是徐峰女儿的秘密。”乔遇动了动喉咙，开口道。

宋知吱很是震惊，这场看似简单为了钱的绑架案，其实匪徒抱着绝对要撕票的目的。

宋知吱很想安慰乔遇，但她有些看不懂眼前的男人，她显然小看了乔遇利用公众的能力，他只要出手，就能让舆论颠倒黑白，翻云覆雨。

“可……即使如此，你忘了叶微宁吗？你不是答应要帮她的吗？”宋知吱又问。

“她难道不想要个证明自己身份的机会吗？”乔遇淡淡地回道。

宋知吱点点头，道：“可是徐峰呢？他根本不知道你在利用他和他的女儿对抗刘莉。”

“这场公关仗必须要有人牺牲。我没有逼他，是他要开记者招待会，是他决定在记者招待会上撒谎。最后，他后悔了，决定在公众面前承认叶微宁是他的女儿。这一切都是他的选择，差一步，这个计划都不会成功。”

乔遇脸上毫无波澜，气场冷硬，眼神太过冷静，也太过决绝，这让宋知吱很失望。

她反问道：“那你和外头那些黑公关有什么区别？”

“在我眼里，公关没有黑白，只有段位的高和低。”乔遇微微启唇，一字一顿。

宋知吱轻轻地松了一口气，问道：“乔总，是不是每个人都可以是你利用的对象？你有利用过我吗？”

“从我被魏总安排在你身边开始，你有没有利用过我？”宋知吱又问道。

乔遇沉默了，眸光如这越发深邃的夜，黑色旋涡晕不开。

“我不否认。”乔遇声音轻又淡。

那一刻，宋知吱霍然抬头看着乔遇，他这样决绝的口吻，让她内心有着百转千回的起伏，不知为何有些难过。

她本来做的那些事也不够光明正大，她何尝不是在利用乔遇换那些劳务报酬呢？

她点点头，道："我知道。"

这轻描淡写的"我知道"三个字让乔遇很郁闷。

"我知道？"乔遇冷森森地反问道。

"我知道，你利用我摆脱魏总硬塞给你的相亲对象，"顿了一下，宋知吱又道，"我何尝不是在利用你获得那些额外的报酬呢。"

"你知道你在说什么吗？"乔遇有点儿怒了。

宋知吱面不改色道："我只是想说你不必自责，我们不过互相利用。"

冷风飒飒，两人面对面地站了一会儿，宋知吱感觉自己的脸被风吹得刺疼，她深吸了一口气，道："我……我要回家睡觉了。其他事以后再说吧……"

"知吱，你不想听我说完后面的话吗？"

乔遇站在宋知吱的背后，他隐隐感到前方的女孩肩膀在纤弱地颤抖着，他还有很多话想和她说，可女孩没有给他机会，毫不犹豫地走了。

乔遇重重地吸了一口气，没有再说话，只能眼睁睁地目送着她走远。

宋知吱最后还是递上了辞呈，魏云这次没有阻拦她，南晞和阿戴都以为她是要去乔遇的新公司帮忙，还为她高兴。可只有宋知吱知道，她忽然想歇歇，这一场又一场的口水战，让她十分疲惫。

在家休息是不太可能了，她还是向各家互联网公司投了简历。一场接着一场的面试，却让她开始迷茫，她到底想做什么？

从投身处理公关危机开始，她就学着运用自己的专业，通过 AI 技术，对海量的数据进行梳理分析，实时进行舆情监控，训练机器捕捉到危机事件。

她开始接触危机公关，了解危机公关，可现在她有点儿怀疑自己是否真的可以利用自己的专业助力公关。

就这么忙活了一个星期，宋知吱还是处于待业状态。

唐佩佩看宋知吱心情抑郁，便趁着自己休息叫上她一起吃烧烤。

两人一口气点了一百串烤串，又点了几瓶啤酒，坐在街边的大排档里，大快朵颐。

唐佩佩一直不理解宋知吱为什么要和钱过不去。她忍不住问道："你干得好好的，干吗从夺耀传媒辞职啊？总裁不是对你不错吗？"

宋知吱抿了口啤酒，道："我忽然觉得有点儿找不到人生的方向。"

"啊？你人生不是一直在迷路吗？"唐佩佩感到疑惑。

"喂，是不是老铁啊？"宋知吱恼道，"干吗一定要这么拆穿我啦。"

"其实，你心里最想做的工作是什么？"唐佩佩认真地问道。

宋知吱托腮，认真思考了几秒钟，眸光微醺道："坐家。"

"作家？你都要写书了？"唐佩佩吃惊道。

宋知吱伸出食指摇了摇，道："是坐在椅子上的'坐'家，知道了吧？"

唐佩佩轻"嗤"了一声，道："你干脆出家好了。"

"出家也养不活自己啊，"宋知吱叹了口气，道，"算了，回家吧。"

话落，宋知吱先行结了账。

两人喝了点儿酒，这会儿有些微醺，勾肩搭背，摇摇晃晃地走在路上。

"佩佩，不是我吹牛，我跟你说，我认人、认动物都超级厉害。即使你给我两只一模一样的哈士奇，我也能从它们细微的动作中分辨出来。"

唐佩佩对宋知吱的吹牛毫无兴趣，随口哼了一声，问道："你这种技能，能报名参加吉尼斯世界纪录吗？"

"可以试试看啊。"宋知吱笑得前仰后合，忽然往前一看，幽深的路口好似站着一人。

定睛一看是个男人，一身深色衣衫，裹得严严实实。

宋知吱站了一会儿，揉了揉眼睛："站在路口的人是叶楚吗？"

"叶楚？"

“叶楚难道在等我？”宋知吱又道。

“你是喝多了吧，叶楚怎么可能等你。”唐佩佩“嗤”了一声，自家闺密喝了点儿酒后真是喜欢胡言乱语。

顿了一下，唐佩佩也看到了路灯下的男人，问道：“你说的是……路灯下那个戴口罩的男人吗？”

“对啊。”

说着，宋知吱往前小跑了几步，道：“我去前面看看，要真是叶楚，下回你请客。”

宋知吱跑到男人身后，细细地端详着他。男人单手插着口袋站在路灯下，淡淡的暖色光芒无声无息地笼罩在他的肩上，她笑着伸手轻轻拍了拍面前男人的肩膀。

男人忽然回身，真的是叶楚。

叶楚也回过身，看着她：“宋知吱，我们聊聊吧。”

宋知吱有点儿惊讶。唐佩佩气喘吁吁地追上来，也难掩眼中的惊喜：“天哪，真的是叶楚！”

叶楚转头向唐佩佩礼貌地笑了笑：“你好，我能和你朋友聊聊吗？”

唐佩佩看了宋知吱一眼，点了点头，道：“可以可以，我明天上早班，先回家睡觉了。”

顿了一下，她又凑到宋知吱耳边道：“记得等下帮我多要几张签名照，好几个护士预约了。”

这时，宋知吱的酒已经醒了大半，她干干地笑了几声，对着唐佩佩比了个“OK”的手势，道：“我尽量。”

见唐佩佩走远了，叶楚才道：“哪里方便我们说话？”

夜色深沉，宋知吱抬起手腕，看了看时间，现在实在太晚了。爸妈要是看到她把叶楚带回家，肯定会吓一跳。

宋知吱仔细地想了想，道：“附近有个公园，这个点没什么人了，也比较方便。”

叶楚点点头，道：“好。”

路灯孤寂，两人并肩走在路上，却保持着默契，沉默不语。很快就到了宋知吱所说的公园，公园里的林荫小道很是寂静，周遭传来风撩动树叶的沙沙声。健身设施上空无一人，影影绰绰的银辉透过树叶的缝隙洒在了石板路上，仿佛铺着一条碎银色的路。

两人在石板凳上坐下，宋知吱有些紧张地说：“你……你怎么会突然在那里等我？”

叶楚淡淡地回道：“萨姆哥告诉了我你家的地址，我本来想先打个电话，但时间太晚了，就来碰碰运气。”

“是很重要的事情吗？”宋知吱又道。

这么晚，在她家的路口等她，一定是有什么重要的事情吧。

叶楚喉结微动，道：“我是替乔遇来的。”

“乔……乔遇？”

宋知吱以为因为上次的事情，两人早就闹翻了。可叶楚因为乔遇而来又是怎么回事呢？

“对，我是因为我唯一的朋友而来，我不想他不快乐。”叶楚又道。

“他……他怎么了？”宋知吱轻轻地问道。

“我想你们之间应该有些误会。”叶楚又道。

宋知吱一言不发，叶楚继续道：“记者招待会上的事情，希望你不要怪乔遇。他是在保护我。”

宋知吱猛地抬头看着叶楚，她有点儿惊讶：“保护……保护你？我不太懂你的意思。”

叶楚望着远处，黑幽幽的前路里好似蕴着一丝光亮，一丝希望。

叶恒的离世是这些年来，他最大的遗憾，他一直想弥补这个遗憾。从踏入娱乐圈，再到想和夺耀传媒解约，最后加入微澜国际。他一步一步地算计好，要用自己的声誉毁掉微澜国际，毁掉刘莉这个人。

可没想到乔遇先替他完成了这个心愿。

“十一年前，我哥哥叶恒和乔遇在度假村被绑架，绑匪是何能，后来他虽然被抓住了，但他不承认自己有同伙，他很笃定地说是为了钱才绑架乔遇和叶恒的，我们两家人都觉得人能回来就是好事，但谁也没想到原来这是场阴谋。”

宋知吱微微侧头看着身边的男人，他棱角分明的侧脸藏在夜色中，却透出一丝落寞。

他的眼眸冷冷清清：“劈头盖脸的舆论逼死了乔遇的爷爷，也让叶恒夜不能寐。他并不知道自己为何被绑架，但内心的惶恐让他患上了失语症。被解救后的那三年，是他最痛苦的三年。”

“我母亲生下我和哥哥后就同父亲离了婚，父亲因为和母亲闹翻，也一直对外声称他只有一个儿子，所有的遗产都会由叶恒继承。所以当我回国，踏进娱乐圈，他们并不知道我和叶恒还有这样一层关系。”

宋知吱恍然大悟，怪不得微澜国际一直想签下叶楚。

他又低又哑的声音中隐隐带着哭腔。宋知吱侧头望着他，浓重的夜色也难以掩盖他失魂落魄的神情。

“他死后，我通过他的日记，才得知了当年他听到了徐峰有个女儿的秘密。我当时多了一个心眼，暗暗揣测我哥被绑架会不会是因为这件事。我花了很多年的时间，得知了何能和刘莉的关系。何能为什么要绑架我哥哥？这个百思不得其解的问题终于得到了答案。”

远处的灯火，如江上的渔火，星星点点，而叶楚的眸光却如一团漆黑的迷雾。

“他是受刘莉的指使。”

宋知吱早就猜到了这个答案。

“他们是为了掩盖徐峰有个女儿的真相！”

叶楚的情绪很激动，他微微扬起下巴，深深地吸了一口气，继续道："是他们害死了哥哥，所以，我开始计划着如何让这个丑闻曝光。"

"所以，你是故意要和夺耀传媒解约，然后让微澜国际用重金挖到你吗？"宋知吱猜测道。

"我已经做好了用自己的声誉毁掉刘莉的准备。我越有名，我的新闻就越有价值。而关于我和刘莉的丑闻就越劲爆。"

叶楚冷森森地笑了一声，宋知吱却害怕极了："叶楚，你怎么能这样？你考虑过那些爱你的人吗？"

虽然不知道叶楚最后的计划是什么，但宋知吱也不敢想，因为这个想法太可怕。叶楚要用自己的星途，用自己美好的人生毁掉微澜国际，毁掉刘莉。

"还好你没有这样做！不然你一定会后悔的！"宋知吱激动地站起身来。

她的声音在夜色里过于刺耳，她深吸了一口气，意识到自己反应太过激烈，又坐回到位置上，道："抱歉，我刚刚反应过大了。"

宋知吱摇了摇头，继续道："可是叶楚，如果你这么做，那些爱你的人会很失望的。"

"所以，谢谢乔遇，他替我做了这一切。"叶楚徐徐侧头，凝望着宋知吱。

宋知吱心里荡漾着百转千回的情绪，她似乎才顿悟，乔遇做的每一件事背后的意义。

一旦徐峰公布了自己和叶微宁的关系，微澜国际就会遭受震荡。而何能就会迫不及待地同刘莉见面，想要分到自己的一杯羹。

"难道他当初是故意接近叶微宁，他当时已经知道了叶微宁同徐峰的关系？"宋知吱疑惑道。

叶楚微微颔首。

"可是！他利用了叶微宁，利用了徐峰！他们根本和这件事无关！"宋知吱大声道。

"他是利用了叶微宁，可叶微宁何尝不是在利用他？"叶楚反问道。

宋知吱蹙着眉，显然不太明白叶楚话里的深意。她又道：“叶微宁让乔遇处理这件事的时候，明明说并不想公开她和徐峰的关系。”

“你看事情也太过表面了，”叶楚轻轻地嗤笑了一声，“叶微宁想堂堂正正地当徐峰的女儿。”

“她……”

“那些她和徐峰的照片不是我请狗仔拍的，是她自己请狗仔拍的。”

宋知吱没有料到事情会朝着这个方向发展，猝不及防的事实让她许久回不过神来。

叶楚徐徐起身，又道：“我来这里，就是想告诉你这些。”

宋知吱起身，垂着头半天没说话。

“刚开始，我一直觉得乔遇亏欠了我，但现在，我对他感到很抱歉。”

银色的月光透过斑驳的树枝在叶楚身上投下光影，他迈出步伐走远了，她还愣在原地。

所以，她一直误会了乔遇吗？

她看了看手机通讯录里乔遇的电话号码，踌躇了很久，最后还是放弃了拨打电话。

宋知吱在家里舒舒服服地躺了几天，然后接到了唐佩佩的电话，唐佩佩邀请她一起去学校支持表妹的演讲比赛。

宋知吱都离开大学两年了，显然对这样的活动兴致索然。她又往被子里缩了缩，回道：“你表妹的演讲比赛，我去干吗啊？”

“鼓劲啊。”唐佩佩不以为然。

“她有同学啊。需要我们这些老阿姨干吗？”宋知吱不解道。

“现在什么都讲究造势，我们就进去凑个数。”唐佩佩又道，“你反正又没什么事。”

宋知吱恼得不行，她本来想好好睡个觉，这下好了，还得千里迢迢地去大学城支持唐佩佩的表妹。

宋知吱随便换了身休闲装，急匆匆地赶到A大，走到礼堂门口的时候，发现唐佩佩早已在门口等她。

“你怎么现在才来，比赛都快开始了。”唐佩佩埋怨道，随手把手里的衣服塞给了她，“这是啦啦队的队服，赶紧去换上。”

宋知吱摊开T恤和短裙看了一眼，道：“不需要这么正式吧，我不是来凑数的吗？”

“凑数也得敬业啊。竞争对手把七大姑八大姨都找来了，咱们这边也得把安排的座位坐满了，不能在刚开始就输了气势！”唐佩佩理直气壮。

宋知吱硬着头皮想蒙混过关，偏偏被唐佩佩逮住，唐佩佩半眯着眼睛，道：“洗手间在那头，宝贝，等你哦。”

宋知吱无奈，只好接过唐佩佩的队服去了洗手间。她换上衣服一看，白色的T恤印着卡通图案，十分幼稚。而且百褶裙实在是太短了，两条腿光溜溜地暴露在寒风中，把她冻得瑟瑟发抖。进入会场后，宋知吱才勉强感受到了片刻温暖。

她小心翼翼地穿过人群坐到了唐佩佩的身边，道：“下次啦啦队的服装能不能多一些布料，已经冬天了，很冷啊。”

“开始啦。等会儿多鼓掌多跳动，人就暖和了。”

唐佩佩的表妹是公共关系管理专业的学生，演讲的内容专业性很强，十分无聊乏味。宋知吱听不懂，唐佩佩让她鼓掌，她就鼓掌。昨夜她玩游戏玩到深夜，这会儿困得要命。表妹的演讲终于结束，宋知吱好不容易逮到机会打了个瞌睡，不想才眯了一会儿，发财梦还没做到一半，就被唐佩佩摇醒了。

她迷迷糊糊地揉了揉眼睛，径直站起身，以为比赛结束，随口道：“比赛结束了？那走吧。”

“这位同学，还没结束。”

宋知吱脑子混沌，好不容易才看清台上站着一个男人，她再揉了揉惺忪的双眼，这回看清了，台上的人竟然是乔遇！

太惊喜，也太惊悚了吧？

她本能地问了一句："佩佩，我是做梦了吗？"

"不是做梦。你快坐下啦。"

唐佩佩迅速把宋知吱拉回座位，可场上还是传来了哄堂大笑。宋知吱环顾四周，拍了拍自己的脸颊，确认自己不是做梦，又问道："乔遇他怎么会来这里啊？"

"他是这场比赛请的评委，我也是后面才知道乔遇是评委的。"唐佩佩压低声音道。

外头的阳光丝丝缕缕地钻进会场，台上的乔遇穿着一身定制的黑色西装，举手投足间带着几分骄矜贵气。

宋知吱看着台上的人有几分失神，原来乔遇永远可以给自己惊喜，台上的他侃侃而谈，游刃有余。

他刚发表完言论，台下就响起了雷鸣般的掌声。

等到掌声停下，他忽然望向了台下的观众，坐在观众席的宋知吱仰头看着乔遇，虽然是那么远的距离，她却觉得他的目光无比灼热。

他的目光穿越层层叠叠的人群，一瞬不瞬地撞进她的眼眸。

"我记得有人问过我，我们做的事到底是什么？"他慢慢地扬了扬唇，笑道，"是还原事情的真相，还是解决问题？"

"而为了解决问题，是不是可以不顾事情的真相？"乔遇再次反问。

同学们嘘声一片，各抒己见。乔遇又道："我认为有句话可以替我回答这个问题，'公关要做的不是改变既定的事实，而是改变公众对事实的认知'。"

"比还原真相更重要的是建立信任。"

宋知吱看着台上的男人，觉得他这句话是对自己说的。

比赛终于结束，宋知吱心事重重地跟着众人离场。唐佩佩的表妹获得不错的成绩，邀请佩佩一块儿吃饭。

唐佩佩见宋知吱心不在焉，问道：“晚上一起吃饭吗？”

“都是小孩子，我就不去了吧……”宋知吱委婉拒绝。

“怎么是小孩子？你也就比他们大上几岁。没有代沟，放心吧。”唐佩佩拍了拍宋知吱的肩膀，道。

宋知吱干干地笑了笑，她哪里是因为代沟不去，她只是单纯不想去。

“还是……你跟乔遇有约了？”唐佩佩又问。

宋知吱没好气道：“想多啦，我跟他没什么关系，你别胡思乱想！”

她的回答显然没有满足唐佩佩作为“吃瓜群众”的好奇心。宋知吱为了防止唐佩佩继续穷追不舍，只好道：“打住！你别问，我去还不行吗？”

得到了宋知吱肯定的答复，唐佩佩满意地拉着她一起在会场外头等候。今天虽然万里无云，但因为凉风瑟瑟，瘆得慌，宋知吱没忍住打了个寒战。

一抬头，她看到乔遇和几个穿着正装的男人正穿过层层人群往她们这边走来。乔遇目视前方，笑容如沐春风，唐佩佩有点儿激动地喊了几句：“乔总，乔总……”

乔遇没理会她。宋知吱没好气地拉住唐佩佩，道：“你喊他干吗呀！”

话落的瞬间，宋知吱的手机收到了一条微信，她点开一看，是那个熟悉的头像。

“你今天穿得……”

唐佩佩凑近一看，不由得困惑道：“这话是什么意思？是在夸你穿的这套队服好看吗？”

“不过你穿的这套队服真的特别适合你，特别是这条百褶裙，你看把你的身材衬得……”

唐佩佩的话还没说完，又进来了一条新的微信，两人凑近手机一看。

“有点儿少，小心生病。”

整句话念起来就是：你今天穿得有点儿少，小心生病。

宋知吱深吸了一口气，想生气，又找不到理由。

唐佩佩的表妹张蜜在这次的比赛中取得了不错的成绩，她一开心就邀请了许多同学到大学旁边的KTV唱歌。宋知吱本想着吃完饭就回家睡觉，这下好了，硬生生地配合唐佩佩喝了几杯酒，才逃脱了要唱歌的命运。

KTV里闹哄哄的，过了好一阵，她才留意到手机收到了一条新微信。

“来接我吧。”

发信人是乔遇，可也没说具体的地址。宋知吱走出KTV包厢，给乔遇打了个电话，可许久也没人接。

她收起手机，轻轻地松了一口气。大致猜到了乔遇这个点会在哪里，三杯就倒的他一定又躺在“悠吧”的吧台上。

宋知吱和唐佩佩打了个招呼，先行离开，打了辆车往“悠吧”去。

“悠吧”到了快要打烊的时间，还有三三两两的客人。宋知吱一眼就看到趴在老位置的乔遇。

她徐徐走近，坐到他旁边。酒保一眼就认出了她，道：“你来得正好，我刚想叫代驾直接送他回家。”

“交给我就好了。”

宋知吱见乔遇趴在吧台上，忍不住埋汰道：“不能喝就不要喝啊，每次都是三杯倒。”

酒保笑了一声，耸了耸肩道：“这次喝了五杯，有进步。”

宋知吱看着瘫在吧台上一动不动的乔遇，有些来气，轻轻地摇了摇他的肩膀，道：“乔遇，回家了。”

“我不要……”乔遇含糊道。

“不要回家，你要去哪里？”宋知吱有点儿无奈地问。

“家里太安静了。”

乔遇猛地直起身子，仰起头，脸涨得通红，看起来喝的酒确实超过了他平时的酒量。

“你怎么来了？宋知吱？”乔遇猛地侧过头，眨了眨眼，满眼疑惑。

宋知吱凝望着眼前的男人，喝醉的他带着几分幼稚、几分单纯，还有几分可爱。

她抿了抿嘴，没好气道：“这里是酒吧，我怎么不能来了？”

“你不是在生气吗？”乔遇忽然认真地问道。

宋知吱侧头看了看乔遇，此时，他的口吻郑重其事，绯色的脸庞却带着醺意。这样似醉非醉的乔遇让宋知吱的心跳好像漏了一拍。

她没有回答乔遇的问题，而是伸出手要扶他。乔遇一只手搭在宋知吱的肩膀上，道：“宋知吱，你还记得我背过你吗？”

宋知吱侧头望着他，他背过她？

“还记得我们在怡和山庄相遇。我们第一次见面，你就带我和叶恒去爬山，可上山后你摔了一跤。”乔遇徐徐道来。

宋知吱目光呆滞，努力在记忆里搜寻。十一年前的郝乔还是个胖胖的男孩，十五岁的他除了眼睛闪亮，好像全身毫无优点，就是一个寻常的胖子。

当初那个普普通通的胖子，如今却成了浑身带着股骄矜气质，熠熠发光的乔遇。

她带着他们爬山，可自认为是登山好手的她竟然半路被一块石头绊倒，崴了脚。半山腰上，郝乔背着她从一级又一级的台阶下来，她依稀记得烈日下，他后背潮湿，却给了她很大的安全感。

“我记得，郝乔。”宋知吱喊了他之前的化名。

“郝乔变成乔遇了。”乔遇扬了扬唇，笑道。

宋知吱点了点头，又道：“我不生气，因为十一年前我欠你一个人情。现在我还你。”

面前的男人又笑了一声，问道：“你怪我利用你吗？”

“难道你没有吗？”宋知吱反问道。

“我是利用你摆脱了魏云的监控，摆脱了那些相亲对象，却又不知不觉地落入了一个坑……”乔遇半眯着眼，似笑非笑，望着前方自言自语。

“坑？”宋知吱反问道。

乔遇忽然侧头盯着她：“你在明知故问吗？”

宋知吱指了指自己，有些恼：“该不会你说的坑……是指我吧？”

“那你以为呢？”

我以为……

宋知吱当然不认为自己是个坑啊，转念一想面前的男人已经喝醉了，说话不着边也可以理解，也就不打算与他计较了。

谁想下一秒，男人猛地向她倾身而来，她还没来得及反应，男人的下颌就搁在了她的肩膀上，双手揽着她的腰部，越来越紧。

“从前，我只想着如何解决各种舆论危机，为了解决这些危机筑起一层层的高墙，可没想到这一次又一次围起的不仅是真相，也是我的真心。”

乔遇伏在她的耳边低语，带着醺意的气息让她的内心酥酥麻麻。

从他们在夺耀传媒相遇开始，他们就在进行谎言的博弈。

“我愿意在你面前推翻所有的高墙，你愿意吗？”此时乔遇的双眼耀眼夺目，声音醇厚。听到这话，宋知吱猛地瞪大了眼睛，挨近的气息撩得她心跳加速，她正想抽身的瞬间，面前的男人已经伸手扶住了她的后脑勺，毫不犹豫地吻住了她。

宋知吱记得自己那晚喝了很多酒，乔遇也喝了很多酒。她怎么回的家，她有些记不清了。

醒来之时，天已微微亮起，红日的光辉透过窗帘钻了进来。

宋知吱猛地从床上坐起，心虚地推开卧室门一看，没见着蔡云的影子，也没听到她的声音，她才微微地松了口气。

她猛地拍了拍后脑勺，有些断片，昨晚她本来是去送乔遇回家，怎么最后变成乔遇送她回家了？

脑子里的一切都不清晰了，唯独酒吧里的那个吻清晰地浮现在眼前，她拍了拍红得厉害的脸："莫名其妙地红什么脸啊！不许红！"

"自言自语什么？"

宋知吱猛地一惊，这才看到从厨房里端着粥出来的宋直光。

"爸，您怎么在啊？我还以为您和妈都出门了呢。"宋知吱往桌前坐下，道，"您怎么不出声？吓我一大跳。"

宋直光夹了一根油条给宋知吱，道："你一大早自言自语什么啊？"

宋知吱清了清嗓子，小声问道："爸，昨晚……昨晚发生了什么事吗？"

宋直光抬头看了她一眼，问道："你一点儿记忆都没了吗？"

她心虚地喝了口粥，支支吾吾道："我……昨晚……好像是和唐佩佩一起去唱歌了。"

"嗯。"

"我也不知道为什么会是乔遇……"宋知吱正想撇清关系，不知道为什么会是乔遇送她回来的。

谁想宋直光纳闷道："跟小乔什么关系？"

"……"宋知吱有点儿发愣。

"是佩佩把你送回家的。你啊你，昨晚喝了那么多酒，还好是和佩佩一起出的门，否则你妈肯定不会让你看到今天的太阳的。"宋直光教训道。

怎么会是佩佩把她送回家的呢？宋知吱有些想不通了。

她隐隐约约地记得，两人接吻后又坐回了吧台旁，玩起了"石头剪刀布"，最后她输得一塌糊涂……

想起来了，彻底想起来了。

宋知吱想起昨天的情景，乔遇一直出剪刀竟然赢了她五次，所以她当时为什么要一直出"布"呢？

她正懊恼不已之时，手机振动了一下，她看了看微信，是乔遇的信息。

"一直爱出布的小朋友，早上好。"

宋知吱微微抿了抿唇，回复了一句："还好剪刀先生没有遇到石头。"

停了几秒，她又收到了一条新微信消息："你知道有一种剪刀它只会输给布吗？"

宋知吱托腮想了一会儿，对着宋直光问道："爸，剪刀在什么时候会输给布啊？"

乔直光怔了怔："有这种情况吗？脑筋急转弯？"

宋知吱也不知道，她回复了个问号。

她又发了条消息问："有这种情况吗？"

"有。"

顿了几秒，对话框内又多了一行字："比如……我永远输给你。"

宋知吱没忍住嘴边的笑意，抬头的瞬间，发现宋直光正用一种奇怪的眼神注视着自己。

她忙不迭喝了好几口粥，然后岔开了话题，道："爸，您今天有什么安排啊？还是去象棋社下象棋吗？"

"不去了，我最近要开始创业了。"宋直光神情认真，一本正经地道。

宋知吱震惊地眨了眨眼睛，怀疑自己听错了："爸，您……要创业？"

"对啊。你爸最近很忙的，在创业。"

宋知吱没想到自己刚待业，自己的爸爸倒是再创业了？而且宋直光郑重的样子不像是撒谎，可宋知吱不明白自己的爸爸为什么忽然心血来潮要创业。

"爸，您到底在忙什么啊？"宋知吱不明所以地问道。

宋直光压低声音道："你知道爸爸这一生有什么遗憾吗？"

"遗憾？您最大的遗憾就是把一个酒店开倒闭了呗，"宋知吱毫不犹豫地回道，猛地回神，震惊道，"您……您不会告诉我您现在还想开酒店吧？"

"不！"宋知吱大手一挥，打了个叉，道，"爸，您可千万别乱来，妈也不会同意的。"

"你妈同意了啊。"宋直光不以为然。

"我妈同意了？"宋知吱暗自觉得自己是不是错过了什么，为什么连蔡云都能性情大变？

宋知吱好不容易收了收震惊的下巴，又问："您是怎么说服我妈的？我妈可是反对了好多年。"

"大部分的钱都不是我们出，而且我们还能拥有管理权，你妈能不同意吗？"宋直光解释道。

"开什么玩笑？有人出钱给您开酒店？还不要管理权？是不是骗子？"宋知吱蹙了蹙眉，一脸严肃。

"傻孩子，乔遇能是骗子吗？"宋直光反问道。

宋知吱彻底成了一张震惊静态图，她有点儿难以置信，半天才问："乔遇是什么时候跟您提了这个事？"

"上次他来我们家吃饭，你忘了？他在书房跟我下棋的时候说的。"顿了一下，宋直光道，"本来吧，我也觉得他是句玩笑话，没想到他找你妈也谈了这个事，还做了个主题酒店的策划方案给我看。"

"他提的方案很好，说是要弄一个生态酒店，连地址都已经帮我们先做了初选，就等着我去现场实地考察了。"宋直光心情很愉悦。

宋知吱很惊讶，又很困惑："爸，乔遇为什么要给您投资开酒店？"

"我也问过小乔这个问题，他说为了完成我的梦想，也是为了实现他的梦想。"宋直光回道。

他的梦想？宋知吱很是不解。

宋直光开始了现场的实地考察，宋知吱也跟着宋直光去郊区考察了一番，日子倒是充实了起来。

关于刘莉的新闻层出不穷。刘莉接受警方调查后，终于承认了当年是她指使何能绑架叶恒和乔遇。这件事，牵涉两家娱乐文化公司。夺耀传媒得到了舆论上的支持，微澜国际的口碑一落千丈，股价骤跌。徐峰临时主持大局，力挽狂澜。

宋知吱忽然在想，叶微宁会不会后悔当初的决定，把那些她同徐峰的照片交给叶楚。如果她没有想要得到一个徐峰证明的身份，或许就不会发生记者招待会上的那一幕。

可一切已然来不及了。

粉丝们都开始庆幸叶楚没有跳槽到微澜国际，但叶楚在微博上发声，表示他会在完成当前的工作之后，暂别娱乐圈一段时间。

听到这条消息的时候，宋知吱和唐佩佩都炸了。“叶楚暂别娱乐圈”的话题登上了微博热搜，转眼就已经“爆”了。

这天，唐佩佩约宋知吱来家里玩，唐佩佩做了最擅长的柠檬酸菜鱼，两人吃完一大锅鱼，瘫在沙发上看娱乐新闻。

娱乐播报员正在分析叶楚暂别娱乐圈的原因，他们进行了种种猜测，但真正的原因只有叶楚知道。叶楚现在风头正劲，不抓紧上升期迎头赶上，反而急流勇退，确实让人匪夷所思。最遗憾的还是粉丝，因为不知道偶像要何时才能回归舞台。

“讲真，我也想不通叶楚为什么要暂别娱乐圈啊。”唐佩佩惋惜不已，又想到了什么，转身对宋知吱道，“对了，上次让你帮我要的签名照要到了吗？这回卖给那些小护士可以涨涨价了。”

宋知吱慌张地把手中的奶茶放到矮几上，道：“没。”

“亏了亏了，亏大发了。”唐佩佩恼道。

宋知吱赶紧抱着抱枕和唐佩佩保持一定的距离，道：“当时他找我是因为别的事，我也不好向他要签名照啊……”

“因为什么事？该不会是……乔遇？”唐佩佩敏锐地发觉了什么。

“嗯。”宋知吱点了点头。

“你和乔遇到底怎么回事啊？”唐佩佩的“吃瓜少女”属性上线，“我说，你们到底确定关系了没有？”

宋知吱不自觉地脸色潮红，半天没吱声。

唐佩佩催促道："你倒是说句话啊？"

"我最近很忙，没空想这些私事。"宋知吱慌乱地从矮几上找了根香蕉剥开。

"你忙什么啊？你不是都待业了吗？"唐佩佩不解道。

宋知吱老实道："我爸最近不是要重新创业了吗？"

"重新创业？开酒店吗？"唐佩佩有些惊讶道，"叔叔还真是有种执念呢，可是你妈是怎么松口的呀？"

"有人出钱，她当然放心啊。"宋知吱如实道来。

"有人出钱？谁……"唐佩佩看着宋知吱飘忽的眼神，忽然猜到了什么，道，"是乔遇对不对？我的天，他不仅陪你追星，发微博说宠你，现在，他还要帮你爸实现梦想？"

唐佩佩实在是难以控制情绪，激动地在客厅里走来走去，道："乔总简直是宠妻狂人啊！"

"喂喂，搞清楚好吧，我还不是他……妻子。"宋知吱的脸更红了。

"本来吧，我觉得我嫁入豪门的概率和你不分伯仲，没想到我的闺密已经要嫁入豪门，而我的概率还是0.08%！"唐佩佩痛心疾首地趴在墙上作假哭模样。

宋知吱笑得前仰后合，好不容易停下笑声，发现手机闪烁了一下。她打开微信一看，是乔遇的信息。

"周五是我爷爷的忌日，你能陪我一起去吗？"

宋知吱看着这条微信，有些发愣，乔遇让她陪着去扫墓？可她要以什么身份去？

她的手指在手机屏幕上犹豫了数秒，才回道："我去那种场合合适吗？"

"想让爷爷看看我喜欢的女孩。"

这句话让宋知吱莫名有些面红耳赤，在旁边夸张演戏的唐佩佩见自家闺密对着手机屏幕也能笑得合不拢嘴，藏不住的幸福泡泡让她酸到不行。

她跑过去，抓起宋知吱的手机读道：“想让爷爷看看我喜欢的女孩。”

她“嗷嗷”大叫了好几声，宋知吱伸手要去抢手机，唐佩佩继续念道：“可以吗？”

“佩佩！把手机还给我啊！”

宋知吱和唐佩佩展开了抢手机大战，谁想唐佩佩先行一步，闪过身把自己锁进了洗手间。

宋知吱疯狂地敲着洗手间的门，大喊道：“唐佩佩，快还我手机！”

“唐佩佩，有本事你一辈子别从洗手间出来。”

她边敲边喊，唐佩佩终于慢悠悠地打开洗手间的门，把手机还给了她。

宋知吱正思索着如何回复乔遇的微信，定睛一看，对话框内已经有人替她回复了。

“没问题。”

唐佩佩回复的三个字，让宋知吱惆怅不已：“你干吗答应他啊？我万一周五没空怎么办，而且……”

唐佩佩为自己倒了杯开水，轻描淡写地反问道：“你不是待业吗？怎么就没空了？”

“指不定我爸……”

“别找借口了，反正你会去的，”唐佩佩耸耸肩，又在沙发上坐下，道，“唉，怎么办？我的男朋友到底在哪里呢？”

宋知吱看着手机屏幕，正想着要不要解释一下“没问题”其实不是她回复的，可是思来想去又觉得多此一举。

对啊，她即使回复不确定的答案，她也还是会陪他去扫墓的。

她正在神游天外的时候，唐佩佩忽然拍了拍她的肩膀，道：“我忽然觉得我嫁入豪门的概率增加了！”

“……”

“你要是嫁给了乔遇，指不定能给我介绍优质的对象啊？”唐佩佩眼睛发光道。

“……”

“本来嫁入豪门的概率只有0.08%，现在一下子噌噌地涨到了58%。”唐佩佩手舞足蹈，兴奋不已。

宋知吱笑了一声，道：“你知道有一种方法可以使概率再加20%吗？”

“什么？”唐佩佩来了兴致。

“做梦啊。”宋知吱毫不留情地回道。

周五一大早，乔遇就开着车来接宋知吱。她难得找到一身黑色正装，还算能得体地出席这种庄严肃穆的场面。她上了车，见乔遇的车里空空荡荡，忍不住问了一句：“乔遇，我是不是要带点儿什么去看爷爷？”

乔遇侧头看了宋知吱一眼，道：“买束花吧。爷爷在世的时候，院里种的都是鲜花。”

宋知吱点了点头，又问：“除了花，还需要带点儿什么吗？”

“魏总会准备好一切，我们不必再多带一份。”乔遇淡淡地说道。

宋知吱“哦”了一声，又好奇地问了一句：“今天……除了我们还会有谁出席？”

问完，宋知吱又觉得自己有些唐突，不由得解释道：“我只是随口问问，没有别的意思……”

“你干吗那么紧张？”乔遇轻轻笑了一声。

宋知吱局促地解释道：“我只是怕你……觉得我有些八卦。”

“你难道不八卦吗？”乔遇反问道。

“……”

顿了一下，乔遇继续道：“魏总和乔总都会出席，这是夫妻俩为数不多同时出现的机会，秀秀假恩爱，也是需要的。”

“这么说，很可能还会有狗仔？”宋知吱有些紧张。

“魏总要立人设，不请人拍拍照，做做新闻也不太对。”乔遇意味深长道。

“那我去岂不是……”宋知吱有点儿担心自己也会被拍。

“正好有个机会让你不能反悔。”乔遇笑道。

“反悔什么？”

“狗仔拍了照片，见过了家长，你就不能反悔你是我女朋友了啊。”乔遇耸耸肩，笑容如沐春风。

宋知吱咳了两声，微微的潮红从脸颊蔓延开来。

“你有没有发现你很容易脸红？”乔遇又笑着说道。

“有……有吗？”宋知吱心虚地望了乔遇一眼。

“但没关系，”乔遇嘴角微扬，眼里都是笑意，“我喜欢。”

乔遇这看似漫不经心的一句话，却让宋知吱的脸庞更加滚烫了。她只好换了个话题，道：“说不定魏总根本没有这么想，也根本没安排什么狗仔。”

“那最好了，每年配合演出我已经很累了。”乔遇目视前方，面无表情。

乔遇爷爷的墓地是在当地一片著名的陵园内，陵园靠山面城，视野开阔，乔遇把轿车停在了山下，宋知吱同他走了半个小时的台阶才到达墓地。

墓地已经有几个人在了，宋知吱认识的人不多，只认识其中穿着墨绿色大衣的魏云。魏云身旁还站着一位差不多年龄，穿着深色西装的男人。男人头发梳得整整齐齐，鬓角周围虽有几丝皱纹，却增加了几分那个年龄段男人的魅力。宋知吱暗想，如若猜得没错的话，这个中年男人应该就是乔父。

乔遇先到前面同乔家的几位长辈寒暄问候，宋知吱捧着一束洁白的百合在一旁安静地等候。

“看来，你和乔遇冰释前嫌了？”

宋知吱晃神的瞬间，叶楚戴着深色太阳镜不知何时站到了她的身边。

“叶楚？”宋知吱有些惊讶，“你怎么也在这儿？”

“乔遇的爷爷，待我和我哥如亲孙子，所以每一年我都会来看望他。”

叶楚缓缓道来。

“他一定是一位很慈爱的老人。”宋知吱忽然道。

叶楚点点头：“是，他对所有人都很好。因此，他的逝世对乔遇来说是巨大的打击。”

宋知吱望着不远处的乔遇，他和魏云在说话，两个人的脸色都十分难看。

“叶楚，你一定知道他们母子俩关系那么差的原因吧？”宋知吱小心地试探道。

叶楚侧头看了看宋知吱，问道：“你为什么突然问这个问题？”

“我是不是太好奇了？”宋知吱反问道。

“只有魏总才能解开她跟乔遇之间的结。”叶楚意味深长道。

顿了一下，叶楚又戴上了深色太阳镜，对着身旁的宋知吱道：“我等下还有行程，就先走了。”

“叶楚……”宋知吱忽然喊住他。

叶楚转身看她，问道：“怎么了？”

宋知吱犹豫了几秒，道：“你为什么突然要暂别舞台？”

“你是不是又想跟我说粉丝会失望？”叶楚笑着问道。

宋知吱慌张地摇摇头，道：“不是的。上次我是担心你真的做傻事，不管不顾自己的前途，为哥哥讨个公道。这次……”

“这次仅仅想休息了。”叶楚打断了宋知吱的话。

“很多时候，我在想我走上舞台唱歌是不是因为哥哥，他那么喜欢唱歌，小时候的梦想就是当歌手。”叶楚背过身，往山下望去，一座城市的全景尽收眼底。

“我觉得我很长的一段时间都是替他而活，直到现在，我才找到了自己。”叶楚又道。

宋知吱懵懂地看着叶楚，阳光点点，叶楚的笑容熠熠生辉，他继续道：“我会再回到舞台上的。”

微风徐徐，阳光明亮，宋知吱用力地点了点头，目送着叶楚修长的背影离开。

而另一面，魏云和何遇对站了很久。魏云身穿墨绿色超长立领大衣，里面穿着一件浅绿色的高领毛衣，脚踩一双黑色粗跟靴，整个人气场十足。

寒风阵阵，魏云首先打破了死寂：“乔遇，你是不是还在怪妈妈？”

“没有。”乔遇面无表情地回道。

“如果你爷爷没有去世，你也不会知道我和你爸爸只是表面的夫妻。”魏云的声音很低。

“因为爷爷走了，你们也不想在我面前伪装了。”乔遇看着墓碑上爷爷的照片，声音冷冷道。

“我承认我们做错了，这些年在公开场合扮演着恩爱夫妻的形象，我也累了。你爸爸有了新的女朋友，我们也没必要继续貌合神离了。”魏云深吸了一口气，意味深长道。

乔遇忽然侧眸看着魏云，不解道：“你说的话……是什么意思？”

魏云看着自己的儿子，他已经不知不觉成了高大挺拔，独当一面的男人。

而这个人，他们曾在一个公司，也同住过一个屋檐下，关系却淡陌得如同陌生人。她想这些年她实在是太失败了，她可以是驰骋商场的女强人，却没扮演好一个母亲的角色。

“儿子，你可能需要解决夺耀传媒目前最大的公关危机。”魏云忽然道。

魏云的话让乔遇很震惊，他瞪大眼睛看着他的母亲，问道：“你想干吗？”

“我和你爸爸决定公开离婚的消息。”魏云看向了站在一旁的乔正越，平静地说道。

第八章
华服之下

如今风风雨雨快三十年，却是一场骗局？

“我不是故意问这个问题的，我小时候还是魏总和大乔总的 CP 粉呢！”阿戴解释道。

“你喜欢的 CP 果然与众不同。”南晞忍不住吐槽道。

“一起携手守江山，难道不浪漫吗？”阿戴反驳道。

二人斗嘴了几句，见乔遇完全没有反应，只好停了下来。乔遇这才道：“他们已经离婚二十年，只是没有机会公布事情的真相。”

“能找到拍照的狗仔吗？”阿戴问道。

乔遇托腮道：“如果能花钱买下照片和底片，倒是也不糟糕，只怕他们就是想曝光。”

“其实，我现在犹豫的一件事是……”南晞欲言又止。

乔遇追问：“南晞，你在犹豫什么？”

“我们公布魏总同大乔总离婚的契机，”南晞笃定地分析道，“我们现在公布魏总和大乔总离婚的消息是不是太早？”

“可是现在不公布的话，万一被狗仔抢先发布了照片，那我们岂不是很被动？”宋知吱道。

“对，所以时机很重要。”南晞又道。

阿戴问道：“乔总，您是怎么想的？”

乔遇双手交叉，靠在转椅上，他似乎犹豫了很久，才道：“我需要点儿时间考虑。”

几人从会议室出去，直到到了晚上，各大新闻网站还风平浪静，但宋知吱总觉得有波澜在看不到的地方隐隐起伏。

等其他人都走光了，乔遇还一个人待在办公室内。宋知吱犹豫片刻，敲响了乔遇办公室的门。等到乔遇喊了一声“请进”，她才进了门。

她递过手中的橙汁，道：“喝点儿暖色系的饮料，可能心情会好些？”

乔遇笑着接过了橙汁，又道："他们都走了？"

宋知吱点了点头，道："嗯，没有你的命令，他们没法做事。"

乔遇喝了一口橙汁，深吸了一口气，道："你知道吗？我父亲，他要组建新的家庭了。"

乔遇自嘲式地笑了笑，道："我是不是应该祝福他们？"

"其实，每个人都有选择自己人生的权利，包括你爸爸。"宋知吱小声道。

身旁的男人点点头，道："回头想想，我是不是对我妈太过分了？她单身了二十年，只是为了抚养我成人。"

宋知吱看着乔遇，他的眸光深深，透露出一丝丝缺憾。

"我只是忽然很憎恶自己，没有理解她的选择。"

宋知吱从背后揽住他的腰，靠在他的肩膀上，道："乔遇，我们都是站在你这边的。你不必那么自责。"

"你考虑好了吗？什么时候公布他们的离婚消息？"宋知吱问道。

乔遇骤然转身看她，把手机递给了她，道："你看看这条信息。"

宋知吱点开一看，是个陌生号码发来的信息："用夺耀传媒三分之一的股份换照片。"

宋知吱很震惊，瞪大眼睛道："这是勒索吧。"

"对方显然有备而来。"乔遇又道。

"可是，对方为什么那么笃定地认为你会答应他的条件呢？"宋知吱不解道。

"所以我也在好奇这人到底是谁了。"乔遇饶有兴致地笑了笑。

"是谁？"宋知吱问道。

乔遇又问道："你怎么看？"

乔遇打了个哑谜，宋知吱满脸迷茫。

顿了一下，乔遇继续道："明天陪我去见一个人。"

第二天，宋知吱才得知乔遇带她见的人是杨在。三人在咖啡馆坐下，杨在递过几张照片道："这是我昨天拍到的照片。"

乔遇接过照片，宋知吱也好奇地凑过去看了一眼，照片里拍的场景明显是在一处高档小区，隐约可以看出男主角是乔正越，而女主角戴着口罩，没法看到正脸。

"我提醒过他，这几天暂时不要同女朋友见面。"乔遇蹙眉，有些愠怒。

杨在有些可惜道："可惜的是，那女人一直戴着口罩，拍不到正脸。"

宋知吱接过照片，仔细翻了翻，又托腮陷入沉思。

"你认得她？"乔遇问道。

"是明星吗？"杨在也问道。

杨在忽然想到了什么，道："知吱之前就是娱乐数据标注师，你能入职夺耀的前提条件就是认人。如果她是明星，你是不是能认出她？"

两人很是期待，宋知吱却摇了摇头："随着整容技术的发展，区分'明星脸''网红脸'不仅是普通人的挑战，对于我们娱乐数据标注师更是个很大的挑战。就算你给我一个明星模糊的正脸，我也得思考好一会儿，何况这女人戴着口罩，拍摄的角度和距离还那么远。"

"你不知道昨晚我拍照的情景，我特别小心，生怕被乔正越发现。"杨在解释道。

"可你这角度也太差了。基本是背影，这也太考验人了。"宋知吱抱怨道。

思忖片刻，宋知吱又自信满满道："不过每个人都是唯一的，正如世界上没有完全相同的两片叶子一样。"

从咖啡馆离开，宋知吱特地把杨在拍的照片带回了家，她总觉得照片里的女孩背影有些眼熟，却怎么也想不到在那里见过。

一定是在媒体上出现过的人。

百无聊赖的她干脆打开了直播软件，一连刷了好几个直播，结果买了好几箱薯片。

也不知道是不是薯片给了她灵感，她忽然茅塞顿开，打了个电话给乔遇："乔遇，我知道她是谁了。"

第二天，乔遇和宋知吱抱着小游出现在某高档宠物美容院。

这家宠物美容院算是申市数一数二的宠物机构，以服务周到，消费极高著称，来这里的动物的主人非富即贵。乔遇戴着黑色口罩，目光却警惕地看着宠物美容院里出现的顾客。

"你是怎么认出她的？"乔遇摸了摸小游毛茸茸的脑袋，问道。

宋知吱回道："可能是之前工作的本能，只要我见过的人，一般能认出来。我看到那张照片的时候，就觉得那个女人有些眼熟。"

"可她裹得严严实实的，根本看不到脸。"

"行为和举止，还有她的耳朵。"

"耳朵？"

"她的耳朵是很明显的招风耳。"宋知吱回道。

"有招风耳的女人很多呀。"乔遇不以为然。

宋知吱得意地笑了笑："其实，还是行为举止，有张照片，她对着你爸爸做了个'OK'的手势。"

"嗯，这么说好像是有这么张照片。"乔遇忽然想起来。

"但她的手势和我们一般人不一样，她的右手食指被大拇指包裹着形成了一个特别小的圈，一般人不会让这个'○'显得那么小气。"

话落的瞬间，宋知吱也照着比了个手势。

"○"这个手势，我记忆特别深。网红界里，有个主播推销产品的时候就特别喜欢用这个动作，"宋知吱解释道，"对比一下身材和身高，很明显她就是俞娇娇。"

"这么确定？"乔遇还是有点儿怀疑。

宋知吱又道："本来只有六成把握，但是我看到了她的手机挂饰，那个玩偶是她自创的品牌，就有了八成把握。”

“俞娇娇。”乔遇冷笑了一声。

“你有什么打算，要当面拆穿她吗？”宋知吱问道。

“不，我应该是要跟她达成共识才对。”乔遇意味深长地说。

宋知吱不解道：“和她达成共识？”

两人在等候区坐了会儿，小游等得有点儿不耐烦，想从乔遇的怀中挣脱开的瞬间，忽然又安静地“喵喵”叫了几声。

原来它是看到了另一只白色的银渐层猫。

顺着那只猫，两人看到了面前的女人，正是俞娇娇。

宋知吱先起了身，打了个招呼：“是娇娇吧，我是你的粉丝。”

眼前的俞娇娇穿着白色露脐卫衣，下身穿着高腰紧身破洞牛仔裤，头上还戴着一个白色的棒球帽。她看起来三十岁的样子，整个人的状态很好，特别是窈窕的身材，十分吸睛。

俞娇娇特别亲切，立即向这位突然冒出来的粉丝笑了笑。

“你推荐的那款薯片真的很好吃。”宋知吱又道。

“那当然，我推荐的都是良心产品，这毕竟直接关系着我的人品。”俞娇娇笑道。

“是吗？”乔遇骤然起身，向俞娇娇笑了笑，道，“你好，我是乔遇。乔正越的儿子。”

这话一出，俞娇娇脸色顿寒，瞳孔轻缩了下。

“我……我不认识你。”俞娇娇支吾道。

“没事，我认识你就好，”乔遇继续道，“能聊聊吗？俞小姐。”

俞娇娇犹豫了一会儿，才点了点头。宋知吱帮忙照看两只猫，而乔遇和俞娇娇在宠物美容院找了个空房间进去聊。

过了半个多小时，俞娇娇先出了门接过宋知吱怀中的猫，道：“谢谢你帮我照看猫。”然后脸色难看地走了。

见俞娇娇走远，乔遇才不急不慢地从空房间出来。宋知吱好奇地问道：“她应该是带猫来美容的，怎么就走了呢？”

“可能……心情不好吧。”乔遇微微耸肩。

“那我们要给小游做美容吗？”宋知吱又问道。

乔遇点点头，看了看伏在宋知吱身上慵懒的小游，道：“嗯，来都来了，也得让小游享受一下。”

几天后，魏云在微博上发布长文承认自己与乔正越已经离婚，二人虽离婚，但依然是朋友和合作伙伴，对夺耀传媒的整体方向和发展目标仍然保持一致。

而乔遇和乔正越先后转发了魏云的微博，言辞清晰地表示“大家依然是一家人”的主题思想。乔遇在转发中补充了一句，父母会全力支持他自己创办的公关公司——乔知公关公司。

此时，乔遇和宋知吱正在外面度假，二人在海拔高达一千多米的咖啡馆内喝咖啡。

这间木屋连木材都是从芬兰进口的，没有使用一颗钉子，坐在舒服的座椅上，可以透过观景平台鸟瞰到对面整座山的全景。此时，外头阳光和煦，洒下万道光芒，而咖啡馆里正悠悠然地放着轻松的蓝调音乐，咖啡香气阵阵扑鼻。

宋知吱捧着手中的热咖啡，关了手机里的新闻网页，问道：“我想知道你在宠物美容院和俞娇娇说了些什么？”

乔遇浅浅地笑了笑，望着对面山头的烂漫山花意味深长地道：“我只是告诉她，如果她公布了那些照片，她将一无所有。”

“你……威胁了她？”宋知吱好奇道。

“不算威胁，我只是好心地把事情真相告诉她。”顿了一下，乔遇继续轻轻地啜了口咖啡，道，“乔氏集团的乔氏夫妻伉俪情深的形象已经深入人心，如若照片曝光，无论何时公布了离婚的既定事实，我父亲都会成为被人唾弃的负心汉。”

宋知吱点了点头。乔遇接着道：“这会直接影响夺耀传媒的形象，后续发生的一系列后果根本无法想象。”

“俞娇娇肯定也不想乔正越一手创办的公司成为一个空壳。”宋知吱又道，“你说……俞娇娇对你爸爸是真爱吗？”

乔遇看着宋知吱笑了笑，反问道：“你觉得呢？”

“我觉得？”宋知吱犹豫了会儿，俞娇娇以照片威胁过乔遇，乔遇应该十分憎恶才对，可现在他不痛不痒的语气，倒是让她微微有点儿吃惊。

“这个问题最有发言权的是叔叔吧。因为每个人都有选择自己人生的权利。”宋知吱回道。

“对，所以我爸爸选择了分手。”乔遇斜勾薄唇，笑道。

“啊，分手了？”宋知吱有些震惊，这也太快了吧，“那俞娇娇她……”

“能够让俞娇娇体体面面地分手，她应该知足了吧。”

乔遇的话让宋知吱有点儿困惑，她又问道：“体体面面？”

“你怎么对别人的事情这么好奇？”乔遇有些愠怒。

宋知吱清了清嗓子，道：“我只是觉得你在处理公关危机的时候，对别人太过现实、残酷……”

“华服之下本来就是满地鸡毛，而我的职责就是让人看到华服，忘却鸡毛。”他认真思考道。

“所以，你这样累不累？”宋知吱怯怯地问道。

宋知吱目光闪烁，下一秒却被眼前的男人摆正肩膀。

她不得不扬起头看着面前的男人，外头的日光静谧无声，阳光穿过玻璃照在他棱角分明的侧脸上。他拥有一张清隽如玉的脸庞，缱绻目光中又熠熠生辉，吸引着宋知吱。

倏然间，男人俯下身来，用双臂揽住了她的腰部，他的人生本该永远华服着身，不该被生活的琐碎占据。

他的声音又低又柔软，撩得她耳朵痒痒的：“如果可以，我想和你一起感受人生中点点滴滴的小事。”

这个角度，宋知吱能看到海拔一千多米的风景，日光正盛，天空蔚蓝得像一幅油画，崇山峻岭间，满目青翠，有鸟群徐徐飞过。

外头的风景十分绝美，可再美，都比不过眼前男人说的话。

叶楚休息了差不多一年，他也没有彻底淡出大众的视线，他的微博还在更新，发布着他去世界各地旅游的视频博客，他快乐又轻松地在享受假期，粉丝知道他过得开心，都表示支持。

没想到有一天，他的微博终于更新了一个爆炸式的新闻。

叶楚决定回归了！

“叶楚复出”的新闻立马登上了微博的热搜，一个小时后，话题的热度已经呈现了“爆”的字眼。

唐佩佩激动地给宋知吱打电话：“知吱！看到新闻了吗？叶楚复出了。复出的第一个行程就是开巡回演唱会哎！”

“看到了。我正在看怎么买票呢！”

得到消息后，宋知吱就打开了票务平台，不断地刷新演唱会门票的信息。

“第一站就是申城。我看这票务网站的服务器肯定得崩溃，咱们肯定不能按照老套路抢票了。”唐佩佩话里有话。

宋知吱一时没反应过来，傻乎乎地问道：“那应该按照什么套路买票？”

“但丁说深陷恋爱的人会变成弱智，我看这话说得太对了。”唐佩佩又道。

“等等，但丁说过这话吗？”

“好吧，不是但丁是唐佩佩可以了吗？”唐佩佩无奈道。

宋知吱“扑哧”笑了一声，问道：“你到底想说什么啊？”

“我想说，我们根本不必这么麻烦地抢票啊。你直接找你男朋友乔遇要两张票不就好了？”唐佩佩继续道。

“你说得好像很有理。”宋知吱茅塞顿开，但过了几秒又道，“但，我还是决定要亲自抢票，抢的票跟人送的票怎么能一样？”

“何况，追偶像的事情是很个人的事情，”宋知吱义正词严，“我决定自己来。”

抢票当天，宋知吱把自己关在房间里，黑漆漆的房间内，窗帘拉得严严实实，只点了一盏淡黄色的台灯。书桌上端端正正地摆着一台笔记本电脑和一部手机。她打开手机网页版的叶楚演唱会票务页面，同时也在电脑上打开了同样的票务页面。

就剩下最后五分钟了！

她早已填好了身份证号码和电话号码，也选好了两个位置，她没跟乔遇说要去看叶楚演唱会的事情，主要还是担心乔遇吃她偶像的醋。

就在她不断刷新页面的时候，她听到屋外传来蔡云的声音：“小乔，你来了啊。”

“也不知道知吱在干吗，一大早就把自己关在屋子里。”

随着越来越近的脚步声，蔡云又冲着宋知吱的房间喊道：“知吱，快开门啊，小乔来了。”

这么关键的时候，乔遇怎么来了？

还剩下不到三分钟的时间，宋知吱一只手握着鼠标，一只手握着手机，对着空气喊道：“等等。等我两分钟。”

“这孩子也不知道搞什么，这么没礼貌。”

“没事，我就在屋外等她一会儿吧。”

“……”

屋外的声音仿佛都被宋知吱屏蔽了，这三分钟十分关键，直接关系到她是不是能看到叶楚复出的首场演唱会。

她屏住呼吸，手心微颤，有些沁汗，心里默念：“十，九，八，七……”

最后三秒！

宋知吱紧紧咬住牙关，仿佛有种百米冲刺的迫切感，不断地点“抢票”的按钮，直到余票变灰，成了“售罄”二字。

她的情绪一落千丈，这些人是长在鼠标上吗？怎么可以这么快就抢完了所有的票。

啊，她的演唱会门票就这么飞了！

宋知吱无比沮丧，瘫在床上，心灰意冷。

这时，屋外传来一个悠悠的声音：“宋知吱，你的两分钟好像有点儿久。”

等等，这是谁？她怎么把乔遇忘了？

宋知吱猛地从床上弹了起来，急急忙忙地把房门打开，乔遇身着一件白色衬衫，眉眼温润地盯着她看。

宋知吱尴尬地揉了揉卷曲的头发，道：“抱歉，我……我刚起床，也没洗漱。你……你怎么来了啊？”

乔遇看了看书桌上的电脑，页面还停留在叶楚的演唱会抢票界面。

他笑意深深，但也不揭穿她，淡淡地反问了一句：“是吗？”

宋知吱点头如捣蒜。乔遇又笑了笑：“找你也没什么事，有东西给你。”

“给我？”宋知吱怔了怔。

正当她困惑不已之时，乔遇递过来一个信封。

宋知吱接过信封，抬头看了看乔遇，这才小心翼翼地拆开了，信封里面装的不是别的，正是两张叶楚演唱会的门票。

宋知吱震惊地看着乔遇，又有点儿懊恼，她刚刚那么费尽心思地抢演唱会门票是在干吗？

“以后别傻乎乎地在家抢票了。”乔遇揉了揉宋知吱的头。

“……”被拆穿了，宋知吱有点儿窘。

“你偶像的演唱会门票，从此，就由我来承包吧。”乔遇眉目不动，波澜不惊道。

从乔遇口中说出这句话，宋知吱不知为何有种被霸道总裁包养的感觉。

她张了张嘴，想要说什么，最后看了看门票，只有两张。是只有自己和乔遇的吗？

“你和唐佩佩一起去看吧。”乔遇又道。

“那……那你的呢？”宋知吱又问。

乔遇意味深长道：“我出差，没空。”

转眼就到了叶楚演唱会当天，宋知吱和唐佩佩早早地到了体育馆，两人已经妥帖地准备好了荧光棒、灯牌、手幅等应援物。

入场后，她们找到位置坐下，方位绝佳，是正对舞台的VIP座位。

坐定后，时间尚早，唐佩佩忍不住问道：“乔遇特地给你送了叶楚的演唱会门票？”

“嗯嗯。”宋知吱随手戴上了应援的樱桃发饰。

“那他自己怎么不来啊？”唐佩佩有些好奇。

宋知吱解释道：“他说要出差，没空来。”

唐佩佩“啧啧”了两声：“乔遇真是一百分男朋友，出差前还不忘为你准备演唱会门票。”

演唱会进入倒计时，巨大的屏幕上的数字从“十”慢慢变小成了“一”，叶楚从升降台上徐徐出现在了舞台上。

开场音乐是他的一首快歌，他穿着黑色演出服，站在舞台上熠熠生辉。

宋知吱久久地凝视着舞台上的那个男人，有些感动，这一年，他虽然没有出现在舞台上，可他仿佛越来越成熟，舞台的控场能力一点儿也没退步，仿佛越发夺目闪耀。

演唱会进行到高潮，台下的气氛越来越热，万人的粉色灯海亮起。

宋知吱正陶醉在叶楚的演唱会里，唐佩佩忽然拍了拍她的肩膀。

现场太过喧闹，宋知吱看到了唐佩佩脸上紧张的神色，却没有听清她在说什么。

唐佩佩紧张地递过手机。

宋知吱觉得奇怪，点开一看，“俞娇娇”三个字上了热搜，她粗粗看了下新闻，俞娇娇已经请了律师要起诉乔遇的父亲乔正越骗婚。

她没想到俞娇娇会走这一步，但又在情理之中，如若没有分到一杯羹，她根本不甘心。

眼看新闻劈头盖脸，可还未有人进行舆情控制，宋知吱紧张地退出了演唱会的现场，给乔遇打了电话，可那边一直占线。

“吃瓜群众”盖楼盖得不亦乐乎，都在揣测俞娇娇的爆料是否属实。

过了会儿，在她不死心地拨出第十个电话后，乔遇终于回了电话。

可回电的人不是乔遇，而是“悠吧”的酒保，他很为难地道：“宋小姐，您还是来接乔先生吧。”

意料之外，又在情理之中，乔遇醉在了酒吧里。

宋知吱赶到之时，乔遇已经神志不清。她好不容易把乔遇挪回公寓，给他倒了一杯温开水。

等乔遇的酒醒了时，她着急地问道：“乔遇，你知道最近发生什么大事了吗？”

“叶楚演唱会？”乔遇奇怪地问道，“你不是去看演唱会了吗？”

“俞娇娇要告你爸，你知道吗？”宋知吱瞪圆了眼睛，一脸紧张。

乔遇波澜不惊：“知道啊。”

“他们还在网上抹黑夺耀传媒。”

“哦。”依然是平淡无奇的回复。

宋知吱见乔遇丝毫不慌，又道：“他们还说俞娇娇有了你爸的孩子。”

“哦？这胡编乱造得太严重了。”乔遇的表情终于有了一丝波动。

“那……怎么办啊？”

乔遇侧脸看着面前的女孩，一头毛茸茸的碎发下是一张清水出芙蓉般的脸庞，那双小鹿般的眼睛有些雾蒙蒙的，因为慌乱，脸颊两侧涨成绯色，樱唇微微紧闭。

他忽然勾唇一笑："我忽然想到了处理这次危机的办法。"

"什么办法？"宋知吱焦急问道。

"为此，我们要制造一个更大的新闻。"

"比……比如说？"宋知吱紧张到耳朵通红。

"我们制造个孩子吧。"

"来……来得及吗？"

宋知吱真是恨自己，这是问的什么蠢问题啊，可迎面袭来的男性荷尔蒙气息，已让她无法思考。

两年后。

国内最具影响力之一的乔知公关公司CEO乔遇接受了申市某生活访谈节目的采访，身穿白色西装的他，五官出色，眼尾上挑，说话风趣，引得台下掌声雷动。

"乔先生，您的公关稿一定也写得很优秀吧？"主持人问道。

乔遇微笑着点点头："嗯，算是别具一格吧。"

主持人含笑继续问道："听说乔先生的公关稿还运用在了生活中，比如说？"

乔遇粲然一笑，道："比如说，给太太写检讨书吧。"

"乔太太看到检讨书就会原谅你吗？"主持人又问。

"一般很难。"

主持人被乔遇为难的神色逗乐，继续问道："那怎么办？"

"只能——"乔遇眉眼微挑，眼底都是细碎的笑意，"嘘，这是我和我太太的秘密。"

而另一边，宋知吱笑着关了电视，靠在布艺沙发上，矮几上有乔遇送的粉色蔷薇，还有他给她留的一封信。

她拆开信封，徐徐摊开湛蓝色的信纸，映入眼帘的是乔遇那隽永的字迹。

亲爱的宝贝：

新婚快乐，前几年，我的职业病让我只会揣测一则新闻背后的真实目的，而很难去享受和信任一个充满谎言的世界。但很幸运，遇到你后，我发现上帝确实让我变得聪明，而我却因为你变成傻瓜。